Tanja Wagner

8 DAYS – Emiliana

Tanja Wagner

---

8 DAYS

Emiliana

Erotik – Thriller

Bibliografische Information der Deutschen Nationalbibliothek:
Die Deutsche Nationalbibliothek verzeichnet diese Publikation in der
Deutschen Nationalbibliografie; detaillierte bibliografische Daten sind im
Internet über http://dnb.dnb.de abrufbar.

Herstellung und Verlag: BoD – Books on Demand, Norderstedt

ISBN: 978-3-7557-5963-8

Mit harten Kerlen spielt man nicht!

Außer sie sind gefesselt ...

Sie streicht mit den Fingerspitzen über meine Shorts und ich stöhne auf.
Es musste Wochen her sein, dass mich meine eigene Frau an dieser
Stelle berührt hatte und ich bin auch nicht der Typ Mann, der sich bei
einem Seitensprung oder One-Night-Stand die Erfüllung holen muss, die
er zu Hause nicht erhält.

Die Kabelbinder um meine Handgelenke schmerzen und doch fühlt sich die
Berührung dieser fremden Frau in diesem Augenblick unglaublich gut an.

Ruckartig drückt sie den Bund herunter und streicht mit ihren verrucht
roten Nägeln über die wohl empfindlichste Region meines ganzen
Körpers.

Ihre andere Hand greift fest um meinen Nacken als sie ihre Beine ein
ganzes Stück weiter über meinem Schoß spreizt. Sie sieht mir
geradewegs in die Augen, während sie sich langsam immer tiefer auf meine
Erektion, die ich nicht zu verhindern wusste, herabsenkt.

Mit aller Kraft versuche ich meine Beine zusammenzupressen, doch ich
schaffe es nicht.

Das warme Gefühl sowie die Feuchtigkeit, die ihren seidigen
Slip durchdringt, lassen mein Glied pulsieren und ich merke,
wie ich jeden Moment die Kontrolle restlos verlieren werde.

So kommt es auch ...

Staten Island,

Jeremy

Über Manhattan fiel der Abend an diesem Tag unheimlich schnell herein. Zahlreiche Wolken bedeckten den zuvor makellos blauen Himmel und es sah nach Regen aus.

Als sich die Tür in die kleine Floristeria öffnete, konnte Emiliana die warme Luft, die eine Kundin mit in den Laden brachte, deutlich auf ihrer Haut spüren.

Sie setzte ihr gewohnt freundliches Lächeln auf, dass viele Kunden an der jungen Frau sehr schätzten.

„Guten Abend, Mrs. Fletcher. Schön, dass Sie es doch noch geschafft haben. Ich hatte schon die Befürchtung, dass Sie diese Woche gar nicht vorbeischauen werden."

Mrs. Fletcher, die ein weißes enges Kleid mit einem passenden Hut dazu trug, seufzte: „Mein Liebe, ich weiß diese Woche einfach nicht mehr, wo mir der Kopf steht. Erst musste ich zum Friseur, dann hatte mein Mann mehrere Arzttermine, wegen seines Rückenleidens, zwischenzeitlich hatten wir Handwerker im Haus, nächste Woche sollen wir zu meinem Schwager nach Chelsea kommen und ich muss auch gleich noch einen dringenden Termin in der Bank wahrnehmen."

Emiliana musste schmunzeln, denn so kannte sie die gute Mrs. Fletcher.

Ihren Job hatte sie seit einem guten Jahr und die ältere Dame kommt schon seit vielen Jahren jede Woche in das Geschäft, um sich selbst einen schönen Strauß Blumen auszusuchen.

Darauf bestand angeblich ihr Mann, denn er möchte, dass sie so glücklich wie am ersten Tag an seiner Seite ist. Klingt alles in allem furchtbar kitschig und doch scheint in dieser Gewohnheit etwas vertrautes und vor allem ganz viel Liebe zu stecken.

Mit einer eleganten Bewegung sah Mrs. Fletcher nun zu den Blumensorten des Tages.

Emiliana kam um den Tresen herum und deutete auf einen Topf, indem sich viele weiße, oder teilweise blau bis violette Blüten, wie ein Stern öffneten.

„Das sind unsere Frühlingssterne. Sie lieben die Sonne und harmonieren gut mit Krokussen oder Narzissen. Wenn Sie möchten, dann stelle ich einen Strauß zusammen."

Voller Begeisterung ging Mrs. Fletchers Griff an eine der Blumen und sofort schnupperte ihre spitze Nase daran.

„Mhm ..., ein äußerst markanter und süßlicher Duft. Ich nehme sie."

Nickend begann Emiliana damit, die entsprechenden Blumen aus den Töpfen zu nehmen, um sie anschließend binden zu können.

Mrs. Fletcher sah ihr eine ganze Weile schweigend zu, dann begann sie die Lippen fest zusammenzupressen. Irgendetwas schien die ältere Frau zu beschäftigen, deshalb wagte es Emiliana zu fragen: „Geht es Ihnen gut?"

„Ja, danke. Mir geht es bestens. Ich mache mir nur schreckliche Sorgen um meine arme kleine Cynthia."

„Cynthia? Ist das ihre Enkelin?"

„Nein, wo denken Sie hin, meine Liebe. Mein einziger Sohn hat doch gar keine Kinder. Wie auch, schließlich hat er noch nicht einmal eine Frau."

„Entschuldigung, Mrs. Fletcher, das wusste ich nicht."

Mrs. Fletcher lachte auf und mit einer abwinkenden Handbewegung setzte sie nach: „Nicht der Rede wert. Aber Cynthia ist wirklich ein großes Problem für mich, wenn wir eine ganze Woche nicht zu Hause sind. Sie wird sich furchtbar einsam fühlen oder gar fürchten in dem großen Haus. Mein Mann meint zwar, dass es ausreichend wäre, wenn die Nachbarin zweimal am Tag ihr das Futter bereitstellt, doch ich sage, dass ich das meinem armen Schätzchen einfach nicht antun kann. Mitnehmen kann ich sie leider auch nicht und ..."

Emiliana hatte das Gefühl an dieser Stelle unterbrechen zu müssen: „Verstehe ich das richtig, dass Cynthia eine Hündin ist?"

Mit weit aufgerissenen Augen hielt Mrs. Fletcher in ihrem Redefluss inne.

Kurz darauf lachte sie wieder auf. „Sehen Sie, ich spreche von meinem Schätzchen meist, wie von einem Menschen. Aber nein, meine Liebe. Cynthia ist eine Katzendame. Sie ist schwarz, mit einem kleinen weißen Punkt auf der Stirn. Eine seltene und sehr edle Rasse."

„Oh, verstehe. Das ist toll", antwortete Emiliana, die nun auch schon das letzte von fünf Bändern in den Strauß einbinden konnte. Fehlte nur noch die schützende durchsichtige Folie.

Während des Abreißens vernahm sie Mrs. Fletchers Stimme. „Sagen Sie, was verdienen Sie so in der Woche in diesem Laden?"

Da das eine ziemlich direkte Frage war, überlegte Emiliana fieberhaft, was sie wohl am besten darauf antworten könnte. Ein alter Spruch ihrer Granny kam ihr in den Sinn und hierfür sogar mehr als gelegen.

Sie wendete sich um: „Zum Leben zu wenig, zum Sterben zu viel."

Mrs. Fletcher griff über den Tresen nach dem wunderschön arrangierten Strauß. „Ich biete Ihnen ein volles Monatsgehalt bar auf die Hand, wenn Sie sich kurzfristig freinehmen und die gesamte nächste Woche in unserem Haus auf Staten Island verbringen. Cynthia weiß ich somit gut aufgehoben, denn Sie haben ehrliche Augen."

Die Szene kam Emiliana gerade sehr unwirklich vor.

„Das macht, bei der üblichen Stiellänge von circa vierzig Zentimetern, 47,38 Dollar. Und was die Katze, ich meine die liebe Cynthia angeht, also ich …"

„Zwei Monatsgehälter!", bot Mrs. Fletcher mit herausforderndem Blick.

Emiliana biss sich auf die Unterlippe. *Macht diese Frau Scherze oder meint sie es womöglich ernst?*

Dass es Menschen gab, die mehr Geld besaßen, als dass sie ausgeben konnten, das wusste Emiliana nur zu gut von ihrem Exfreund.

Diesem hat sie auch heute den Job in dem Laden quasi zu verdanken, denn sie war vor zwei Jahren leider so naiv gewesen, um ihm zu glauben, dass sie die einzig wahre Frau für ihn sei und er sie mit nach Puerto Rico auf seine Villa und von dort aus in die ganze weite Welt mitnehmen würde.

Emiliana erinnerte sich häufig und sehr schmerzhaft an den Tag, an dem sie vergeblich auf ihren Lover am Flughafen von Manhattan gewartet hatte, doch er kam nicht. Nie wieder!

Selbst der Name, den er ihr nannte, stellte sich im Nachhinein als Fake heraus.

Für so einen Arsch hatte sie also ihr damaliges Studium, dass ihre Granny monatlich von Ersparnissen aus dem Nachlass ihres Grandpa's finanzierte, abgebrochen.

Je höher der Flug, desto härter der Fall.

Emiliana wusste, sie war verdammt hart wieder in der Realität gelandet.

Die gefasste Stimme von Mrs. Fletcher holte sie aus ihren Gedanken zurück. „Drei volle Monatsgehälter! Letztes Angebot. Mir liegt wirklich sehr viel an der kleinen Cynthia."

Draußen fielen nun dicke Tropfen auf den Asphalt.

Der Wind blies die Schirme der dichtgedrängten Menschen teilweise gegeneinander.

Angespannt, doch in Gedanken bei der Summe des Angebotes, hörte Emiliana sich selbst sagen: „Ja, in Ordnung. Wann soll ich wo sein?"

„Wunderbar!" Mrs. Fletchers Gesicht erhellte sich und ihr strahlend weißes Lächeln reicht ihr beinahe bis zu beiden Ohren.

Sie kramte in ihrer Handtasche nach ihrem Portemonnaie und zog daraus eine Visitenkarte hervor. „Das ist unsere Adresse, Telefonnummer, und eine Wegbeschreibung. Melden Sie sich, sobald Sie von der Fähre steigen."

Emiliana strich sich eine Strähne ihres langen dunklen Haares nach hinten. „Prima. Wann soll ich da sein?"

Kurzzeitig schien Mrs. Fletcher zu überlegen.

Dann sagte sie: „Am besten Sie kommen Sonntagabend mit der letzten Fähre. Wir werden nach dem Mittagessen aufbrechen. Ich rufe dann einfach aus Chelsea an, ob Sie denn auch alles gut erreicht haben. Moment ..."

Wieder kramte Mrs. Fletcher in ihrer Handtasche. „Hier habe ich sogar einen Ersatzschlüssel. Den Code für die Alarmanlage schreibe ich auch noch schnell hinten auf die Karte. Verlieren Sie diesen bloß nicht, sonst steht innerhalb kürzester Zeit nach Betreten des Hauses der Security-Service auf der Matte. Die Jungs sind zuverlässig, aber blinder Alarm bringt auch meist unnötigen Papierkram mit sich."

„Alles klar", gab Emiliana zu verstehen, doch ihr kam das noch immer alles sehr unwirklich vor.

Mrs. Fletcher griff nach dem Strauß. „Werden Sie das denn auch sicher hinbekommen? Ich meine mit der Arbeit hier oder wichtigen Terminen?"

„Das bekomme ich hin. Es gibt eigentlich nichts, dass sich nicht verschieben ließe und wie schnell wird man bei diesem Wetter auch schon mal krank?"

Da Mrs. Fletcher auf Anhieb Emilianas Andeutung verstand, lächelte sie ehe sie sich in Richtung der Tür begab. „Sie wissen gar nicht, welch große Last Sie mir gerade abgenommen haben. Ich danke Ihnen."

Emiliana erhob zögerlich die Hand zum Abschied.

Die Tür fiel ins Schloss und erst jetzt bemerkte sie, mit Blick auf die Anzeige der Kasse, dass Mrs. Fletcher den Blumenstrauß nicht bezahlt hatte.

Mit einem tiefen Seufzer nahm Emiliana ihr eigenes Portemonnaie zur Hand und glich den Betrag auf den Cent genau aus.

In drei Monatsgehältern war dieser Betrag schließlich locker wieder eingeholt.

Mit einem leichten Schubs schloss sie die Kasse und der Blick auf die Uhr verriet ihr, dass es nur noch eine Stunde bis zum Feierabend zu überstehen galt.

Zur selben Zeit verließ Jeremy Adams den gigantischen Bürokomplex von Marshall-Enterprises.

Sein Tag war lang, hektisch, und randvoll mit Terminen gespickt gewesen.

Dass es jetzt regnete und er keinen Schirm zur Hand hatte, machte sich auch umgehend in seiner Laune bemerkbar.

Laut vor sich hin fluchend versuchte er zu seinem Wagen zu gelangen, an dem er schon von Weitem an der Frontscheibe einen weißen Zettel haften sah.

Mit einem gezielten Handgriff riss er das Knöllchen ab, öffnete den Wagen per Fernbedienung am Schlüsselbund und zog die Fahrertür ruckartig auf.

Die Aktentasche warf er auf den Beifahrersitz und als er endlich hinter dem Steuer saß, fuhr er sich mit den Händen über das Gesicht und durch den Ansatz seiner nassen Haare.

Was für ein beschissener Tag! Ab nach Hause, unter die Dusche, und dann ...

Der Klingelton seines Smartphones ließ ihn aufhorchen. Jeremy griff in seine Hosentasche und schon beim Blick auf das Display redete er laut vor sich hin.

„Verdammt! Was will der denn jetzt noch?"

Annahme.

„Hey Joel, was gibt´s?"

„Jeremy, mein Bester! Du bist doch noch im Büro, oder?"

Mit Blick auf den fließenden Verkehr antwortete Jeremy: „Logisch und draußen regnet es Geldscheine!"

„Ach Fuck! Tut mir leid! Aber ich hätte da noch eine wichtige Sache für dich."

Jeremy startete den Wagen. „Joel, was ist so wichtig, dass es nicht auch bis morgen warten kann?"

„Nun, wie du weißt, haben wir doch im Grunde immer irgendwas zu tun. Dieser Fall bringt uns zusätzlich einen

Haufen Kohle ein, denn die neuen Käufer des zu pfändenden Hauses scharren schon mit den Füßen und können es kaum erwarten dort einziehen zu dürfen. Eigentlich müsste dir der Fall bekannt sein. Es handelt sich um das Haus von Mr. Brooks, der letzten Winter verstorben ist. Seine Frau ist die einzige, die noch darin lebt. Die Bank hatte dich via E-Mail darüber informiert, dass wir eine Räumungsfrist setzen sollen."

Jeremy setzte den Blinker und runzelte die Stirn. „Toll! Ganz großartig, Joel! Allein heute hatte ich vierzehn Fälle von Fristsetzungen, und wenn du mich jetzt spontan fragen, oder gar an den Pranger stellen würdest, ich könnte dir höchstens drei Namen der Leute aufzählen."

Joel atmete laut hörbar am anderen Ende der Leitung aus. „Schon gut, nur bitte tu mir den Gefallen und fahr dort vorbei, damit die Frist schneller abläuft und wir uns somit die Prämie der Bank nicht durch die Lappen gehenlassen. Ich will dann natürlich auch nicht so sein und gebe dir dafür 50%, statt der üblichen 35%. Was hältst du davon, mein bester Repo-Man?"

Jeremy musste auflachen. „Joel, du glaubst, dass du alles und jeden kaufen kannst, was?"

„Hab ich dich denn?"

„Schick die Adresse."

„Yes! Ich wusste, ich kann auf dich zählen!"

Nach dem Auflegen sah Jeremy den Regentropfen dabei zu, wie sie immer dichter und stärker auf die Windschutzscheibe trommelten.

An der nächsten Ampel las er die Adresse im Display seines Smartphones ab und gab diese in das Navi ein. Sicherlich wird eine ältere Dame nicht amüsiert darüber sein, dass um die Abendzeit noch jemand vorbeikommt, nur um ihr mitzuteilen, dass sie in vier Wochen ihr über die Jahre hinweg mehr als nur vertraut gewordenes Heim, quasi unter dem Hintern weggepfändet wird.

Joel meinte in seinen Mitarbeiter Schulungen immer, dass die Menschen selbst schuld an ihrer Lage seien, wenn sie nicht das notwendige Geld erarbeiten oder für das Alter beiseite sparen wollten. Ob es manche nicht können, oder gar das Leben ungeplante Veränderungen für sie bereithielt, davon wollte er nichts wissen. Er ist der felsenfesten Überzeugung, dass jeder seines eigenen Glückes Schmied ist und so wie man sich bettet, so liegt man auch.

Außerdem sollte man es auch mal von einem ganz anderen Blickwinkel betrachten, nämlich davon, dass gerade bei älteren und alleinstehenden Menschen, die Männer und Frauen von Marshall-Enterprises, die Retter in der Not seien. Schließlich könnten sich die Menschen an anderen Orten oder in Altenheimen eine ruhige und gleichzeitig gesellige Art zu leben einrichten. Ein Neubeginn sozusagen nach all den finanziellen Strapazen.

Dass es in Wahrheit nicht so einfach ist, wie Joel es gerne darstellt, zeigen die Reaktionen und vor allen Dingen die Reaktionen der Menschen.

Sie weinen, betteln, leiden.

Wenn Jeremy eines in den acht Jahren, die er nun bei Marshall-Enterprises arbeitet, gelernt hat, dann, dass man sich ein dickes Fell zulegen und die Arbeit nicht in den privaten Bereich oder gar bis in seine eigene Gefühlswelt vordringen lassen darf.

Die meisten Menschen begegnen ihm daher mit Abscheu und Verachtung, doch was spielt das für eine Rolle? Schließlich sind sie am Ende diejenigen, die nicht wissen, wie es weitergehen soll.

Er schon, denn sein eigenes Haus ist durch seine Arbeit und die Tätigkeit seiner Frau komplett abgesichert.

Sara Adams arbeitet nämlich seit geraumer Zeit als Financial-Beraterin in einer der größten Banken von Manhattan.

Binnen zwanzig Minuten war Jeremy am Zielort angekommen. Beim Aussteigen spürte er leichte Anzeichen von aufkommenden Kopfschmerzen und dieser Abend kam ihm ungewöhnlich kühl für diese Jahreszeit vor. Vielleicht lag es aber auch nur an der Tatsache, dass dieser Tag alles von ihm abverlangte.

An der Haustür angekommen, holte Jeremy noch einmal tief Luft und hielt sich mit dem Gedanken wach, auch diesen Fall bald zu den übrigen Akten des Monats abheften zu können.

Die Klingel ertönte melodisch.

Aufsperrgeräusche von Innen. Kurz darauf tauchte eine mittelgroße, grauhaarige Dame mit misstrauischem Blick in der Tür auf.

Sie machte nicht den Eindruck, dass sie den Wunsch habe, den Mann im Anzug vor ihrem Haus zu sich hereinzubitten.

Im Gegenteil! Ihre Augen hafteten auf der Aktentasche und allein dieses Utensil schien ihr eine Art von unheilvoll verheißende Gefahr zu vermitteln.

Jeremy setzte ein Lächeln auf. „Guten Abend, Mrs. Brooks. Mein Name ist Jeremy Adams und ich komme im Auftrag von Marshall-Enterprises. Kann ich bitte reinkommen und mich mit Ihnen unterhalten?"

„Worum geht es?", fragte Mrs. Brooks streng.

„Das sollten wir lieber im Haus besprechen."

Unschlüssig ob sie den Mann reinlassen sollte, zog Mrs. Brooks die Tür ganz nach innen auf.

Jeremy trat ein und wartete darauf, dass Mrs. Brooks ihn an den Esstisch oder in den Wohnbereich geleitete, damit er ihr die Unterlagen unterbreiten konnte.

Dem war nicht so, denn Mrs. Brooks stoppte mitten in dem großen Flur und funkelte ihn böse an. „Mr. Adams! Sie sind gekommen, um mich an meine Raten für das Haus zu erinnern. Ich sagte der Bank bereits, dass ich gewiss nächsten Monat das Geld aufbringen kann."

Jeremy kramte in seiner Aktentasche, die er auf dem langen Sideboard abgestellt hatte. Er wurde sogar schneller als gedacht fündig. „Mrs. Brooks, das mag sein, allerdings sind die Gläubiger seit heute Morgen nicht mehr gewillt auf den Eingang von Raten zu warten. Zu viele Zahlungstermine wurden nicht eingehalten und deshalb bin ich heute hier, um Ihnen mitzuteilen, dass dieses Haus sowie das dazugehörige Grundstück in vier Wochen an die Bank übergeht."

Voller Entsetzen über diese Worte fasste sich Mrs. Brooks an die Brust. „Ich muss ausziehen?"

„Es tut mir schrecklich leid."

Dass dieser Mann vor ihr kein Mitleid empfand, konnte die alte Mrs. Brooks deutlich an seinen Gesichtszügen ablesen. All das war sein täglich Brot und während sie ganze Erinnerungen in diesem Augenblick verlor, verlor er lediglich ein paar mickrige Minuten seines Abends.

Da Jeremy das aufgewühlte Verhalten und die schnelle Atmung der älteren Dame nicht entging, deutete er in das Esszimmer. „Wir sollten uns kurz setzen."

Es dauerte tatsächlich nur eine weitere Viertelstunde, ehe Jeremy sich auch schon wieder erhob und Mrs. Brooks die Hand reichte.

Diese machte keinerlei Anstalten, die Geste der Höflichkeit zu erwidern.

Stattdessen starrte sie noch immer ungläubig auf das soeben unterzeichnete Stück Papier, das vor ihr lag. Jeremy schloss die Aktentasche.

Das Klicken klang in Mrs. Brooks Ohren wie eine endgültige Absolution. Darin war sie zwar ihre Schulden endgültig los, hatte jedoch gleichzeitig alles verloren, was sie in ihrem Leben ein Zuhause nannte.

„Gut, wenn Sie noch irgendwelche Fragen haben, dann melden Sie sich einfach. Die Nummer vom Büro steht auf dem Briefkopf."

„Danke", wehrte Mrs. Brooks mit Tränen in den Augen ab.

„Sie finden sicherlich allein raus."

Jeremy verstand.

Als sich die Tür hinter ihm schloss, konnte Mrs. Brooks ihre gefasst wirkende Haltung endlich aufgeben und ihr Gesicht zwischen die Hände sinken lassen.

Mit tränenerstickter Stimme murmelte sie: „Was soll ich denn jetzt nur tun?"

Der Ausblick auf Lower Manhattan war an diesem Sonntagabend wirklich atemberaubend schön.

Emiliana zog ihre dünne Jacke etwas fester vor ihrem Körper zusammen, während sie an der Reling der Staten Island Ferry die fünfundzwanzigminütige Überfahrt genoss.

Sie sah auf den Hafen von New York City, die Brooklyn Bridge, Ellis Island und auf die gigantischen Hochhäuser der Wall Street. Die Perspektive, die sich ihr dabei bot, wechselte dabei mit nahezu jedem Meter.

Das Beste an dieser Fahrt war jedoch, dass sie komplett kostenlos ist, und das in einer der teuersten Metropolen der Welt.

Ihre Geschichte reicht dabei bis in das frühe 18. Jahrhundert zurück, denn schon zu dieser Zeit verband die Fähre Manhattan und Staten Island.

Vor allem für Touristen ist diese Fahrt interessant, denn es geht sozusagen direkt an der Freiheitsstatue vorbei. Auch wenn Emiliana noch nie zuvor mit dieser Fähre gefahren ist, konnte sie nach ihrer Ankunft mit der Subway 1 den Terminal am Battery Park in Lower Manhattan nicht verfehlen, denn egal zu welcher Tageszeit stehen hier dutzende Passagiere in einer Schlange, um sich die besten Plätze an Bord zu sichern.

Emiliana spürte den Wind in ihren Haaren und ihre Gedanken kreisten um die bevorstehende Woche.

Die Tatsache, dass sie nach dieser Zeit, um drei volle Monatsgehälter reicher sein würde, machte es ihr leichter sich damit zu arrangieren auf eine verwöhnte Katze, namens Cynthia, aufpassen zu müssen.

Vielleicht konnte sie damit auch ein wenig die Schulden ihrer Granny auffangen, wenn auch nicht ganz ausgleichen. Die Bank würde einen größeren Betrag, nach all den unbezahlten Monaten, eventuell als zahlungswillig anerkennen und somit die Pfändung zurückziehen.

Diese hauchdünne Chance war das Einzige, das Emiliana blieb, seit sie vor zwei Tagen von dem Schreiben erfahren hatte und in ihrer Verzweiflung klammerte sie sich daran. Offiziell wusste sie überhaupt nichts davon, denn ihre Granny war schon immer viel zu stolz, als dass sie sich beschweren oder gar bei jemand anderem die Augen ausweinen würde. Sie nahm Schicksalsschläge und andere Gemeinheiten des Lebens hin und versuchte diese meist sogar mit einem Lächeln auf dem Gesicht wegzustecken. Wie es jedoch tief im Inneren dieser alten Frau aussehen mochte, dass konnte Emiliana nur erahnen, denn alles was geschieht hinterlässt bei einem Menschen Spuren – sichtbar und unsichtbar.

Das unheilvolle Schreiben, welches Emiliana per Zufall beim Kochen in der Küchenschublade fand, hatte sie an sich genommen. Wer weiß, wozu ihr das noch nützlich sein konnte.

Sobald sie im Haus der Fletchers angekommen war, nahm sie sich außerdem vor, ihre Granny anzurufen, damit diese sich keine allzu großen Sorgen machen musste.

Zusätzlich würde zu Emilianas Glück ab morgen eine liebe Nachbarin einmal am Tag bei Mrs. Brooks nach dem Rechten sehen.

Beim Verlassen der Fähre schaute Emiliana auf das Display ihres Smartphones – 8.05 p.m.

Die piepsende Stimme einer Frau ließ sie aufblicken: „Miss Brooks?"

„Ja, das bin ich."

„Sehr gut. Ich warte hier schon über eine halbe Stunde auf Sie, weil ich nicht mehr genau wusste, mit welcher Fähre Sie ankommen werden. Nun ja, jetzt sind Sie ja da, deshalb herzlich willkommen auf Staten Island."

„Vielen lieben Dank", antwortete Emiliana, musste dabei aber fragend und ein wenig verdutzt gewirkt haben.

Die Frau begann breit zu Lächeln. „Mrs. Fletcher bat mich, diese Wagenschlüssel und die zugehörigen Papiere auszuhändigen. Sie meinte, dass es notwendig wäre, dass Sie zu jederzeit mobil sind, Sie aber ansonsten über alles weitere schon selbst Bescheid wüssten."

Emiliana war jetzt also um das Wissen reicher, dass sie weder ein Taxi rufen, noch meilenweit laufen musste, um ihren Zielort erreichen zu können.

Als sie sich bei der netten jungen Dame bedankte und diese auch schnell wieder in einer Menschentraube verschwand, wurde klar, dass jene ihr zwar alles notwendige aushändigte, jedoch weder Automarke noch Farbe genannt hatte.

Langsam ging Emiliana nun an einer Reihe parkender Wagen entlang. Wieder und wieder betätigte sie den Knopf auf dem Schlüssel.

Laut der Prägung musste es sich um einen Mercedes handeln und aus den Papieren konnte sie die Bezeichnung SLK sowie die Farbe herauslesen.

Wo zum Teufel hat sie dich bloß geparkt?

Ein weiterer Klick auf den Schlüssel und man konnte deutlich ein doppelten Signalton hören.

Emiliana fuhr herum. *Da bist du also!*

Am Haus der Fletchers angekommen, parkte Emiliana den Wagen unweit der Einfahrt. Auf keinen Fall wollte sie mit dem Rangieren in die offenstehende Garage riskieren eine Delle abzubekommen oder versehentlich den Lack an einer der herumstehenden Skulpturen abzuschrammen.

Nachdem sie sich zehn Minuten lang umgesehen hatte, kam sie zu dem Schluss, dass man es ziemlich weit im Leben gebracht haben musste, um in solch einem luxuriösen Haus wohnen zu können.

Der stilvolle Eingangsbereich glänzte mit den Laternen der Straßenbeleuchtung beinahe um die Wette.

Noch wusste Emiliana nicht genau, was sie alles im Innern erwarten würde, doch sie war fest entschlossen es herauszufinden.

Mit ihrer kleinen Reisetasche um die Schulter, steuerte sie direkt auf die Eingangstür des Hauses zu und schon beim Aufsperren konnte sie die Laute einer Katze wahrnehmen. Das zarte Miauen glich dabei einem kläglichen Wimmern. Als die Tür offenstand, konnte Emiliana die schwarze Katze mit dem weißen Punkt auf der Stirn gerade noch mit den Händen davon abhalten an ihr vorbei ins Freie huschen zu können.

„Cynthia, wirst du wohl hierbleiben! Schließlich bin ich nur wegen dir gekommen, da kannst du mich doch nicht nach einer kurzen Begrüßung schon wieder allein lassen."

Als sich die Tür schloss, stolzierte die kleine Katze einmal um Emilianas Beine herum und verschwand in einem der angrenzenden Räume.

Der Flurbereich war einladend und äußerst stilvoll eingerichtet. Viele Bilder hingen an den Wänden, die von einem gewissen Hang zu abstrakter Kunst zeugten. Mehrere breite Ledersessel luden dazu ein, sich zu setzen und einen näheren Blick darauf werfen zu können.

Nachdem Emiliana jeden Raum des Hauses abgegangen war, blieb sie im oberen Stockwerk vor einer kleinen Kammer stehen.

Auf der schmalen Tür stand auf einem handgeschriebenen Zettel in Druckbuchstaben ihr Name – EMILIANA.

Sie öffnete das Zimmer und stellte sofort fest, dass diesen Raum wohl schon lange Zeit niemand mehr bewohnt hatte.

Zwar gab es keinen Staub oder gar Spinnweben, denn dafür hatten die Fletchers sicherlich einen Putzdienst, doch es roch ziemlich stark nach abgestandener Luft.

Ein klappbares Gästebett mit einer Wolldecke, sowie dicken Kissen, die nebeneinander darauf drapiert worden waren, fiel einem außerdem sofort ins Auge.

Darin soll ich schlafen? Nicht deren verdammter Ernst!
Einmal mehr kam Emiliana zu der Erkenntnis, dass reiche Menschen sich nahezu alles erlauben können. Zumindest denken sie, dass sie es können.

Noch immer mit der Reisetasche um die Schulter lief sie zwei Zimmer zurück in das große lichtdurchflutete Schlafzimmer.

Emiliana ließ die Tasche vor dem Doppelbett fallen und warf sich mit dem Rücken auf die seidige Tagesdecke. Ihr schoss der Gedanke durch den Kopf, dass sie es sich durchaus erlauben sollte, die Nächte in diesem Raum zu verbringen. *Wer sollte mich schließlich daran hindern?*

Am liebsten wäre sie auf der Stelle eingeschlafen, doch Emiliana wusste, dass sie noch auf den Anruf von Mrs. Fletcher warten und danach ihre Granny anrufen musste. *Nebenbei die Katze füttern und mit ausreichend Wasser versorgen und dann ...*

Emiliana riss die Augen weit auf!

... werde ich MEINEN GAST in Empfang nehmen!

Als Jeremy an diesem Abend aus der Dusche trat, konnte er unmöglich wissen, was diese Nacht noch alles mit sich bringen würde.

Zusammen mit Sara hatte er reichlich gegessen und einen ziemlich teuren Wein getrunken. Seine Hoffnung ging sogar kurzzeitig in die Richtung, dass er eventuell seiner Frau zur Abwechslung mal wieder nahe sein könnte.

Sein Denken darüber wurde allerdings im Keim erstickt, als Sara ihm so trocken wie der Wein es war, mitteilte, dass sie mit einer Kollegin noch in eine Spätvorstellung des neueröffneten Cinemax gehen wird.

Dafür hatte sie sich wenige Augenblicke später auch schon zurechtgemacht als würde sie nicht ins Kino, sondern in eine Oper mit der Uraufführung von Hamlet gehen.

Jeremy wickelte sich ein Handtuch um die Hüften, schüttelte sein nasses Haar und wollte gerade nach seinem Deo greifen, als er sein Smartphone im Schlafzimmer klingeln hörte.

Er zog es aus der Hose seines Anzugs, den er zuvor fein säuberlich über einen Herrendiener gehängt hatte.

Unbekannt!

Die Uhrzeit im Display verriet ihm, dass es schon ziemlich spät für geschäftliche Unterredungen war, deshalb drückte er den Anruf einfach weg.

Das Telefon warf er aufs Bett, dann ging er pfeifend zurück in Richtung Badezimmer.

Es klingelte erneut.

Mit rollenden Augen machte Jeremy auf dem Absatz kehrt, und dieses Mal beschloss er herauszufinden, wer ihn unbedingt zu erreichen versuchte.

„Adams."

Es gab eine lange Pause.

„Mr. Adams? Jeremy Adams?"

24

„Ja, der bin ich. Und mit wem spreche ich, wenn ich fragen darf?"

„Ach Verzeihung, wo sind nur meine Manieren. Ich bin Mrs. Fletcher, ... eine Kollegin ihrer Frau Sara."

Jeremy konnte sein eigenes Gesicht im Spiegelschrank dabei beobachten, wie es immer verdutzter dreinblickte. Mit der Hand fasste er sich nachdenklich an die Stirn. „Mrs. Fletcher, sollten Sie nicht eigentlich mit Sara im Kino sein. Die Vorstellung hat sicherlich schon begonnen und ..."

„Mr. Adams", unterbrach die Stimme auf der anderen Leitung. „Es ist mir ein klein wenig unangenehm, aber Sara und ich hatten uns kurzfristig umentschieden."

„Umentschieden?", fragte Jeremy irritiert.

„Ja. Also, ähm ..., wir nahmen ein paar Drinks auf der Roof-Top-Bar zu uns und dann beschlossen wir, statt in den Film zu gehen, lieber noch ein wenig Zeit bei mir zu Hause zu verbringen."

„Okay, verstehe. Und worin liegt dann der Grund ihres Anrufs?"

Kurze Stille.

„Hallo? Sind Sie noch dran?"

„Ja, ich ..., wissen Sie, ihrer Frau geht es nicht so gut und es wäre wohl das Beste, wenn Sie vorbeikommen könnten, um sie abzuholen. Ich würde sie auch fahren, doch die Drinks ..."

Jeremy musste auflachen, denn er hielt das Ganze zunächst für einen schlechten Witz. „Entschuldigen Sie, Mrs. Fletcher, aber wollen Sie mir damit etwa sagen, dass meine Frau nicht mehr in der Lage ist allein nach Hause zu kommen? Verstehen Sie mich nicht falsch, aber Sara neigt normalerweise nicht dazu, sich die Kante zu geben."

„Schon in Ordnung, dann wende ich mich am besten an den Rettungsdienst, denn so kann ich Sara unmöglich …"
„Woah, langsam …", unterbrach Jeremy hektisch. „Ich sagte, dass sie nicht dazu neigt und nicht, dass ich Ihnen nicht glauben würde. Hören Sie …, sagen Sie mir doch einfach, wo ich hinfahren soll, dann kommt das alles ganz schnell wieder in Ordnung."
Jeremy beschlich das dumpfe Gefühl, dass die Frau aufgelegt hatte und seine Worte durch das Telefon ins Leere gingen. „Mrs. Fletcher?"
Wieder begegnete ihm nur Schweigen, doch er war sich sicher, dass er ihren Atem hören konnte.
Endlich vernahm sein Ohr wieder ihre Stimme. „Mr. Adams, ich schicke Ihnen die Adresse auf ihr Handy."
„Ähm …, okay, aber das hier ist mein Firmenhandy und ich frage mich gerade, warum Sie nicht meine private Nummer angerufen haben. Könnte ich bitte mal kurz mit Sara sprechen?"
„Oh," ein Hicksen folgte. „Verzeihung, aber ich habe leider auch ein paar Drinks zu viel gehabt, da habe ich wohl die falsche Nummer aus Saras Telefon abgetippt. Sie hat nur noch zwei Prozent Akku und ich bin trotzdem froh, dass ich Sie erreicht habe."
„Alles im grünen Bereich", rief Jeremy dazwischen, denn ihm wurde bewusst, dass er es hier mit einer angetrunkenen Frau zu tun hatte und er stellte Fragen, als wäre sie eine Zeugin vor Gericht.
Außerdem wollte sie noch nicht einmal etwas von ihm persönlich, oder gar von seiner Arbeit, nein, sie möchte lediglich, dass Sara von ihrem Mann abgeholt wird, da jene sich nicht sonderlich gut fühlt.
Reiß dich also gefälligst zusammen, Mann!

„Mrs. Fletcher, bitte senden Sie mir die Adresse. Ich bleibe so lange in der Leitung, damit es auch wirklich ankommt. Oder haben sie mir bereits eine Nachricht geschickt?"
„Noch nicht. Kleinen Augenblick ..."
Raschelnde Geräusche in der Leitung. „Erledigt!"
Jeremy nahm das Telefon vom Ohr und sah auf das Display. Eine unbekannte Nummer sendete:

Fletcher /
29 Annfield Ct, Staten Island
10304 NY

Jeremy betätigte den Lautsprecher und legte das Smartphone beiseite, um sich des Handtuchs zu entledigen.
Nachdem er sich eine Shorts aus der Schublade gegriffen hatte, sprach er: „Habe ich bekommen, doch ich frage mich, ob ich mich eventuell verlesen habe."
„Bitte? Ich verstehe das nicht", bekam er als verdutzte Antwort. Wieder musste Jeremy auflachen. „Da steht Staten Island."
„Richtig, ich wohne hier."
„Ähm ..., und wie ..."
Weiter kam er nicht, da lachte die Frau ungeniert in den Hörer. „Verstehe! Das klingt natürlich alles etwas merkwürdig, aber wie ich schon sagte, sind wir Ladys nach ein paar Drinks einfach auf die Fähre gestiegen, um zu mir zu kommen. Keine Ahnung, wie wir darauf kamen. Ich glaube aber, Sara wollte unbedingt meine Katze kennenlernen."
Jeremy sog tief Luft ein, während er den Gürtel seiner Jeans schloss.

Auch das weiße Hemd, dass er eigentlich erst morgen anziehen wollte, musste jetzt für die Fahrt herhalten.

„Gut, Mrs. Fletcher. Ich beeile mich und hoffe, dass die Brücke um diese Uhrzeit frei ist."

„Vielen Dank, Mr. Adams."

Wenige Sekunden nachdem Emiliana aufgelegt hatte, hätte sie ihr Smartphone liebend gerne durch das Zimmer geworfen und nur darauf gewartet, dass es an irgendeiner Wand oder gar einem Objekt in seine Einzelteile zerbrach. Überwältigt von tiefer Wut, über die Tatsache, dass sie nicht vorher daran gedacht hatte, dass sie die Adresse der Fletchers nicht auswendig kannte, presste sie fest die Lippen zusammen.

Sie musste folglich erst die Visitenkarte zur Hand nehmen und zur Krönung auch noch eine SMS tippen.

Eigentlich wollte sie ihm die Adresse mündlich mitteilen, doch das wäre im heutigen Zeitalter der nahezu unbegrenzten Kommunikationsmöglichkeiten sehr auffällig gekommen.

Was, wenn er versucht mich zurückzurufen?

Besser, er probierte es dann auf ihre richtige Nummer, als dass er sich bei Sara meldete.

Ziemlich hoch gepokert, Mädchen!

Emiliana blieb jetzt nur die Hoffnung, dass ihr kleines Schauspiel ausreichend genug gewesen ist und dieses Scheusal von einem Mann ihren ausgeworfenen Köder gefressen hatte.

Die Fahrt nach Staten Island stellte für Jeremy um diese späte Uhrzeit keinerlei Probleme dar.

Er entschied sich den Lincoln Tunnel zu nehmen und anschließend der I 278 E bis Ausfahrt 8 zu folgen. Das allein kostete ihn eine halbe Stunde Fahrzeit.

Ab jetzt zeigte das Navi nur noch neun Minuten von der Forest Rd bis zur Richmond Hill Rd an.

Die monotone Stimme einer Frau schrillte plötzlich durch den Wagen. „Sie haben Ihr Ziel erreicht!"

Nach dem Parken sah Jeremy noch einmal auf sein Telefon, denn er hatte die ganze Fahrt mit sich gerungen, ob er es nicht doch bei Sara versuchen sollte.

Als ihm jedoch der leere Akku in den Sinn kam und dass es seiner Frau aufgrund des Alkohols nicht sonderlich gutging, wurde ihm klar, dass er sich diesen Anruf auch sparen konnte. Außerdem war er jetzt vor Ort und wird sicherlich gleich über alles aufgeklärt werden.

Hoffentlich hat Sara sich im Badezimmer ausreichend ..., ähm, lassen wir das ..., schoss es ihm durch den Kopf, denn sein nagelneuer Wagen, den er erst vorletzte Woche aus dem Autohaus geliefert bekommen hatte, war ihm nun mal heilig.

Als Jeremy ausstieg und sich umsah, stufte er die Gegend sofort als Luxuriös ein.

Beim Betätigen der Klingel erwartete er so etwas wie einen bellenden Hund, der einen Eindringling direkt davor warnt, auch nur ansatzweise auf dumme Gedanken zu kommen. Doch es herrschte Stille.

Noch einmal fiel sein Blick auf das Namensschild. *FLETCHER.*

Er war zumindest schon mal am richtigen Haus angekommen.

Emiliana schlug das Herz bis zum Hals, doch sie entschied sich nach einer gefühlten Ewigkeit die Klinke herunterzudrücken und die Haustür zu öffnen.

Es dauerte einen kurzen Moment ehe Jeremy in der Lage war, sein Schweigen zu überwinden, denn mit solch einer

Frau, wie sie nun vor ihm stand, hatte er eher wenig bis gar nicht gerechnet.

Sie hatte langes glattes Haar, trug ein schwarzes hautenges Minikleid, hohe Pumps und der Ausschnitt war durchaus etwas gewagt. „Mrs. Fletcher?"

„Mr. Adams, richtig?"

Emiliana hoffte, dass sie ein einigermaßen überzeugendes Outfit aus Mrs. Fletchers Garderobe, die sage und schreibe vier begehbare Schränke umfasste, gewählt hatte.

Da das Dekolleté nicht richtig passte, kaschierte sie es ein wenig mit ihren langen Haaren.

Sollte es doch zu stark auffallen, ist an dieser Tatsache auch einzig und allein der Alkohol schuld. Da können diverse Kleidungsstücke durchaus schon mal um einige Zentimeter verrutschen.

Mit einer einladenden Geste forderte Emiliana ihren Gast dazu auf einzutreten. „Ich werde gleich mal nach Sara sehen. Sie ist oben. Bitte setzen Sie sich doch so lange."

Nickend betrat Jeremy den Wohnbereich. „Ich kam so schnell ich konnte. Tut mir leid, dass meine Frau ..."

„Oh, nein! Bitte, Sie müssen sich doch nicht bei mir entschuldigen. Das war einzig und allein Saras und meine Schuld. Hätten wir weniger Alkohol zu uns genommen, dann säßen wir jetzt mit Sicherheit nicht hier, sondern noch immer im Kino in Manhattan."

Jeremy musste schmunzeln, während er sich auf dem Ledersofa niederließ. „Bei allem Respekt, aber Sie machen mir überhaupt nicht den Eindruck als hätten Sie zu viele Drinks gehabt."

Emiliana zog eine Augenbraue nach oben. „Nun, ich weiß mich eben zu benehmen, wenn es notwendig wird. Spaß beiseite ..., ich fühle mich ebenfalls sehr angeschlagen, doch bei mir war das schon seit meiner Teenagerzeit so, dass ich noch nie einen Filmriss erlitten habe. Scheinbar kenne ich dann doch meine persönlichen Grenzen. Andere überschreiten diese heutzutage leider viel zu schnell."

Irgendetwas kam Jeremy an der Tonlage des letzten Satzes merkwürdig, wenn nicht sogar bedrohlich vor, deshalb entschied er, sich wenn möglich nicht länger mit dieser Frau in eine Unterhaltung zu verstricken.

Er faltete die Hände in seinem Schoss. „Vielleicht sollte ich mal nach oben gehen und Sara fragen, ob ich ihr helfen kann die Stufen nach unten zu kommen."

Emiliana schwieg einen Augenblick, ehe aus ihr herausbrach: „Sara ist in einer etwas peinlichen Situation. Sie hat mich eindringlich gebeten, Sie erst zu ihr nach oben zu lassen, wenn sie mit dem Baden fertig ist. Ihre Kleidung werde ich nachher umgehend entsorgen, wenn Sie verstehen, Mr. Adams."

In Jeremys Kopf überschlugen sich die Gedanken.

Sara sitzt in der Badewanne, hatte sich mehrfach übergeben und konnte scheinbar auch mit anderen Körperflüssigkeiten nicht mehr an sich halten. Großer Gott! Was ist nur mit meiner Frau los?

Lautes Rufen holte ihn in den Wohnbereich zurück.

„Sara? Sara, dein Mann ist da!"

Emiliana lächelte, dann ging sie an die Bar und schnappte sich daraus eine Flasche Whiskey und zwei Longdrink-Gläser. Das Geräusch von klirrenden Eiswürfeln erfüllte den Raum.

„Für mich bitte nichts, danke", entfuhr es Jeremy. „Ich muss uns noch heil nach Hause fahren.

„Keine Sorge, dass weiß ich doch. Es ist nur ein Highball", gab sie ihm mit der Zunge über die Lippen leckend als kecke Antwort zurück.

Schulterzuckend nahm Jeremy nach einer Weile das Getränk an, denn dass es sich hierbei um einen Whiskey, gemischt mit einer relativ hohen Menge an Sodawasser, handelt, das weiß er.

Nach dem ersten Schluck entschied er sich für Smalltalk. „Schön haben Sie es hier. Mr. Fletcher muss eine sehr hohe Position belegen, um sich und Ihnen so viel Luxus bieten zu können."

Emiliana trat um einiges näher und sah Jeremy tief in die Augen. „Nun ja, sagen wir es mal so: Er verdient nicht schlecht."

Noch einmal nahm Jeremy einen Schluck aus seinem Glas, ehe er glaubte verstanden zu haben. „Entschuldigen Sie vielmals Mrs. Fletcher, aber wollen Sie mir damit sagen, dass all das hier aus ihren Einkünften finanziert wird?"

„Und wenn dem so wäre?"

Sie legte den Kopf schief. „Eines sollten Sie nie vergessen, Mr. Adams. Nämlich, dass es nicht nur die Männer sind, die großes leisten können."

Er erwiderte nichts mehr, konnte sich aber durchaus vor seinem inneren Auge vorstellen, wie eine Frau in einem der angesehensten und höchstbezahlten Berufen dieser Welt brillierte.

„Da kommt man ins Grübeln, nicht wahr?" Mit diesen Worten schenkte sie sich nach, dieses Mal Whiskey pur. Jeremy hingegen stellte sein Glas zurück auf den kristallenen Glastisch vor seinen Füßen.

Dann erhob er sich. „Nun Mrs. Fletcher, ich werde jetzt doch nach Sara sehen, dann bekommen auch Sie schneller ihre allabendliche Ruhe. Bestimmt müssen Sie morgen zeitig außer Haus und ich … "

„Hinsetzen!" schoss es plötzlich scharf aus Emiliana heraus.

Jeremy wusste sich einen Moment lang kaum zu verhalten, so unwirklich kamen die herrischen Worte aus dem dunkelrot geschminkten Mund der Frau bei ihm an. Er hatte sogar das Gefühl seinen eigenen Atem hören zu können.

Länger wollte Jeremy nicht in dieser Situation verharren, denn sein Verstand meldete sich, dass Mrs. Fletcher, genau wie seine Frau, eindeutig zu viel des Guten an diesem Abend intus hatten. „Mrs. Fletcher, ich weiß nicht, was in Sie gefahren ist oder warum Sie sich mir gegenüber mit einem Mal so feindselig verhalten, doch ich bin mir sicher …"

„Sicher?" Emiliana lachte auf. „Sicher ist nur das Amen in der Kirche, mein Lieber."

Jeremy schüttelte den Kopf.

Dann rief er mit lauter Stimme durch das gesamte Haus: „Sara! Schatz, wir sollten gehen!"

Keine Sekunde ließ er dabei Mrs. Fletcher aus den Augen. Einzig seine Augenlider zuckten, als sich der Klingelton seines privaten Handys in seiner Gesäßtasche meldete. Beim Herausholen stach ihm sofort die Uhrzeit ins Auge. *11.15 p.m.*

Viel mehr galt jedoch seine Aufmerksamkeit in diesem Moment dem verpassten Anruf und einer Nachricht auf der Mailbox.

Sara: „Hey Schatz, ich wollte dir nur mitteilen, dass der Film jetzt aus ist. Luisa und ich werden noch ein bis zwei Stündchen auf einen Drink ausgehen, du musst dir also keine Sorgen machen. Sicherlich schläfst du schon, von daher gute Nacht und bis später."

Kommentarlos, doch mit zunehmender Unverständnis im Blick, ließ Jeremy das Telefon zurück in die Jeans gleiten. Als er den Wohnbereich verlassen wollte, stand Emiliana auch schon neben ihm. Beides geschah schnell und absolut zeitgleich.

Als Jeremy einen weiteren Schritt wagte, bemerkte er, dass sein Hemd seitlich aus der Jeans gerissen wurde. Nur eine Sekunde später spürte er einen höllischen Schmerz auf der Haut, gefolgt von heftigem Brennen, dass ihm gnadenlos von seiner Leiste aus bis in die Beine fuhr.

Eigentlich wollte er schreien, sich an etwas festhalten oder gar nach Mrs. Fletcher greifen, doch er hatte jetzt das Gefühl, dass sein gesamtes Nervensystem, inklusiver aller Muskeln gelähmt waren.

Jeremy sackte auf die Knie.

Er konnte hören, dass hinter ihm etwas herangezogen wurde. Unter den Armen spürte er die ihren.

Aus der Tatsache heraus, dass sie unglaublich viel Kraft aufwenden musste, um ihn auf den massiven Stuhl zu hieven, ging ihre Atmung laut und schwer.

Dennoch saß Jeremy nun wieder auf seinem Hintern. Das Deckenlicht blendete kurzzeitig seine Augen, sodass er die Umrisse der Frau vor ihm nur noch als schwarze Silhouette wahrnahm.

Nach einem tiefen Atemzug wollte Jeremy ansetzen zu fragen, was das Ganze werden soll.

Bevor allerdings auch nur eine Silbe seine Kehle verließ, hatte ein heftiger Schlag gegen die linke Schläfe dafür gesorgt, dass ihm schwarz vor Augen wurde.

Als sich langsam wieder die Umrisse des Raumes abzeichneten fühlte Jeremy, dass seine Arme brutal nach hinten gerissen und seine Handgelenke gefesselt wurden.

So eng, dass er hätte meinen können, sie habe vor, ihm die Hände damit von den Unterarmen abzutrennen.

Während sein schmerzerfülltes Aufstöhnen die vorherrschende Stille durchbrach, landeten seine Schuhe, sowie die schwarzen dünnen Socken in irgendeiner Ecke. Direkt darauf bohrte sich dünner Draht tief in seine nackten Fußgelenke.

Der marmorierte Boden fühlte sich eiskalt an, oder lag es einzig und allein daran, dass nur noch sehr wenig Blut durch seine Füße zirkulieren konnte.

Ihm wurde bewusst, dass diese verrückte Frau ihn mit Hilfe von Kabelbindern gefesselt haben musste.

Ergo, es gab nicht die geringste Chance, sich dieser Folter ohne weiteres, beziehungsweise aus eigener Kraft, entziehen zu können.

Jeremy blickte auf und nahm allen Mut zusammen. „Was zur Hölle haben Sie vor? Ich kenne Sie nicht!"

Emiliana packte ihn unter dem Kinn. „Sieh mich an, du elender Scheißkerl!"

Jeremy sah zwar in das Gesicht der Frau, doch er konnte sich beim besten Willen keinen Reim darauf machen, wann, wo, oder wieso er jemals mit ihr zu tun gehabt haben könnte.

Doch auch wenn er sie nicht kannte, musste es schließlich einen Grund geben, warum sie gerade ihn für diese Art von Folterung auserwählt hatte.

„Ich ..., ich weiß nicht, wer Sie sind, oder was Sie ...", Jeremys Worte wurden durch seine eigene Stimme unterbrochen, denn ein kräftiger Tritt mit der Spitze der Pumps gegen sein Schienbein ließ ihn aufschreien.

Anschließend fühlte er die zierliche Hand der Frau in seinen Haaren.

Jetzt sprach sie leise und deutlich mitten in sein Gesicht. „Heute Nacht möchte ich dich an ein paar Widerwärtigkeiten aus deinem Leben erinnern. Eigentlich sollten Kerle wie du einer bist, noch nicht einmal mehr das Recht haben im Strahl pinkeln zu dürfen. Nein, ihr solltet tagtäglich in eurer eigenen Scheiße liegen und darüber nachdenken, was ihr manchen Menschen angetan habt. Ihr glaubt vor allem immer, dass ihr so einfach mit allem davonkommt. Während manche alles verlieren, liegt ihr in euren Seidenbetten mit euren Vorzeigenutten und verschwendet nicht mal mehr eine Sekunde eures Lebens damit, dass ihr ganze Leben zerstört habt."

Um ihre Worte zu unterstreichen, zerrte Emiliana seinen Kopf ruckartig nach hinten.

Zum Glück ist sie eine Frau, schoss es Jeremy in den Sinn. Hätte ein Mann das auf diese Weise getan, dann wäre mit hoher Wahrscheinlichkeit sein Genick dabei gebrochen. Scheinbar spiegelten sich seine Gedanken in der Mimik wieder, denn ihn traf zusätzlich ein Schlag mit der flachen Hand auf seiner Wange und der Hälfte seines Mundes. Etwas klebriges bahnte sich kurz darauf einen Weg aus der Nase bis zum Kinn hinunter.

Jeremy schlussfolgerte, dass es sich um Blut handeln musste. Ob es von der Ohrfeige stammte, oder ob sich lediglich sein stressbedingtes Nasenleiden in diesem Moment bemerkbar machte, das wusste er nicht.

„Bitte, Mrs. Fletcher, lassen Sie uns vernünftig miteinander über alles reden", bat Jeremy, denn seine Instinkte sagten ihm unaufhörlich, dass er sich nur mit dem Wissen, was ihn und diese Frau verband, aus dieser prekären Lage zu helfen vermochte.

„Reden?", fragte Emiliana mit viel zu hoher Stimme und erhob dabei erneut die Hand.

Noch niemals zuvor hatte sie in ihrem Leben einen Menschen geschlagen und sie hätte auch nie gedacht, dass sie jemals in der Lage dazu wäre.

Der Gedanke an ihre Granny und wie schwer es der armen alten Frau momentan ums Herz sein musste, da jene durch die Bank, Marshall-Enterprises und letztendlich durch Mr. Adams hier, alles verloren hatte, ließ Emiliana einen unglaublichen Hass und somit eine ungeheure Kraft entwickeln.

Es stimmte also tatsächlich, dass das Handeln von Menschen allein durch ihre Empfindungen und Emotionen geleitet werden konnte. Mit Moral, oder gar dem eigenen ursprünglichen Charakter hatte das meist wenig, bis gar nichts mehr zu tun.

Der nächste Schlag traf auf seine rechte Schläfe.

Großer Gott! Mein Gesicht brennt wie Feuer, doch ich werde in gar keinem Fall anfangen zu heulen!

Während dieses Gedankens blieb Jeremys Blick starr auf Emilianas Augen, die so tiefschwarz wie die eines Dämonen wirkten, haften.

Trotz der Trockenheit in seiner Kehle kamen weitere Worte über Jeremys Lippen. „Verstehe, du hasst Smalltalk. Wenn es dir hilft, ich auch. Mir ist es meist auch um einiges lieber, wenn die Leute direkt zur Sache kommen. Also, was willst du von mir, beziehungsweise woher zum Teufel sollte ich dich kennen."

Emiliana spürte, wie sich eine seltsame Unruhe in ihr ausbreitete.

Dieser Mann saß gefesselt und aus der Nase blutend auf einem Stuhl vor ihr und doch redete er sie an, als würde er hinter seinem Schreibtisch stehen und auf sie herabblicken.

Da Jeremy ihren inneren Aufruhr bemerkte, begann er so breit zu grinsen, dass die Grübchen auf seiner rasierten Haut deutlich zum Vorschein traten.

Emiliana wandte sich ab.

Sie musste nachdenken.

Dann schnappte sie sich ihr Glas und befüllte es noch einmal randvoll mit Whiskey.

Wieder vernahm sie seine Worte: „Ich hatte heute einen echt miesen Tag und wenn das der krönende Abschluss sein soll, dann kann ich gut und gerne darauf verzichten. Eigentlich wollte ich mit meiner Frau den Abend verbringen, doch sie ..."

„Halt dein verdammtes Maul!" Emiliana war pfeilschnell an den Stuhl herangetreten.

Das Glas hielt sie zitternd unter sein Kinn. „Das tut mir nicht im Geringsten leid, dass du einen scheiß Tag hattest. Und was auch immer du mit deiner Frau vorhattest, daraus wird leider nichts, denn das Schicksal hat manchmal ganz andere Pläne mit uns."

Jeremy empfand die Art und Weise wie Emiliana die Worte aussprach sehr beklemmend. Es lag etwas gefährliches und absolut unberechenbares in ihrer beinahe sanft wirkenden Tonlage.

Der Inhalt des Glases landete nun mitten in seinem Gesicht. Jeremy schaffte es reflexartig die Augen zu schließen.

Im gleichen Moment packte Emiliana ihn am Kinn.

Ihre Nägel gruben sich tief in seine Wangen und er wagte es kaum mehr zu atmen.

Jeremy presste die Lippen fest zusammen, dann öffnete er langsam die Augen. Er konnte Emilianas Lippen direkt vor sich sehen. So nah, dass er hätte meinen können, sie wollte ihn küssen.

Ihm wurde jedoch schlagartig bewusst, dass diese Frau vor ihm wohl eher seinen Kopf rollen sehen wollte, als das zu tun.

Diese Theorie bestätigte ihm sogleich die Tatsache, dass Emiliana ihm die flache Hand auf Mund und Nase presste. Jeremys Augen weiteten sich.

Falls das ein fieser Traum ist, dann möchte ich bitte sofort daraus erwachen!

Er fühlte, wie seine Lungen zu brennen begannen, denn es ging ihm mit jeder weiteren Sekunde mehr und mehr der Sauerstoff aus.

„Bit ... te hö ... ren ...Sie ...", kam es unverständlich aus ihm heraus.

Na bitte, er weiß sich anscheinend wieder zu benehmen, dachte sich Emiliana, als sie anstatt des DU wieder klar und deutlich die höfliche und absolut unvertraute Anrede SIE aus seinem Mund zu hören bekam.

Dieses Mal huschte ihr ein breites Lächeln über das Gesicht.

„Mr. Adams ...", flüsterte Emiliana, als sie seine Nase wieder freigab. „Es freut mich, dass du wieder zurück zu deinen Manieren gefunden hast."

Jeremy zog hektisch die Luft durch seine Nasenflügel ein. Noch etwas länger und er wäre mit hoher Wahrscheinlichkeit ohnmächtig geworden.

Als sie die Hand von seinen Lippen nahm lächelte er nicht mehr und sein Blick wirkte bitterernst.

Eine diffuse Angst ergriff von seinem Körper besitz, doch er musste unbedingt versuchen mit ihr zu kommunizieren. Am besten wäre es, er würde eine Erklärung finden, warum diese Frau solch einen Groll auf ihn hegte.

Emiliana zog die Augenbrauen nach oben, dann entfernte sie sich mehrere Schritte vom Stuhl.

Sie fühlte eine seltsame Enge und eine Kälte, die an ihren nackten Beinen bis nach oben zu ihrem Slip kroch.

Gewiss lag es nur daran, dass das Kleid, welches sie aus dem riesigen Kleiderschrank gewählt hatte, viel zu kurz für sie war. Und da die gute Mrs. Fletcher einen nahezu skelettartigen Körperbau vorwies, quollen Emilianas Brüste eine gute Körbchengröße über den Rand des Dekolletés hinaus.

Tut jetzt nichts zur Sache! Ich habe ganz andere Probleme und das größte davon sitzt direkt vor meinen Augen!

Nachdem das Glas wieder neben der Whiskeyflasche stand, zog Emiliana an den Seiten des hautengen Kleides, um ihre Beine wieder etwas besser mit Stoff bedecken zu können.

„Warum tun Sie mir das an?" Jeremy versuchte sie fest anzusehen, ohne dabei eine Miene zu verziehen.

„Ich habe dich beobachtet. Habe gesehen, wie so ein Tag in deinem Leben abläuft. Ich dachte, das hier sei eine gute Möglichkeit, um dir zu zeigen, dass dein Stil und deine Art einfach nicht länger tragbar sind."

Emiliana hoffte, dass der Abstand dazu beitragen würde, dass sie weniger wütend auf diesen Mann war, doch ihr Magen rebellierte bereits, wenn er nur die Lippen formte, um wieder eine seiner dämlichen Fragen zu stellen.

„Es geht also um meinen Job, richtig?"

Da haben wir es! Er tut es schon wieder! Warum glauben diese Kerle eigentlich immer, sie könnten eine Frau mit ihrer direkten toughen Art einschüchtern?

Wieder sprach Jeremy. „Glauben Sie mir, Mrs. Fletcher, ich bin ein ganz normaler Mensch und mein Beruf erfordert es nun mal, dass gewisse Opfer gebracht werden müssen. Wenn ich Sie oder jemanden, den Sie gut kennen, damit in große finanzielle Schwierigkeiten gebracht haben sollte, dann lassen Sie mich versichern, dass es bei Marshall-Enterprises, beziehungsweise bei meinem Vorgesetzten Mr. Tale, immer Möglichkeiten gibt, um ..."

Emilianas Halsschlagader begann zu pulsieren. „Willst du mich verarschen?"

Jeremy stieg das Blut in Richtung Kopf.

Er stammelte: „Nein, warum sollte ich das?"

„Oh, lass es mich mal so ausdrücken ..., du bist ein korrupter Egoisten-Arsch, der nur durch anderer Leute Leid zu seinem eigenen Wohlstand kommt. Nenn mir also nur einen einzigen guten Grund, weshalb jemand wie du nicht auch mal am eignen Leib erfahren sollte, wie sich Verzweiflung oder gar Hilflosigkeit anfühlt."

Jeremy rutschte unruhig auf seinem Stuhl hin und her. Für den Bruchteil einer Sekunde dachte er darüber nach ihn umzustoßen, doch das würde ihm nichts nützen. Viel zu fest waren die Kabelbinder um seine Gelenke und Knöchel geschnürt worden.

Schweißperlen bildeten sich auf seiner Stirn und mit der Zunge fuhr er sich über die spröde Unterlippe. Sofort breitete sich der metallische Geschmack von Blut in seinem Mund aus.

Mit dem Kopf beugte er sich ein Stück weit nach vorne und mit einem Anflug von Panik rief er: „Was meinst du damit, du krankes Miststück?"

Krankes Miststück? Wut loderte in Emilianas Augen auf. Wie konnte er es wagen, sie so dermaßen herablassend anzusprechen.

Ehe sie die Fassung zurückerlangen konnte, durchschnitt das starke Vibrieren eines Handys die geladene Luft wie eine Rasierklinge.

Ohne Vorwarnung griff Emiliana in Jeremys Hosentasche und zog das Smartphone heraus.

Den Akku entfernte sie mit einem weiteren Handgriff so ruckartig aus dem Gerät, dass kleine verankerte Teile des Gehäuses dabei absprangen.

Nachdem Emiliana das Gefühl hatte, wieder Herrin über sich und die Situation zu sein, flachte ihre Atmung ab. Stieg allerdings genauso schlagartig wieder an, als Jeremy einen erneuten Versuch startete, doch noch irgendwie mit ihr über alles reden zu können. „Ich muss wissen, was du von mir willst. Wie soll ich sonst …"

„Ich weiß, was du willst! Und was du dir jeden gottverdammten Tag auch holst! Das genügt mir für den Moment vollkommen!"

Jeremys Atem ging schwer.

Seine Brust hob und senkte sich. „Ich hole mir was?" Emiliana kam näher und umfasste mit den Händen die Armlehnen des Stuhls.

Ihr Gesicht war jetzt wieder so nah, dass Jeremy ihren warmen Atem spüren konnte

Sie seufzte. „Schon in Ordnung. Du spielst den Unschuldigen. In deiner Situation würde ich wahrscheinlich haargenau das Gleiche tun. Frei nach dem Motto: Sei schlau, stell dich dumm."

Ungewollt begannen Jeremys Hände zu zittern.

Da diese sich zusammengebunden hinter dem Stuhl befanden, würde sie es hoffentlich nicht gleich bemerken. Er räusperte sich. „Im Gegensatz zu vielen anderen Mitarbeitern von Marshall-Enterprises bin ich jemand, mit dem wirklich jeder Mensch auf diesem Planeten über seine Sorgen und Probleme sprechen kann. Oftmals findet sich eine Lösung von ganz allein."

„Ist das so?" Emiliana stellte diese Frage nahe an seinem Ohr.

Einhauchen in seinen Kopf und somit in sein Bewusstsein, traf es hierbei um einiges besser.

„Ja, das ist so", antwortete Jeremy hastig.

Wieder dieses Flüstern. „Warum habe ich dann das Gefühl, dass du mir, zumindest was dich und deine Arbeitsmoral betrifft, nicht die Wahrheit sagst?"

Sie wartete einen Augenblick lang auf eine Reaktion und als keine erfolgte, griff Emiliana nach dem Schürhaken, der neben dem Kamin in einem großen Tongefäß steckte. Eine Hand ruhte nun auf Jeremys Schulter und während sie ihm weiterhin tief in die beinahe hellblauen Augen sah, rammte sie ihm mit der anderen die Spitze des Hakens tief in den Oberschenkel.

Als der Schmerz durch Jeremys Bein jagte, konnte er nicht anders, als einen lauten Aufschrei von sich zu geben. Tränen schossen ihm in die Augen und er biss sich so fest auf die Lippe, dass nun auch von dieser einige blutrote Tropfen auf sein weißes Shirt herabfielen.

Wieder beugte sich Emiliana bis an sein Ohr herab. „Ich rate dir in deinem eigenen Interesse mich nicht weiter zu belügen. Geht das klar?"

Ach du Scheiße! Schoss es Jeremy durch den Kopf, denn zeitgleich mit dieser Frage, wurde der Haken in seinem Bein einmal um 180 Grad gedreht.

Wieder entfuhr ihm ein Aufschrei.

So laut, dass er für einen Moment sogar die Hoffnung hegte, ein Nachbar, der zufällig noch einmal mit seinem Hund Gassigehen musste, habe es eventuell vernommen und holte bereits Hilfe.

Jeremy spürte sogleich die flache Hand der Frau auf seinem Mund ruhen. Die Nase ließ sie dieses Mal frei.

Auch Emiliana wurde schlagartig bewusst, dass sie ihm zwar wehtun wollte, doch sie nicht an die Folgen gedacht hatte.

Menschen schreien nun mal bei Schmerzen, Qualen, Angst oder ähnlichen Folterungen.

Was sie jetzt brauchte, war etwas ähnliches wie ein Tuch. *Nur woher?*

Emiliana nahm die Hand von Jeremys Mund, was ihn sofort aufstöhnen ließ. Sie ging um ihn herum und stellte sich hinter seinen Kopf.

Alles was seine Ohren kurz darauf vernahmen war ein reißendes Geräusch, gefolgt von dem Gefühl seidenartigen Stoffes an seinen Mundwinkeln.

Ein schneller Zug nach hinten und das Band wurde an Jeremys Hinterkopf festgezogen. Dies bewirkte, dass der Schwung seines markanten Kinns und sein Mund deutlich mehr betont wurden.

Seine Lippen bewegten sich, aber man konnte ihn kaum verstehen. Mit einem Schreien wie zuvor war somit auch nicht mehr zu rechnen.

Emiliana holte tief Luft.

Das ist ja gerade noch einmal gutgegangen. Nicht auszudenken, wenn …

Weiter kam sie nicht, denn es schellte kräftig an der Tür. Jeremy bekam große Augen.

Insgeheim betete er, dass nun endlich die erhoffte Hilfe eintreffen würde. Diese Hoffnung veranlasste ihn erneut dazu all seinen Mut zusammenzunehmen und es noch einmal zu wagen sich durch Laute, wenn auch abgedämpft durch das Tuch, bemerkbar zu machen.

Emiliana hatte sofort auf diesen mickrigen Versuch reagiert indem sie ihre Hand fest in Jeremys Nacken presste.

44

Die Finger gruben sich dabei tief in die Haut und es sah beinahe so aus, als wolle eine Katzenmutter ihr Kitten davon abhalten etwas törichtes zu wagen.

„Okay, Mr. Adams, es wird höchste Zeit den Mund zu halten", zischte sie ihm drohend ins Ohr.

Jeremy sah ihr in die Augen, dann setzte sie nach: „Ich werde jetzt an die Tür gehen und wenn du auch nur einen Mucks von dir gibst, dann schwöre ich dir, dass ich dich deiner Frau in Einzelteilen zurücksenden werde! Hast du das verstanden?"

Da er weder richtig sprechen noch Nicken konnte, blinzelte Jeremy.

Emiliana fasste diese Geste als eindeutiges *Ja!* auf. Sie ließ von ihm ab.

Auf ihrem Weg in Richtung der Eingangstür schlug ihr Herz schneller als jemals zuvor.

Durch den Spion konnte sie einen dunkelhäutigen älteren Mann in einer blauen Uniform sehen. Auf seiner Schulter war ein goldenes Emblem eingestickt worden.

ROBENS SECURITY

Emiliana prüfte, ob ihre Finger nicht allzu sehr zitterten, dann öffnete sie die Tür.

Der Mann lächelte freundlich. „Oh, ähm ..., Miss Brooks, richtig?"

„Ja, die bin ich."

„Mein Name ist Nigel Kennedy, aber bitte nennen Sie mich nur Nigel. Geige kann ich nicht spielen, wie mein bekannter Namensvetter, aber ich kann Einbrecher oder anderes Gesindel, dass sich hier meint herumtreiben zu müssen, heimgeigen. So viel ist sicher! Mrs. Fletcher teilte mir mit, dass sie die ganze Woche auf Staten Island verbringen werden und ich wollte mich der Form halber kurz bei Ihnen vorstellen. Mein Partner ..."

Nigel sah sich nach allen Richtungen um, dann schnaufte er laut aus. „Immer dasselbe mit den Neuen."

Emiliana bemühte sich nicht zu wirken, als wolle sie ihm die Tür vor der Nase zuknallen oder wegrennen. Nein, sie schaffte es sogar zu lächeln.

Nigel fuhr fort: „Also mein Partner, Ron und ich, wir sind jederzeit für Sie da. Sie müssen keine Angst haben. Auch das Licht können sie getrost löschen, so wissen auch wir, dass alles in Ordnung ist. Wir machen mehrmals unsere Runden und es besteht für Sie nicht die geringste Gefahr."

„Gefahr?", wiederholte Emiliana und ihr Lächeln wurde breiter. „Ich denke ich fühle mich mit Ihnen sehr sicher. Danke Nigel."

Von der Straße war nun eine weitere Männerstimme zu hören. „Nigel, ich habe mir das Kennzeichen notiert!"

„Ja, ähm ..., das ist toll, Ron!"

An Emiliana gerichtet erklärte Nigel: „Er befindet sich sozusagen noch in der Einlernphase. Ist dabei auch sehr eifrig und wissbegierig. Aber sagen Sie mir doch bitte, ist das Ihr Wagen, der etwas schräg auf dem Gehsteig parkt?"

Emiliana sah an Nigel vorbei in Richtung Ron.

Jener stand auf die klassische Art mit Zettel und Stift vor einem nachtschwarzen Audi A8 und schrieb sich scheinbar vorsorglich das Kennzeichen auf.

„Ähm ..., nein, ich bin mit der Fähre angekommen."

Bei dieser Antwort bohrten sich ihre Fingernägel tief in die Handflächen, denn Emiliana wurde schlagartig bewusst, dass dieser Oberklassenwagen nur Mr. Adams gehören konnte.

„Holy Shit!", rief plötzlich Ron und klatschte sich dabei einmal auf die Stirn.

Nigel riss die Augen weit auf. „Was ist passiert?"

Emiliana durchfuhr es heiß und kalt. *Was ist da nur los?*

Ron lief wie ein aufgescheuchtes Huhn einmal um den Wagen herum. „Wenn mir jetzt noch einer sagt, dass das ein Zwölfzylinder ist, dann ... "

Nigel wandte sich augenrollend ab. „So ist das. Er muss sich wohl erst an eine luxuriöse Gegend gewöhnen. Für mich war es anfangs auch ein komisches Gefühl, doch die Menschen hier sind allesamt freundlich und ich persönlich bin mit meinem mittelständischen Gehalt durchaus zufrieden."

Erleichtert warf Emiliana ihre langen Haare zurück. Ihr war auch nicht entgangen, dass Nigel nicht drumherum kam, ihr bereits zum zweiten Mal, anstatt in die Augen auf die überstehende Blöße ihres Kleides zu sehen.

Sie versuchte es mit einem unschuldigen Lächeln. „Nun Nigel. Ich muss nach Cynthia sehen. Aber es war nett Sie beide kennenzulernen."

Nigel räusperte sich. „Die Freude ist ganz meinerseits. Ich wünsche Ihnen einen schönen Aufenthalt sowie eine angenehme Nachtruhe."

Beim Schließen der Tür konnte Emiliana Ron rufen hören. „Nigel! Sehen Sie sich diese Karosserie an! Ein Traum!"

„Ron! Ist ja schon gut. Nicht so laut! Komm endlich, wir haben heute Nacht noch einiges zu tun!"

Emiliana brauchte lange, ehe sie die Augen vollständig öffnen konnte.

Wo bin ich?

Dieser Gedanke schoss ihr als erstes durch den Kopf, während sie den riesigen Raum um sich herum inspizierte. Schatten schlängelten sich an den hohen Wänden entlang und durch das schwach einfallende Licht sah es so aus, als würden sie miteinander spielen.

Endlich fühlte sich Emiliana imstande aufzustehen.

Ihr wurde bewusst, dass sie sich im Haus der Fletchers befand. Genauer gesagt, in deren Schlafzimmer.

Noch immer trug sie das hautenge Kleid, doch die Pumps lagen wirr verteilt irgendwo auf dem Boden.

Machte nichts, denn barfuß fühlte sie sich am wohlsten.

Nach weiteren Minuten des klarer Werdens im Kopf, begab sie sich in Richtung Badezimmer.

Der Druck ihrer Blase war so immens, dass ein feiner stechender Schmerz während des Wasserlassens durch ihren Unterleib hindurchzuckte.

Beim anschließenden Händewaschen wagte Emiliana einen Blick in den Spiegel. Ihr Haar war zerzaust und ihr Gesicht zeugte von großer Müdigkeit.

Als plötzlich ihr eigenes Spiegelbild vor ihren Augen verschwamm, kamen die Erinnerungen an den restlichen Verlauf des Abends zurück.

Nachdem die beiden Männer der Security, Nigel und Ron, sich wieder ihren eigentlichen Aufgaben widmeten, kehrte Emiliana in den Wohnbereich zurück.

Jeremy hatte zum Glück getan, was sie von ihm verlangte.
SCHWEIGEN!

Leider konnte er zwischenzeitlich, aller Anstrengung zum Trotz, kein einziges Wort verstehen, was da an der Haustür gesprochen wurde.

Da sie ohne Begleitung zurückkam und man auch keine weiteren Stimmen mehr vernehmen konnte, wusste Jeremy, dass es für ihn keine Hilfe geben würde. Zumindest noch nicht.

Jetzt spürte er die Hände der Frau in seinen Hosentaschen kramen.

Ebenso spürte er, wie sich sein Magen verkrampfte, als sie daraus seine Wagenschlüssel herauszog.

Sie wird doch nicht den Audi wegschaffen?

Doch Jeremy war sofort bewusst, dass dieser Gedanke, der einzig logische in diesem Fall war.

Ihr Schweigen machte es ihm nicht leichter, seinen inneren Aufruhr unter Kontrolle zu halten, doch auch von ihm kam kein Mucks über die Lippen.

Das Klacken ihrer Absätze hallte über den Marmor, als sie sich wieder aus dem Wohnbereich entfernte.

Beim Öffnen der Tür sah sich Emiliana nach allen Seiten um, dann eilte sie auf den Wagen zu.

Ehe sie die Zentralverriegelung entsperrte, fiel ihr Blick auf die Doppelgarage der Fletchers.

Auf der Straße parkte der weiße Mercedes von Mrs. Fletcher, den Emiliana selbst dort abgestellt hatte, und in der Garage selbst sah sie mitten in eine schwarze gähnende Leere.

Gewiss waren die Fletchers mit dem Wagen des Hausherren zu ihrer Reise aufgebrochen.

Perfekt!

Nach dem Entsperren stieg Emiliana in das Luxusgefährt von Mr. Adams.

Übelkeit kroch ihre Kehle empor, beim bloßen Gedanken daran, dass sich dieser skrupellose Kerl diesen ganzen Schnickschnack allein durch das Zerstören armer Leute leisten kann.

Beim Anlassen des Motors durchliefen kalte Schauder Emilianas angespannte Muskeln. Sie begann zu zittern. „Reiß dich zusammen!", ermahnte sie sich, doch ihre Stimme hallte wie ein schlechter Witz in ihren Ohren wider.

Einen Augenblick lang dachte sie darüber nach, wie unglaublich dumm diese ganze Aktion doch war, und was sie glaubte, wie weit sie kommen, beziehungsweise, was sie letztendlich damit erreichen würde.

Nachdem der Wagen in der Garage parkte und die Rolltore durch einen Mechanismus von Innen geschlossen wurden, überkam Emiliana plötzlich ein befriedigendes Gefühl und ihre Pupillen nahmen wieder diesen herausfordernden Schein an.

Als sie das Haus durch eine kleine schmale Tür betrat, konnte man nur das Ticken der großen Standuhr im Flurbereich wahrnehmen. Gefolgt von dem Klacken der Absätze.

Im Wohnzimmer saß Jeremy wie zuvor auf dem Stuhl. Emiliana hatte auch nichts anderes erwartet, weshalb sie sich dazu entschloss einen weiteren Stuhl heranzuziehen, und rittlings darauf Platz zu nehmen.

„Na, Mr. Adams." Sie stützte ihr Kinn auf die verschränkten Arme. „Was soll ich noch mit dir anstellen, damit du verstehst, was du Schlimmes getan hast?"

Emilianas Blick streifte dabei den Schürhaken, der noch immer tief in seinem Oberschenkel steckte.

Jeremys hellblaue Augen waren rot unterlaufen. Sie brannten wie Feuer.

Ein weiteres Stresssymptom, dass ihn seit geraumer Zeit heimsuchte.

Alles hat nun mal seinen Preis. So auch sein Job!

Welch Ironie!

Jeremy hatte schon oft gehört, dass sich Kollegen oder gar der feine Joel genügend Feinde im Laufe der Jahre gemacht haben, doch er hätte nie gedacht, dass er es sein wird, der eines schönen Tages an einen Psychopathen oder gar Serienkiller gerät. Noch dazu in weiblicher Form.

„Bitte …, ich kann …", setze Jeremy durch das Tuch hindurch an, doch Emiliana legte ihm den Zeigefinger auf die Lippen.

„Psst! Streng dich bitte nicht so an. Du beschmutzt noch den schönen Boden."

Er wusste, was sie damit meinte, denn er fühlte wie das Blut, das aus der Einstichwunde kam, ihm in mehreren Bahnen über die Haut lief und auch den Stoff seiner Jeans stellenweise mit dunklem Rot tränkte.

Plötzlich umklammerte sie den Schürhaken und zog ihn mit nur einem einzigen Ruck nach oben heraus.

Jeremys Augen weiteten sich aufgrund des einsetzenden Schmerzes und er glaubte Sterne vor seinen Augen flimmern zu sehen.

Wieder durchschnitt sein Aufschrei die Stille, wenn auch nur halb so laut wie zuvor.

Schwungvoll feuerte Emiliana den Haken wie ein Geschoss in die nächstbeste Ecke. Mit diesem Akt stieg auch wieder ihre Wut auf diesen Mann ins Unermessliche.

Sie griff nach dem Stoffband in seinem Mund und riss es ihm herunter. „Hast du Angst vor mir?"

Jeremy wusste, dass es mit Sicherheit das Falsche in diesem Augenblick war, doch er entschied sich mit dem Kopf zu schütteln.

Emiliana biss sich auf die Lippen. „Natürlich nicht. Dafür bist du viel zu abgebrüht, nicht wahr? Ein richtig tougher Geschäftsmann."

Dieses Mal nickte Jeremy, ohne auch nur ansatzweise über diese Behauptung der Frau beleidigt zu sein. Herausfordernd sagte er: „Natürlich bin ich das. Man könnte auch sagen, dass all diese Leute, die ich, so leid es mir in Gottes Namen tut, pfänden muss, es auch nicht anders verdient haben. Sie machen Schulden und dann wollen sie das Geld nicht zurückzahlen. Wenn ich auftauche, dann müssen sie sozusagen bezahlen, ob sie wollen oder nicht. Meist nicht mehr finanziell, sondern mit ihrem Hab und Gut. Alle wussten, worauf sie sich bei einem Deal mit der Bank einlassen. Die hohen Zinsen sind dabei auch kein Geheimnis und in private Insolvenz wollen die wenigsten gehen. Wobei die zum Teil nicht verstehen, dass ein Treuhänder dabei nicht die schlechteste Lösung ist, denn der verteilt zumindest pfändbare Teile des Vermögens an alle Gläubiger."

Diese nüchterne Erklärung war eindeutig zu viel für Emiliana.

Einen Moment lang kämpfte sie sogar mit dem Bedürfnis, diesen eingebildeten Schnösel binnen Sekunden mit dem Stoffband in ihren Händen zu erwürgen.

„Du bist noch viel eingebildeter, als ich es mir vorgestellt hatte!" Mit diesen Worten stand sie von ihrem Stuhl auf und kickte ihn zur Seite.

Eine Weile wackelte dieser sogar wie ein Kreisel, der gerade dabei war, sich wieder zu beruhigen.

„Ich versuche es deshalb auf eine Art zu sagen, die du hoffentlich auch verstehst!"

Egal, was sie jetzt vorhat, ich werde nicht nachgeben, dachte Jeremy und beobachtete dabei millimetergenau ihre Schritte.

Ihre Augen funkelten. „Ich denke, dass Leute wie du ihr Geld für schicke Autos, große Häuser, und wahrscheinlich auch für nette Hotelbesuche verschwenden, während andere Leute so wenig haben. Vor allem die unverschuldeten, die in eine Notlage gekommen sind, ohne dass sie Böses im Schilde führten. Das ist ungerecht, findest du nicht auch?"

Für einen Moment glaubte Emiliana deutlich zu erkennen, dass Jeremys Wangen sich röteten.

Ein paar Mal nickte er sogar zustimmend. „Ich sehe es auch so, dass vieles ungerecht auf dieser Welt erscheinen mag. Aber so ist nun mal das Leben."

Sie machte einen Schritt auf ihn zu. „Du hast es noch immer nicht verstanden."

Sein Mund verhärtete sich und seine Augen schimmerten, doch er gewährte sich lieber nicht zu fragen, was er denn in ihrem Sinne nicht verstanden hatte.

Emiliana entschied sich deshalb weiterzusprechen. „Es ist ein großer Unterschied, ob man Menschen im Leben an ihre Pflichten erinnert, oder ob man sie bricht. Ich verstehe Typen wie dich nicht, dass ihr so skrupellos den Menschen ihr zu Hause wegnehmen könnt. Euch sollte wirklich mal jemand Manieren beibringen."

Jeremy entfuhr ein Lacher. „Deshalb dieses ganze Theater? Willst du mir ernsthaft ein schlechtes Gewissen einreden und am Ende noch Manieren beibringen wollen?"

Einen Moment lang fürchtete sie, dass sie die Kontrolle über die Situation, das Gespräch, und vor allem über Mr. Adams selbst verlieren würde.

Emiliana entschied sich den Stofffetzen ihres Kleides tief in seinen Mund zu stecken und den Wohnbereich zu verlassen.

Sie lief nach oben ins Schlafzimmer, wollte nachdenken. Nachdem ihr Kopf in die weichen Kissen gesunken war, musste sie aufgrund der Anspannung wie durch einen Fingerschnipp eingeschlafen sein.

Jetzt bin ich hellwach, doch was wird mich erwarten, wenn ich nach unten komme. Ein erstickter Mr. Adams? Ein leerer Stuhl oder einfach nur das gleiche Bild, wie ich ihn gestern Nacht zurückgelassen habe?

Ihre Hand griff nach der Make-Up Tube, die sie gestern bereits benutzt hatte. Auch der schwarze Eyeliner sollte an diesem Morgen ein klein wenig von den Augenringen ablenken.

Als Emiliana fertig war, zog sie wieder an dem Kleid, ehe sie sich auf den Weg nach unten machte.

Die alte Holztreppe knarrte bei jedem ihrer Schritte und der Marmorboden im Flur fühlte sich glatt und kühl an. Emiliana bereute jedoch keinen Augenblick, dass sie nicht in die Pumps geschlüpft, sondern sich für die Barfuß-Variante entschieden hatte.

Im gesamten Wohnbereich war es noch stockdunkel.

Deshalb entschied Emiliana das Licht einzuschalten, denn die großen Vorhänge sollten lieber geschlossen bleiben. Auch, wenn es sehr unwahrscheinlich war, dass ein Fremder, vom Gartenbereich aus, hätte zu ihnen hineinsehen können. *Sicher ist sicher.*

Ihr Blick fiel nun auf den Stuhl.

Jeremy saß mit auf die Brust gesenktem Kopf darauf. Er schien zu schlafen. *Oder war er ...*

Ein tiefer Atemzug und es schüttelte ihn regelrecht. „Was ...‚Was ist hier los? Ah, verdammte Scheiße, tut das weh!"

„Guten Morgen, Sonnenschein", flüsterte Emiliana grinsend. „Gut geschlafen?"

Schnell presste Jeremy die Lippen zusammen.

Zu seiner Erleichterung konnte er das Tuch, das er von Emiliana in den Mund gesteckt bekommen hatte, mit der Zunge wieder herausschieben.

Jetzt tat sein Bein höllisch weh, doch er schaffte es sie anzusehen und sogar mit den Augen zu rollen.

Emiliana packte sein Kinn und sah ihm tief in die Augen. „Wirst du dich heute für all deine Taten entschuldigen?"

„Einen Scheiß werde ich!"

„Oh, du hast also nicht über meine Worte nachgedacht? Dabei hattest du doch so viel Zeit. Dann muss ich wohl zu härteren Mitteln greifen, um ..."

Jeremy stieß einen langen Seufzer aus. „Schon gut! Es tut mir leid, okay?"

„Ich glaube nicht, dass es dir leidtut, aber weißt du was?" Emiliana drückte mit ihrem Finger auf die Stelle, an der sich der Schürhaken bis tief in die Haut gebohrt hatte. Jeremy stöhnte auf.

Die Zähne biss er fest zusammen.

Sie flüsterte: „Das kommt noch!"

An ihrem Finger bemerkte Emiliana, dass sich etwas hartes und schmieriges daran festhaftete.

Die Wunde musste über Nacht behelfsmäßig einen Schorf gebildet, sich jedoch unter der Hautoberfläche entzündet haben.

Verfluchter Mist!

Schließlich hatte sie keine Hausapotheke bei sich und einen Doktor zu rufen, kam nicht in Frage.

„Hast wohl als Junge nicht viel draußen oder mit Stöcken gespielt, was? Dir also nicht mal genügend Abwehrkräfte für solch kleine Verletzungen holen können. Gewiss sind deine Eltern genauso verwöhnte Snobs, die dich immerzu in Watte eingepackt haben. Mum´s Little Darling, stimmt´s? Ich hätte dir den Hacken nicht reinrammen, sondern dich damit verprügeln sollen!"

Jeremy versuchte etwas zu erwidern, doch seine Kehle fühlte sich plötzlich ungeheuer trocken an.

Emiliana bedachte ihn mit einem schuldbewussten Lächeln. „Durst?"

Jeremy nickte.

Auf ihrem Weg in die angrenzende Küche bemerkte sie, dass etwas Flüssiges wirklich nicht schaden konnte. Deshalb befüllte sie an der Spüle zwei Gläser.

Ihr Wasser trank sie dabei auf Ex weg.

Zurück bei Jeremy hielt sie ihm das Glas an die Lippen. Er schluckte die Flüssigkeit so gierig hinunter, dass ihn ein Hustenreiz überfiel.

Emiliana stellte das Glas beiseite und klopfte ihm mehrmals kräftig auf den Rücken. „Ich sollte dich einfach elend verrecken lassen! Ich meine, wer, außer die liebe Sara natürlich, würde dich schon groß vermissen. Ich würde vielen Menschen wahrscheinlich sogar einen großen Gefallen tun."

„Bitte hilf mir", kam es leise und beinahe flehend aus seinem Mund.

„Bei was?" Emiliana versuchte ihren strengen Ton beizubehalten.

„Mir ist sehr warm und ich müsste dringend mal auf die Toilette."

Mit zusammengezogenen Augenbrauen begannen ihre Gedanken zu rasen.

Er bekommt Fieber, wenn die Wunde nicht schnellstmöglich versorgt wird und er muss austreten. Doch wie soll das funktionieren, ohne dass ich ihn losschneide? Denk nach! Emiliana verzog den Mund und runzelte mit verengten Augen die Stirn. „Wirst du dich benehmen?"

Jeremy rang nach Atem. „Ja."

Da sich ihre Handtasche, worin sich alle benötigten Utensilien befanden, ebenfalls in diesem Raum befand, hielt Emiliana nur wenige Augenblicke später eine große Schere in ihren Händen.

Sie kniete sich vor Jeremy und schnitt seine Fußfesseln durch.

Er konnte fühlen, wie das Blut wieder bis in seine Zehen zirkulierte, doch er konnte seine Beine noch nicht richtig bewegen.

Gleich wird sie meine Hände losschneiden und dann kann ich ..., diesen Gedanken konnte er sofort streichen.

Statt der Hände schnitt Emiliana nun die Jeans von unten nach oben auf.

Die Spitzen der Schere kamen dabei nur knapp vor seiner Leiste zum Stillstand.

Behutsam klappte sie die zwei entstandenen Seiten des Stoffes auseinander und Jeremys Bein lag frei.

Da die Wunde nässelte, sah sich Emiliana kurz um.

Whiskey! Das ist es!

Sie schnappte sich die Flasche vom Tisch und schraubte sie auf.

Ohne Vorwarnung kippte sie einen Teil des Inhaltes genau über die betroffene Stelle.

Schorf schwappte davon und frisches Blut trat aus. Jeremy konnte sich nicht länger beherrschen. „Ah! Mach, dass es aufhört!"

Aber es war noch nicht zu Ende.

Emiliana verließ das Zimmer, nur um kurz darauf mit einem weißen Verbandstuch, Heftpflastern und einer Dose Tabletten zurückzukehren.

Letztere hatte sie in Mrs. Fletchers Badschrank finden können und wenn sie es richtig las, dann handelte es sich hierbei um ein Breitbandantibiotikum.

„Mach den Mund auf", befahl sie.

Jeremy gehorchte.

Wieder führte sie ihm das Glas Wasser an die Lippen. Er schaffte einen großen Schluck, um die auf seiner Zunge platzierten Tablette hinunterspülen zu können. Dieses Mal sogar, ohne sich heftig dabei zu verschlucken.

„Danke", hauchte er leise in Emilianas Gesicht.

Allerdings musste er nur wenige Sekunden später auch schon den nächsten Aufschrei unterdrücken.

Sie zog in diesem Moment den Verband ziemlich stramm, damit sie die Enden mit dem Heftpflaster fixieren konnte.

Fertig! Ähm, nein, da war ja noch was!

Ohne den Blick zu heben, griff Emiliana nach der Lasche des Gürtels und zog diese ruckartig aus der Schnalle. Danach öffnete sie den Knopf der Jeans und am Reißverschluss reichte ein kurzer Zug.

Jeremy sah dabei zu und endlich konnte er sich dazu durchringen etwas zu sagen. „Was tust du da? Ich meine, willst du mich denn nicht losbinden, damit ich wenigstens selbstständig zur Toilette gehen kann?"

Jetzt sah sie auf. „Dein Ernst? Denkst du wirklich ich bin so doof? Als ob ich nicht wüsste, dass du mir dann vollkommen überlegen wärst. Zumindest körperlich."

Emiliana dachte kurzzeitig daran, dass sie unbedingt die Handfesseln überprüfen sollte.

Zum Glück hatte sie diese mit dem hinteren Gestänge des Stuhls verbunden. Anders hätte er längst aufspringen, nach ihr greifen, oder sie umrennen können.

Dass er die Beine nicht benutzen konnte, um nach ihr zu treten, war nicht verwunderlich. Erstens hatte er darin eine tiefe schmerzende Wunde und zweitens waren sie über Nacht sicherlich eingeschlafen oder zumindest schwer geworden.

„Hör mir zu." Jeremys Stimme klang weich, beinahe vertraut. „Ich werde dir keinerlei Schwierigkeiten bereiten, das verspreche ich."

Emiliana hielt unwillkürlich die Luft an.

Dann begann sie schallend zu lachen. „Netter Versuch! Nur leider funktioniert die Mr. Good-Tour bei mir nicht."

Jeremy zog tief Luft ein.

Dann presste er die Lippen wieder fest zusammen. „Okay! Nur bitte!"

Er hatte starke Schmerzen im unteren Bauchbereich. Das konnte Emiliana an der Art seiner Haltung und den Verkrampfungen ausmachen.

Sein Atem wurde sekündlich schwerer, deshalb beschloss sie sich eine mittelgroße Kristallvase von einem Schrank neben der Bar zu schnappen.

Der Druck in ihm stieg an und seine Stirn begann zu glänzen.

„Nun mach schon!" Der Schrei donnerte durch das gesamte Haus.

Emiliana stoppte.

Was fällt ihm ein? Da verarztet man diesen miesen Kerl und das ist der Dank?

„Nun", sagte sie ruhig. Dann wollen wir doch mal sehen, wie lange du es tatsächlich noch aushalten kannst."

Die Kristallvase ging zu Boden und zersprang in tausend Teile.

„Was soll der Scheiß?", schrie Jeremy schweißgebadet.

„Ich weiß nicht, warum du dich so aufregst, Mr. Loverboy. Ich wollte dir helfen, aber wie ich schon sagte, dir fehlt es leider an den notwendigen Manieren. Wie heißt es außerdem so schön? Wer nicht hören will, muss fühlen."

Jeremy kicherte - völlig grundlos.

„Deine überhebliche Art wird dir schon bald vergehen", stellte Emiliana klar, ehe sie sich auf der Couch niederließ.

Sie hatte sich somit einen Platz in der ersten Reihe gesichert.

Zitternd versuchte Jeremy dem immensen Druck standhalten zu können.

Der Schmerz war unglaublich stark und unnachgiebig. Er wandte sich dagegen, doch die Schweißperlen, die ihm mittlerweile über das Gesicht rannen, zeugten davon, dass sein Geist jeden Moment den Kampf gegen den Körper verlieren würde.

So kam es auch.

Während sich bei Jeremy vereinzelt Tränen unter den Schweiß mischten und er den Blick in Richtung Boden senkte, schien Emiliana amüsiert.

Sie erhob sich.

Am Stuhl angekommen beugte sie sich über ihn.

Ihre Lippen streiften sein Ohr. „Ich denke, wir verstehen uns!"

Jeremy schaute auf.

Wut überkam ihn und seine Stimme durchschnitt die Luft. „Mach mich sofort los!"

Emiliana fuhr zusammen. *Wie kann das sein? Dieser Mann, der sich gerade vor meinen Augen in die Hose gepinkelt hatte, stellt unmittelbar danach eine Forderung? Er muss wirklich der Teufel in Person sein. Na warte, das werde ich dir schon noch austreiben!*

Jeremy versuchte sogar sich von dem Stuhl loszureißen, da er anscheinend wieder etwas mehr Kraft in seinen Beinen fühlte.

Sie brauchte sich dennoch nicht zu fürchten, denn an ein vollständiges Aufstehen, war nicht im Ansatz zu denken. Dazu war der alte Stuhl viel zu massiv.

Emiliana beschloss einen Schritt zurückzutreten und sich das Schauspiel eine Weile anzusehen.

Die Sicherheit, dass er ihr nichts anhaben konnte, ließ ihren Verstand wieder um einiges besser arbeiten.

Anstatt zurückzuschreien, sagte sie: „Beruhige dich."

Doch Jeremys Hände waren zu Fäusten geballt. Er glaubte wohl tief in seinem Inneren, dass er es doch schaffen könnte, sich von den Kabelbindern zu lösen.

Emiliana nahm all ihren Mut zusammen, um sich auf den um-sich-hauenden Mr. Adams dominant zuzubewegen.

„Es reicht jetzt! Hinsetzen!"

Zu ihrer eigenen Überraschung schien ihre Tonlage hart genug gewesen zu sein, denn Jeremy sah auf und ließ sich kurz darauf wieder auf dem Stuhl nieder.

Die Nässe, auf die er dabei traf, war kühl und beschämend.

Er schloss die Augen, dann öffnete er sie wieder, nur das sie dieses Mal zu provokanten Schlitzen geformt waren.

„Ich schwöre dir, wenn ich von hier loskomme, dann Gnade dir Gott! Denn du bist nichts weiter als eine kleine Göre, die von ihrem Daddy mit ziemlicher Sicherheit zu wenig Aufmerksamkeit bekommen hat."

Jetzt war es an Emiliana die Lippen fest aufeinander zu pressen. Dann umfuhr sie mit der Zungenspitze die Umrisse ihrer Oberlippe.

Die Empörung über seine Worte stand ihr mitten ins Gesicht geschrieben, doch sie schwieg.

Plötzlich griffen ihre Hände nach seiner Jeans und mit knirschenden Zähnen musst Jeremy hinnehmen, dass ihm diese nun von den Beinen gerissen wurde.

Der Verband hielt dieser Prozedur zwar stand, doch es tat höllisch weh.

Die Stellen, an denen der Stoff nass war, zogen feine Hautpartien darunter mit sich.

Emiliana wandte sich mit einem störrischen Lächeln ab. Sie griff an der Bar nach einem Glas und dem Whiskey. Eigentlich trank sie so früh am Tage keinen Alkohol, doch diesen Drink hatte sie jetzt bitter nötig.

Er denkt wirklich, dass er noch immer die Kontrolle über irgendetwas hat, doch momentan habe einzig und allein ich die Macht!

Jeremy hatte die Knie fest zusammengepresst. Er glaubte er könne somit einen Blick auf seine teilweise durchnässte Short verhindern.

Kalte Luft strömte aus der Küche herein.

Das konnte er an seinen Beinen fühlen und er fragte sich, wie dämlich und hilflos er in diesem Moment wohl aussehen mochte. *Ein Repo-Man von der namhaften Firma Marshall-Enterprises. Gefesselt, gedemütigt, und mit schwarzen Socken bekleidet. Großartig! Was kommt noch?*

Wieder einmal mehr kämpfte Jeremy mit seinem Stolz. „Du kannst mich zwar hier festhalten, aber du kannst nichts erzwingen. Wenn du also für jemanden Rache üben möchtest, dann bitte. Tu dir keinen Zwang an. Allerdings müsste ich wissen für wen du das tust und selbst wenn ich es weiß, kann ich dir nur das anbieten, was die Vorschriften erlauben."

Emiliana knallte das Glas auf den Tisch und wünschte sich, er würde nur ein einziges Mal mit seinem eintönigen Business-Gequatsche aufhören.

„Um es für dich einfacher auszudrücken, musst du schon etwas genauer sein, wenn du mich herumkommandieren oder gar zu etwas zwingen willst."

Was hat er da eben gesagt? Emilianas Herz raste.

Ohne zu wissen, was sie da eigentlich tat, kam sie wie eine Furie auf Jeremy zu und setzte sich auf seinen Schoß. Dabei wickelte sie die Beine eng um seine, ehe sie seinen Kopf an den Haaren weit in den Nacken zog. „Wenn du weiterhin versuchst die Kontrolle zu übernehmen oder deine Zunge nicht im Zaum halten kannst, dann werde ich dich ab jetzt dafür bestrafen. Und glaub mir, das kann ziemlich unschön für dich werden."

„Du willst mir seit gestern beweisen, dass du mit mir und der Situation umgehen kannst. Dabei weißt du nicht ..." Emiliana zog noch einmal kräftig an Jeremys Haaren. „Sprich nicht weiter! Ich weiß was ich tue und du wirst dir noch wünschen, mich nie in Frage gestellt zu haben."

Er rang nach Luft, doch er musste etwas erwidern. „Entschuldige bitte, aber ich weiß nicht, was du mit mir zu tun haben könntest."

„Es gibt vieles, was du nicht über mich weißt", stellte Emiliana schroff klar. „Du bist auch nicht in deinem Büro oder bei Leuten, die du mit deinem Gerede kaputtmachen kannst. Also halte dich gefälligst etwas mehr zurück!"

Mit einem schnellen Handgriff hielt sie plötzlich den massiven Korkenzieher, der sich unmittelbar neben ihnen auf der Anrichte befand, in der Hand.

Die silberne Spitze kam immer näher auf Jeremys weit aufgerissenes Auge zu und Emiliana verfiel in schadenfrohes Lachen. „Wollen doch mal sehen, ob du wirklich dazu bereit bist, in deinem Sinne oder sogar im Namen von Marshall-Enterprises ein Auge zuzudrücken. Besser gesagt, eines abzugeben, denn wie sagt man? Auge um Auge! Sieh mich für diese eine Mal in deiner Position. Ich bin die Frau, die deine Schulden eintreibt." Mit Nachdruck fügte sie hinzu: „Schnell und skrupellos! So wie du es bevorzugst."

Da die Spitze beinahe schon den Augapfel erreicht hatte und er seine eigene Angst riechen konnte, entschied sich Jeremy nach kurzer Überlegung alles auf eine Karte zu setzen.

Er öffnete den Mund und spitzte die Lippen.

Dann sagte er langsam und sehr betont: „FICK DICH!"

Die Stille im Raum war ohrenbetäubend und die Schwere dieser Worte trafen Emiliana hart.

Dennoch wollte sie in keinem Fall ihre Unsicherheit zum Vorschein bringen.

Ehe Jeremy sich versah hatte er die Spitze des Korkenziehers in seiner Schulter stecken.

Einen Aufschrei konnte er dieses Mal zwar verhindern, doch sein Puls beschleunigte so stark, dass seine Ohren einen Druck aufbauten als befände er sich unter Wasser. Durch den Schreck des Einstichs, musste er sich auf die Innenseite seiner Wange gebissen haben.

„Ich habe genug von dir und deiner eingebildeten Art ertragen. Jetzt wirst du mich kennenlernen!" Ihre Pupillen waren schwarz umrahmt, so viel Zorn hatte sie entwickelt.

Mit einem langen, schmerzerfüllten Seufzer versuchte Jeremy auf die Drohung erneut mit Coolness zu reagieren.

„Das trifft sich gut! Schließlich kenne ich noch nicht einmal deinen Vornamen."

Emiliana ließ lächelnd von seinem Haar ab.

Dann zog sie mit der anderen Hand den Korkenzieher aus seiner Haut und riss ihm das Shirt von den Schultern.

„Was hältst du davon, wenn ich dafür Sorge trage, dass du meinen Namen auch nie mehr vergessen wirst?"

Noch ehe Jeremy wusste wie ihm geschah, ritzte sie ihm drei Buchstaben in die linke Brust.

Diese konnte er durch Schräglegen des Kopfes sogar von oben herab ablesen:

L I A

„Das ist ein schöner Name, wenn auch nicht lang", keuchte Jeremy.

Seine Brust begann stark zu brennen und ein Teil ihres Gesäß drückte jetzt genau auf die Wunde in seinem Bein.

„Schmeicheleien bringen dich heute auch nicht weiter", stellte, die für ihn nun als Lia bekannte, Emiliana mit einem schweren Seufzer klar.

Als Jeremy unter ihr die Beine bewegen wollte, griff sie mit beiden Händen fest an seine Brust.

Ihre Fingernägel gruben sich ganz tief in seine ohnehin an manchen Stellen geschundene Haut.

„Sei ein braver Junge!" Ihre Stimme klang beinahe wie ein Hauchen.

Einen Augenblick lang hatte Jeremy das dumpfe Gefühl, dass ihm die zugefügten Schmerzen einen leichten Schauder über den Rücken laufen ließen.

Das kann unmöglich sein! Ich stehe nicht auf solche Spielchen und die Peitschen-Nummer bei der Domina habe ich schon als Teenager nur müde belächelt. Noch dazu bin ich glücklich verheiratet ... was heißt glücklich?

Boah, was geht mit mir? Fakt ist, ich werde aufgrund meiner beruflichen Tätigkeit gefangen gehalten und gefoltert! Da bleibt keine Zeit für ...
Er spürte plötzlich, dass die Berührung ihrer Hände sanfter wurde. Beinahe zärtlich.
Emiliana bekam große Augen. *Was tue ich da bloß?*
Sie versuchte krampfhaft ihr Lächeln zu mäßigen, doch die Augen von Jeremy zogen sie in einen unbekannten und somit gefährlichen Bann.
Auch die Lippen waren jetzt nur noch Zentimeter entfernt. Hitze durchströmte Lias Körper und die nächste Handlung folgte, ohne dass sie es bewusst entschieden hatte.
Ihr Griff ging an den Gummibund seiner Shorts und bereits im nächsten Augenblick strich sie mit den Fingerspitzen darüber.
Jeremy stöhnte auf.
Es musste Wochen her sein, dass ihn seine eigene Frau an dieser Stelle berührt hatte und er war auch nicht der Typ Mann, der sich bei einem Seitensprung oder One-Night-Stand die Erfüllung holen müsste, die er zu Hause nicht erhält.
Die Kabelbinder um seine Handgelenke schmerzten und doch fühlte sich die Berührung dieser fremden Frau in diesem Augenblick unglaublich gut an.
Ruckartig drückte Lia den Bund herunter und streichelte mit ihren verrucht roten Nägeln über die wohl empfindlichste Region seines ganzen Körpers.
Ihre andere Hand griff fest um Jeremys Nacken als sie ihre Beine ein ganzes Stück weiter über seinem Schoß spreizte. Sie sah ihm geradewegs in die Augen, während sie sich langsam immer tiefer auf seine Erektion, die er leider nicht zu verhindern wusste, herabsenkte.

Mit aller Kraft versuchte Jeremy seine Beine zusammenzupressen, aber er schaffte es nicht.

Das warme Gefühl sowie die Feuchtigkeit, die ihren seidigen Slip durchdrang, ließen sein Glied pulsieren und er merkte, wie er jeden Moment die Kontrolle restlos verlieren würde.

Mit dem Unterleib fest an ihn gepresst, begann sich Emiliana an seiner Härte zu reiben.

Großer Gott! Was tut sie da nur? Ich muss ihr unbedingt sagen, dass sie damit aufhören ...

Jeremys Gedankengang löste sich nahezu in Luft auf, als sich das pochende Gefühl mehr und mehr verstärkte. Doch er musste es doch irgendwie schaffen, sich gegen diese Frau zur Wehr zu setzen.

Er suchte den direkten Blickkontakt. „Bitte Lia, du weißt nicht was du da tust. Lass uns vernünftig bleiben."

„Sag mir nicht, was ich tun oder besser lassen soll, Mr. Loverboy!"

Jeremy berichtigte sich selbst. „Okay, wenn du weißt, was du tust, was hast du vor?"

Emiliana stoppte die rhythmischen Bewegungen auf seinem Schoß und schnappte sich sein Kinn.

Ihre Augen funkelten wie schwarze Diamanten. „Die Frage ist nicht, was ich mit dir vorhabe, sondern wie viel du davon in der Lage bist zu ertragen."

Ihre Stimme hatte etwas geheimnisvolles, beinahe düsteres an sich.

Oh, bitte! Hilft mir jemand!

Jeremy spürte deutlich, wie sein Schwanz ein Eigenleben entwickelte und gegen den Stoff ihres Höschens zuckte. Als Emiliana das wollüstige Pochen erfasste, bebte es plötzlich in ihrem eigenen Unterleib.

Der Sekundenzeiger der großen Standuhr im Flur schien unmittelbar darauf den Takt des Impulses vorzugeben. Jeremy schluckte hart, als sie ihre Bewegung von eben fortsetzte.

Keuchend fragte er. „Wieso tust du das?"

Sie schlang die Arme um seinen Hals und ihre Lippen ruhten auf seinem Ohrläppchen. „Weil ich es kann!"

„Ich bin verheiratet und was hat das Ganze mit meinem Job zu tun? Was willst du ...", weiter kam Jeremy nicht, denn Emiliana presste ihre Lippen hart auf die seinen. Ein bittersüßer Geschmack ergriff von ihm Besitz und drohte seinen Verstand nur noch mehr zu vernebeln.

Als Emiliana sich löste, leckte sie sich provokant über die Lippen, dann sprach sie: „Darüber brauchst du dir gar keine Sorgen zu machen. Ich werde mich gut um dich kümmern und verspreche dir, dass dein armes Frauchen nichts von deinen Zuckungen von mir erfahren wird."

„Das ist doch nicht dein Ernst! Bitte Lia, das muss aufhören."

„Wie bitte? Aufhören? Lass mich nachdenken ..., mhm ..., ja ich erinnere mich. Vorhin sagtest du so etwas wie *FICK DICH* zu mir. Nun ja, und da dachte ich, warum alleine, wo du doch schon mal da bist."

„Es reicht! Ich werde nicht länger bei deinen kranken Spielchen mitmachen!" Jeremy klang selbstsicher.

Umso mehr amüsierten sie seine Worte, denn was sollte er gegen seine momentane Situation ausrichten können? *NICHTS! Rein gar nichts!*

„Mr. Loverboy, du bist heiß, wenn du dich künstlich aufregst."

Das Kribbeln in Jeremys steifen Glied überwältigte ihn in diesem Augenblick, doch er versuchte weiterhin sich nichts anmerken zu lassen.

„Stillhalten!", befahl Emiliana, während sie sich um einiges fester als zuvor mit ihrem Slip gegen ihn presste. Dieses Mal konnte er nicht nur ihre Schamlippen deutlich durch den Stoff hindurch fühlen, sondern auch ihre angeschwollene Perle.

„Gefällt dir das, Mr. Loverboy?"

Jeremy schossen Tränen in die Augen, denn er konnte es beim besten Willen nicht abstreiten.

Selbst wenn er zu Worten gefunden hätte, stand die Beweislage, im wahrsten Sinne des Wortes, gegen ihn.

„Zeig mir, wie sehr es dir gefällt", hauchte Lia ihm mit spürbarer Lust entgegen.

Ihre Augen durchbohrten nun die seinen, während die kreisenden Bewegungen dafür sorgten, dass der nasse Slip mehr und mehr zur Seite gedrängt wurde.

„Verdammt, bist du groß!" Lia stöhnte bei jeder weiteren Umkreisung heftiger auf.

Jeremy kämpfte noch immer mit sich.

Vielleicht würde es ihm doch noch irgendwie gelingen still sitzenzubleiben und seinem Freund da unten klarzumachen, dass es jetzt nicht an der Zeit war, für eine Standing-Ovation.

Plötzlich erhob sich Emiliana von seinem Schoß. Zielstrebig ging sie zu ihrer Handtasche, zog eine Packung gefühlsechter Kondome heraus und kehrte mit diesen zu Jeremy an den Stuhl zurück.

Der Anblick seines steifen Gliedes, das mittlerweile bis über den Bauchnabel hinaufragte, lies sie gierig werden. Sie schnitt die Packung mit der Schere auf, holte ein Kondom heraus, zerriss dessen Einband und ehe sich Jeremy versah, hatte er den dünnen Schutz aus Latex auch schon übergestülpt bekommen.

Geschmeidig und beinahe in Zeitlupe ließ Lia ihren Slip zu Boden gleiten, ehe sie sich wieder auf seinen Schoß setzte. Ihre Brüste hoben und senkten sich in dem hautengen Kleid mit jedem schaudernden Atemzug.

„Hast du jetzt Angst vor mir?"

Durch den Druck ihrer Hände auf seinen Schultern wurde Jeremys Wirbelsäule fest gegen die Lehne des Stuhls gepresst.

Schweratmend stellte er die Gegenfrage. „Hast du denn Angst vor mir?"

Emiliana lachte auf, dann küsste sie zärtlich seine Brust. „Ich habe vor nichts und niemandem Angst!"

Eine Stimme in ihrem Inneren begann sofort damit ihr ins Bewusstsein zu rufen, dass dies eine große Lüge war, doch für sie gab es kein Zurück mehr.

Wenn sie jetzt versagte, dann wird es dieser Kerl nie lernen, dass er nicht alles im Leben haben kann oder manche Entscheidungen nicht in seinen Händen liegen. Also entschied sie sich sein Kinn dominant anzuheben. Damit zwang sie Jeremy ihr in die dunklen Augen zu sehen. „Du wirst jetzt mein sein, ob du es willst oder nicht!"

Er schaute sie eine gefühlte Ewigkeit wie erstarrt an. Seine Pupillen spiegelten in diesem Moment den Schock sowie die Erregung nach dieser klaren Ansage gleichermaßen wider.

Emiliana presste sich jetzt mit so viel Kraft gegen seinen Schwanz, dass er laut aufkeuchen musste. Dabei ließ sie seinen Blick keine Sekunde lang aus den Augen.

Sie zischte. „Pass gut auf! Deine erste Lektion ist, dass ich dafür sorgen werde, dass du meinen Namen niemals mehr vergisst! Ich will das er sich in dein Gedächtnis einbrennt.

Will, dass du ihn schreist, während du in mir explodierst! Kriegst du das hin, Mr. Loverboy?"

Oh Fuck! Was stimmt nur mit dieser Person nicht? Einen Scheiß werde ich! Wenn sie glaubt, dass sie mit dieser Nummer ernsthaft durchkommt, dann werde ich ihr ...

„Glaub mir deinen Namen werde ich mir merken, denn dafür werden sich die Cops bei meiner Aussage auf dem Revier wohl am allermeisten interessieren. Wenn sie ...“

Sein Reden wurde durch einen leichten Schlag auf die Wange unterbrochen.

„Wie ich höre, hast du noch immer ein ganz schönes Mundwerk.“

Emiliana leckte über seine von Schweißperlen bedeckte Brust. Der salzige Geschmack quälte ihre Zunge, doch sie musste ihn schmecken.

An seinem Hals entlang zog sie eine Spur, bis sie an seinem halbgeöffneten Mund angekommen war.

Auch darüber leckte sie so sanft, dass sich die Lippen kaum berührten. Warmer Atem strömte in Jeremy hinein.

„Willst du meine Muschi haben, Mr. Loverboy?“

Er wollte antworten und ein klares *NEIN* aussprechen, auch wenn er selbst nicht mehr wusste, ob ein *JA* nicht eindeutig näher an der Wahrheit gelegen wäre.

Allerdings konnte Jeremy das nicht, da sich Emiliana mit ihren Brüsten fest an seinen Oberkörper drückte und damit begann ihn heftig zu küssen.

Ihre Zunge rutschte dabei tief in seinen Mund, während sich ihr heißer Unterleib weiter an seiner Erregung rieb.

Als sie kurzzeitig von ihm abließ, rang Jeremy nach Luft.

„So ist es gut, Mr. Loverboy!“, lobte Lia mit unglaublicher Lust in der Tonlage.

Sie fragte: „Willst du, dass ich dich hart ficke?“

Holy Shit! Was geht hier eigentlich vor? Falls ich träume, dann wird es höchste Zeit, dass mich jemand aufweckt! Noch nie zuvor hatte Jeremy solche Worte gehört.

Na ja, nicht ganz, denn Joel pflegt es gerne über seine Wochenendabenteuer abwertender zu sprechen, doch noch niemals hatte er solch heftige Worte aus dem zierlichen Mund einer Frau vernommen.

Er hätte noch nicht einmal gedacht, dass dieser Satz überhaupt umsetzbar wäre, zumindest bis heute.

„Bitte Lia, das ist keine Lösung. Wir müssen …" Jeremy hielt den Atem an, denn Lias Eingang wölbte sich in diesem Augenblick gegen ihn.

Sie lacht leise und sinnlich, während sie ihn in sich gleiten lies. „Du hast mir meine Frage nicht beantwortet, Mr. Loverboy! Willst du, dass ich dich hart ficke?"

Jeremy musste aufstöhnen, ob er wollte oder nicht. „Ich weiß nicht was das …"

„Ja oder Nein?"

Nach einem weiteren Aufstöhnen, da sich ihre gierige Vagina nun mühelos sein komplettes hartes Glied bis zum Anschlag eingeführt hatte, flehte Jeremy: „Ich brauche …"

„Was brauchst du, Mr. Loverboy?"

Eigentlich wollte Jeremy um Bedenkzeit bitten, doch stattdessen kam nurmehr ein leichtes Winseln über seine Lippen.

Noch einmal versuchte er sich aus ihr zu lösen, doch es nützte nichts. Emiliana hielt in fest umschlossen.

Die Spitze seines harten Schwanzes pulsierte bei jeder noch so kleinen Bewegung tief in ihrem Inneren und er sah keinen Ausweg mehr.

Jeremy stieß zusammenhanglose Flüche aus, doch das spornte seine Reiterin nun doppelt dazu an, alles aus ihm herausholen zu wollen.

So kam es auch, denn sein langer, harter Schaft drang bis in die tiefsten Regionen bei ihr ein und dass sie die vollständige Kontrolle darüber hatte, ließ seine Gedanken verrücktspielen.

Es machte ihn plötzlich wahnsinnig geil, das Gefühl zu haben, als würde er Emilianas Gewicht einzig und allein mit seinem Schwanz auf seinem Schoß tragen.

Wieder und wieder hob und senkte sie sich auf ihm. Ihre Fingernägel krallten sich in seinen Schultern fest, während ihr Stöhnen lauter und ungehemmter durch den Raum hallte.

Jeremy fühlte sich in diesem Augenblick ausgeliefert und völlig hilflos in ihrem Griff. Das Einzige was er ausmachen konnte, war, dass sein bestes Stück nun nicht mehr pulsierte, sondern pumpte.

„Fuck! Du durchtriebenes Miststück", schoss es laut keuchend aus ihm heraus, während er seinen angestauten Saft in das Latex spritzte.

Emiliana wusste, dass sie Mr. Adams endlich da hatte, wo sie ihn auch haben wollte.

GEFESSELT – GEDEMÜTIGT – vom Leben GEFICKT!

Als sie fühlte, dass er schlaffer wurde, erhob sie sich und rückte das Kleid zurecht.

Als nächstes schnappte sich Emiliana Jeremys Shirt vom Boden, warf es ihm über seinen Unterleib und zog kurz darauf das Kondom unsanft mit diesem von ihm herunter.

Jeremy wusste nicht, was er jetzt sagen sollte und für einen Moment herrschte wieder absolutes Schweigen.

„War es das, was du von mir wolltest?"

„Sex? Nein", erwiderte Emiliana schnell.

„Dachte ich mir."

Sie packte Jeremy am Kinn und verdrehte es schmerzvoll. Er sah einen Anflug von Tränen in ihren dunklen Augen. „Halt dich ab sofort aus anderer Leute Leben raus!" Sie sprach die Worte mit Nachdruck mitten in sein Gesicht. Jeremy grinste, auch wenn ihm nicht danach zumute war. „Du musst mich aber erst einmal davon überzeugen oder warum bin ich ..."

„Lass endlich deine dumme Fragerei!" Emiliana wirkte aufgewühlt. „Wir sind hier nur zusammengekommen, damit du ein paar Lektionen fürs Leben lernst. Stell dir mal vor, wir wären damit vor Gericht gegangen ... mhm ... kannst du dir sparen, ich weiß. Dort hättest du und ganz Marshall-Enterprises natürlich haushoch gewonnen. Aber nicht hier, nicht so leicht, und auch nicht in den nächsten Tagen."

Damit war Jeremy wieder am Ausgangspunkt angelangt, denn dass es mit seinem Job und der Firma zu tun hatte, das wusste er bereits.

„Habe ich, oder einer meiner Kollegen, dich im Namen eines Auftraggebers oder gar der Bank gepfändet? Wenn ich mich hier so umsehe kann ich mir das beim besten Willen nicht vorstellen, denn es hätte genügend ..."

Emiliana schlug Jeremy ins Gesicht.

Das Geräusch ihrer flachen Hand auf seiner Wange hallte durch den gesamten Raum.

„Deine sinnlosen Diskussionsbeiträge langweilen mich, um ehrlich zu sein. Damit kannst du höchstens deine Geschäftspartner oder die Kunden beeindrucken, aber nicht mich. Hörst du? Mich nicht!"

Um ihre Worte zu unterstreichen, trat sie so heftig gegen den Stuhl, dass Jeremy beinahe samt diesem umgekippt wäre. Nur ganz knapp konnte er, dank seiner zuvor befreiten Beine, das Gleichgewicht halten.

Er überlegte fieberhaft. „Es ist also etwas persönliches. Okay, das habe ich verstanden. Ich kann nur leider keine Lektion fürs Leben lernen, wenn ich nicht weiß, warum du solch einen Hass gegen mich verspürst."

Wieder drückte Emiliana seine Wangen fest zwischen ihren Fingern. „Ich dachte, du wärst ein cleverer Mann." Jeremy starrte ihr weiterhin verständnislos in die Augen, als sie hinzufügte. „Aber das macht nichts, denn wir sind doch gerade erst dabei uns besser kennenzulernen."

Sie ließ abrupt von ihm ab.

„Das bezweifle ich stark", gab er energisch zur Antwort. Emiliana sah sich noch einmal zu ihm um. „Nun, da liegst du ganz falsch, Mr. Loverboy. Merke dir vor allem, dass die Dinge in der Realität nie so glatt laufen, wie wir sie uns in unserer Fantasie vorstellen."

Dann verließ sie den Wohnbereich.

Bereits im Flur wurde ihr klar, was sie soeben getan hatte. *War das eine Vergewaltigung? Aber, das geht gar nicht, denn wenn sein bestes Stück nicht mitgespielt hätte … Liebe Zeit! Bekomm wieder einen klaren Kopf! Die arrogante, überlegene Art dieses Abschaums da drinnen, haben dich im wahrsten Sinne des Wortes zu dieser Handlung getrieben. Punkt! Er wird es überleben. Fakt ist, dass ich nun ein neues Höschen brauche. Zum Glück habe ich an solche Kleidungsstücke gedacht, nur eben nicht an kurze sexy Minikleider.*

Während Emiliana beschloss eine heiße Dusche zu nehmen, windete sich Jeremy halbnackt in seinen Fesseln.

Keine besonders gute Idee, denn mit jeder reißenden Bewegung schienen sich die Kabelbinder um seine Handgelenke fester zu ziehen.

Seine Blutzufuhr hatte seit über 24 Stunden mächtig zu leiden, doch ihm schoss auch in den Kopf, dass sich seine Adern verschließen könnten und das wiederum wäre weitaus gefährlicher als wenig Trinken oder dem bisher einmaligen Wasserlassen.

Durch die Anstrengung und die Gedanken mischte sich erneut Angst in seine ansonsten kaum nahbare Gefühlswelt.

„Lia?", stieß er hervor.

Er wollte unbedingt, dass sie zu ihm in den Raum zurückkehrte, doch nichts rührte sich.

„Großer Gott! LIAAA!"

Der Schrei hallte durch das Haus und wurde von den Wänden als Echo wiedergegeben.

Emiliana drehte den Wasserhahn zu und lauschte. Mit einer Hand tastete sie sich bis an den Handtuchhalter und stieg kurz darauf aus der Kabine.

Nachdem sie in einen neuen Slip geschlüpft war, kramte sie aus ihrer Handtasche ein schwarzes hautenges Top.

Dazu ihre Jeans, die diesen neuwertigen Usedlook-Teilen, die man für teures Geld bei Tiffanys ergattern konnte, in nichts nachstand.

Einen Riss über dem Knie und einen direkt unter ihrer rechten Gesäßhälfte, rundeten das Bild vollends ab.

Leger und doch unglaublich sexy!

Das war für Emiliana in diesem Moment eher weniger von Belang, denn sie wusste, dass sie gleich wieder zu ihrem selbsternannten Mr. Loverboy in den Wohnbereich zurückkehren musste.

Wie komme ich bloß auf solch einen Namen und was zum Teufel hat mich geritten? Falsch! Was fällt MIR ein den Teufel zu reiten? Schluss jetzt!

Sie zwang sich selbst ihre Gedankengänge anzuhalten.

Fertig angezogen, strich sie sich eine ihrer langen Haarsträhnen aus dem Gesicht und atmete tief ein. Kurz darauf lief sie barfuß die Treppe nach unten.

Zu Jeremys Verwunderung würdigte sie ihn dieses Mal keines Blickes, sondern steuerte direkt auf die Küche zu. Cynthia huschte mit Samtpfoten über die Anrichte. Dann nahm die Katze vor zwei bronzefarbenen Näpfen, die sich auf einer extra für das Tier errichteten Anhöhe befanden, Platz. Sie schien zu warten.

Als Emiliana mit Mrs. Fletcher telefonierte, erklärte ihr jene, dass Cynthia zwei Mal am Tag Nassfutter bekommt. Dazwischen sollten sich kleine Trockenfutterteilchen, die in Form von Fischen gehalten wurden, in dem Napf befinden.

Wunderbar, dachte Emiliana.

Die gestrige Fütterung fiel wegen gewisser Umstände gleich mal flach. Dafür konnte sie zu ihrer Erleichterung noch einige dieser Fische um den Napf herum ausmachen.

„Du hast sicherlich großen Hunger", flüsterte sie der Katze entgegen.

Diese starrte mit großen Augen auf jede ihrer Bewegungen. Als Emiliana den von Mrs. Fletcher beschriebenen Vorratsschrank öffnete und daraus eine Dose Katzenfutter entnahm, gab Cynthia ein leises Schnurrgeräusch von sich. Dies konnte natürlich auch so viel bedeuten wie: *Na endlich!*

Nachdem die Näpfe mit frischem Wasser und Futter befüllt waren, begann Cynthia auch sofort zu fressen.

Zumindest ist sie nicht eingeschnappt, wie es viele Katzen sind. Das würde mir gerade noch fehlen, dass Mrs. Fletchers kleiner Liebling das Futter verweigert. Apropos verweigern, was passiert wohl, wenn ich dem feinen Herrn auf dem Stuhl da draußen etwas essbares anbiete?

Hastig begann Emiliana damit die Schränke zu durchforsten.

An einem Brotkasten aus silbernem Edelstahl blieb ihr Blick haften und der nächste Schritt folgte in Richtung des doppeltürigen Kühlschranks.

Ein Sandwich sollte fürs Erste ausreichend sein.

Mit einem Porzellanteller in der Hand und einem Glas Milch in der anderen kehrte sie zurück ins Wohnzimmer. Jeremy saß mit auseinandergestellten Beinen, nur in der Shorts bekleidet, da und sah sie von unten herauf an. Seltsamerweise wirkte er noch immer kein bisschen ängstlich oder gar im Ansatz dazu bereit, sich ihr zu unterwerfen.

Er ist es gewohnt, dass wenn er ein Appartement, ein Haus oder gar die Räumlichkeiten von Marshall-Enterprises betritt, die Menschen sich schlagartig klein fühlen. Jeremy Adams nutzt diese Dominanz tagtäglich, um schnell und unkompliziert seinen Job erledigen zu können. Ein Alphamännchen wie es im Buche steht.

Schon sehr bald wird er noch nicht einmal mehr das Alphabet in der richtigen Reihenfolge aufsagen können, dafür sorge ich, dachte sich Emiliana ehe sie den Teller und das Glas auf dem Barschrank abstellte.

Verstohlen fiel ihr Blick auf die Klamotten am Boden. Darunter befand sich ihr durchnässtes Seidenhöschen, seine zerschnittene Jeans, sowie das Knäuel von Shirt, in dem sich auch irgendwo das randvoll mit Sperma gefüllte Kondom befinden musste.

„Kann ich jetzt nach Hause?"

Seine Frage ließ Emiliana sofort den Kopf herumdrehen. *Bitte? Er denkt, ich binde ihn los und dann spaziert er hinaus als wäre nichts geschehen?*

„Oh, sicher doch. Soll ich dich fahren oder dir vielleicht ein Taxi rufen? Ach, nein …, ich vergas. Du bist ja mit dem Wagen hier."

Die Ironie, die in ihrer Stimme lag, schnitt wie die Klinge eines Messers, doch Jeremy antwortete: „Mach dir wegen mir bitte keine Umstände. Schneide mich einfach nur los. Ich finde schon selbst raus."

Emiliana war wortlos hinter ihn getreten.

Ihre Nägel strichen an seinem Nacken entlang bis nach oben in sein dichtes, leicht gelocktes Haar.

Plötzlich war da wieder dieses heftige Ziehen und Jeremy stöhnte laut auf.

Sofort gingen ihre Finger wieder in sanftes Streicheln über.

Sie sprach: „Ich habe dir Essen gemacht."

Jeremy zog die Augenbrauen fest zusammen. „Um mich zu vergiften?"

Emiliana schoss vor den Stuhl, um ihm scharf in die Augen zu sehen. „Ernsthaft? Da bietet man dir auf nette Art und Weise etwas an und du amüsierst dich darüber?"

„Nein, aber das wäre naheliegend, findest du nicht auch?"

Weiter kam Jeremy nicht, denn sie hatte ihm das Sandwich, dass zuvor von ihr in zwei Dreiecke geteilt wurde, bereits bis zur Hälfte in den Mund geschoben.

„Schön kauen! Wir wollen doch in gar keinem Fall, dass du mir erstickst. Es wäre ein Jammer, denn dann verpasst du all meine Lektionen und kannst leider gar nichts mehr fürs Leben lernen. Okay, blöder Wortwitz, denn das brauchst du in dem Fall ja dann auch nicht mehr. Oder hast du in deiner Branche etwa schon mal einen Toten um Gnade winseln sehen? Natürlich nicht! Früher in ihr Grab gebracht hingegen hast du sicherlich schon einige."

Jeremys Wangen glühten, doch er begann das weiche Sandwich in seinem Mund mit den Zähnen zu zermahlen.

Nachdem er hinuntergeschluckt hatte, hielt Emiliana ihm das Glas Milch an die Lippen.

Er trank.

Beinahe so artig, wie ein Kind, das noch auf die Hilfe seiner Mutter angewiesen war.

So verlief das mehrere Male, ehe der Teller und das Glas leer waren.

Bei einem der Schlucke hatte Jeremy zusätzlich von ihr eine weitere dieser relativ großen Tabletten erhalten.

Gewiss würde sich die Hitze, die seinen Körper durchfuhr, damit schnell wieder auf ein normales Level bringen lassen.

Mit dem Handrücken wischte sie ihm abschließend über den Mund.

Gott! Kann es eigentlich noch erbärmlicher kommen? Jeremy wünschte sich einen Moment lang, dass sich ein Spalt unter ihm auftat und die Erde ihn verschlang.

Da das Telefon läutete schnappte sich Emiliana den Stofffetzen des Kleides vom Boden, kniff ihm einmal fest in die Wangen, platzierte es in seinem Mund, und verließ den Raum.

Dieses Mal wurde zusätzlich die antike Holztür kräftig zugeschlagen und ein Schlüssel, der von außen im Schloss steckte, herumgedreht.

Wieder schrillte das Telefon.

Annahme.

„Bei Fletcher.“

Stille!

Nach dem gestrigen Anruf von Mrs. Fletcher kehrte Emiliana noch einmal in den Wohnbereich zurück, um Jeremy eine Decke, die eigentlich als Überwurf für das mondäne Sofa diente, zumindest über die Beine zu werfen. Den Stofffetzen entfernte sie aus seinem Mund, doch ihre Augen befahlen ihm eindeutig, lieber still zu bleiben.

Es verhalf Jeremy zumindest dazu, dass sie ihm sogar noch ein weiteres Kristallgefäß, dass der zersprungenen Vase ähnelte zum Erleichtern hinhielt.

Zum Glück hat mein Freund sich dieses Mal nicht sofort bei ihrer Berührung gemeldet, dachte er sich, doch Jeremy war auch klar, dass sich dafür schon wieder eindeutig zu viel Druck in der Blase angestaut hatte.

Er hatte gegessen, konnte Wasserlassen, und hatte sogar für die folgende Nacht eine warme Decke, was will man mehr?

Ich will verdammt noch mal hier raus! Nur ich weiß noch nicht ...

Jeremy sah den schwachen Schein einer Taschenlampe, durch die geschlossenen Vorhänge blitzen.

Selbst wenn es sich bei der Person im Gartenbereich um einen Einbrecher handeln sollte – er musste es riskieren.

„HEY! Ist da jemand? HALLLOOO!"

Man schien ihn gehört zu haben, denn der Lichtkegel verharrte an einer Stelle.

Jeremy schöpfte neue Hoffnung. „HILFE! Ich brauche ..."

Ein dumpfer Schlag auf seinen Hinterkopf und die Welt verschwamm vor seinen Augen.

Langsam schlossen sich auch die Lider.

Emiliana warf den stumpfen Holzklotz, der neben dem Kamin nur auf seinen baldigen Einsatz wartete, von sich. Das sollte fürs Erste ausreichen.

Mit schnellen Schritten lief sie in den Garten, um nachzusehen, ob nicht dieser Nigel oder gar sein Schützling Ron, dort ihre Runde drehten.

Ein bisschen zu dynamisch das Duo, dachte sie, ehe sie bei den Rosenbüschen auf eine ältere Dame in einem bodenlangen Nachthemd traf.

Die obere Körperpartie wurde von einer Strickjacke umhüllt, und die nackten Füße steckten in ledernen Hauspantoffeln.

Mit erhobener Hand trat Emiliana näher auf die Frau zu. „Hallo, kann ich Ihnen helfen?"

Die Frau wandte sich erschrocken um. „Guten Abend, bitte entschuldigen Sie, aber wer sind Sie?"

„Ich bin eine Bekannte von Mrs. Fletcher und passe während ihrer Abwesenheit auf Cynthia, die Hauskatze auf."

Die Frau musterte Emiliana von oben bis unten und dabei machte sie einen besorgten Eindruck.

„Geht es Ihnen gut?"

„Ja, mir geht es gut, doch mein lieber Kater Gilbert ist mal wieder ausgebüxt. Eigentlich finde ich ihn dann immer im Garten der Fletchers. Gilbert war schon viele Male einzig und allein wegen der Muschi von Irene hier gewesen."

Der Muschi von Irene?

Emiliana lachte auf.

Schnell räusperte sie sich, denn die gute Frau sollte besser nichts von ihrer Amüsiertheit darüber mitbekommen.

Dass Irene der Vorname von Mrs. Fletcher ist, wusste sie aus dem Kundenverzeichnis der Floristeria, und mit Muschi war sicherlich Cynthia gemeint.

„Nun, Mrs. …" Emiliana fiel auf, dass sie den Namen der Frau noch gar nicht kannte.

„Miss Maroon. Meine Mutter pflegte immer zu singen: Little Miss Maroon, your name is like your hair on a sunny autumn afternoon."

Nicht verheiratet also, und das in solch einer noblen Gegend. Ist das ehrenwert? Schickte sich das überhaupt? Der Song reimt sich, nur stimmt die Kernaussage darin wohl schon einige Jahre nicht mehr. Das Haar von Miss Maroon gleicht eher einem silbern schimmernden Vogelnest als den kastanienbraunen Schattierungen eines sonnigen Herbstnachmittags.

„Wunderschön. Also Miss Maroon, ich kann mich gerne bei Ihnen melden, falls mir Gilbert über den Weg laufen sollte. Wo genau wohnen Sie denn?"

„Würden Sie das wirklich für mich tun?"

„Ja, sicher. Kein Problem."

Miss Maroon deutete die Straße ein Stück weiter nach oben. „Das adrette Haus mit der Fahne im Vorgarten. Dort wohne ich."

„Okay. Prima. Sie sollten jetzt auch lieber nach Hause gehen, denn es ist schon ziemlich dunkel. Vielleicht wartet Gilbert auch bereits auf Sie."

Seufzend hob Miss Maroon das Gesicht in Richtung Himmel. „Ja, da haben Sie Recht, junge Dame."

Mit schlürfenden Schritten zog sie endlich von dannen und Emiliana atmete erleichtert aus.

Nachdem sie noch einmal nach Jeremy gesehen hatte, und dieser zum Glück keine blutende Wunde auf dem Hinterkopf aufwies, irrte sie ziellos im Haus der Fletchers umher.

Da sie beim Verlassen in leichte Ballerina-Schuhe von Mrs. Fletcher geschlüpft war, fühlten sich ihre Schritte federleicht an, anstatt bedrohlich nachzuhallen.

Im unteren Teil des Hauses gab es den Wohnbereich, über dem an der Tür tatsächlich ein Schild angebracht war. Auf diesem stand in stilvoll geschwungenen Buchstaben

SALON

zu lesen.

Die Küche grenzte direkt an und war sowohl vom Flur, als auch durch den besagten Salon, betretbar.

Ersteres nutzte Emiliana um sich von hinten an den um Hilfe schreienden Jeremy heranschleichen zu können, ohne dass er überhaupt etwas von ihrer Anwesenheit bemerkte.

Das Bad ist kleiner, als das im ersten Stockwerk, doch an luxuriöser Ausstattung scheint es auch hier an nichts zu fehlen.

Immer wieder fiel ihr Blick auf die Gemälde, die einen eher an ein Schloss erinnern, indem der Hausherr einen gewissen Hang zur Dramatik verspürt.

Der obere Bereich beherbergte das besagte große Badezimmer, in dem es eine separate Dusche, und eine Wanne gab, die einem Whirlpool in nichts nachstand. Zwei Personen konnten locker darin Platz nehmen, ohne sich auch nur ansatzweise zu berühren.

Im Schlafzimmer, das anderswo genauso gut ein kleines Hotelzimmer abgeben könnte, hatte sich Emiliana schon ziemlich gut eingerichtet.

Blieb nur noch eine schmale Tür am Ende des relativ langen Ganges übrig. In dieses Zimmer hatte sie bis jetzt noch keinen Blick geworfen und zu ihrer Enttäuschung war dieses obendrein verschlossen.

Auf dem Absatz kehrtmachend wandte Emiliana sich ab.

Nach wenigen Schritten entdeckte sie an einer Leuchte, die von der Form einer uralten Fackel ähnlich kam, ein im Licht glänzendes Objekt.

Beim Nähertreten stellte es sich als silberner Schlüssel mit Doppelbart heraus.

Vorsichtig nahm Emiliana diesen an sich.

Sie kombinierte, dass die Fletchers zwar einen Raum unter Verschluss halten wollen, doch sie selbst sind viel zu bequem, als dass sie den Schlüssel beispielsweise im unteren Bereich, oder irgendwo gut versteckt, aufbewahren würden.

Einmal mehr bestätigte sich ihr somit die Theorie von den reichen Snobs, die sich keinen Zentimeter im Leben bewegen, wenn es nicht unbedingt sein musste. Ginge es, dass jemand anderes für sie auf der Toilette das Geschäft verrichtet, sie würden es sicherlich in Anspruch nehmen. Die meisten zumindest.

Emilianas Hände zitterten als der Schlüssel sich drehte und sich die Tür mit nur leichtem Druck auf die Klinke öffnen ließ.

Es war stockdunkel in diesem Zimmer und die Luft roch abgestanden.

Mit der Hand tastete sie die Wände neben dem Türrahmen ab und plötzlich huschten ihre Finger über einen eckigen Kippschalter.

KLACK! Und es ward Licht!

Ihre Augen erfassten einen Raum, der einem Büro ähnelte. Ein massiver Schreibtisch mit einem modernen PC-System stand in dessen Mitte.

Es gab auch kein Fenster, was Emiliana erklärte, warum es hier drinnen sofort stark nach abgestandener Luft gerochen hatte.

Zwei große Aktenschränke reihten sich nebeneinander.

Und es gab eine Vitrine, die wie aus purem Glas gehalten schien.

Darin entdeckte Emiliana nicht nur alte Uhren oder diverse Schmuckgegenstände, sondern ihr Augenmerk fiel auf ein schwarzes Samtkissen, auf dem ein Halsband würdevoll drapiert worden war.

Direkt daneben befand sich das Abbild eines Hundes, der wohl eher einer verbotenen Rasse zugeordnet werden konnte, in einem kleinen ovalen Bilderrahmen.

Die eingravierten Worte ergaben beim Lesen das Wort: CHIMERO.

Das erste, woran Emiliana jetzt schmunzelnd dachte, war der lateinische Name Chimaera, welches ein Mischwesen aus der griechischen Mythologie darstellt.

Ob dieser Hund den Namen wohl aufgrund einer seltenen Züchtung erhalten hatte?

Konnte ihr egal sein, denn wie sie weiter auf dem unteren Rand der Fotografie lesen konnte, war Chimero bereits vor vier Jahren verstorben.

Das Halsband fungierte für Mr. Fletcher folglich als Erinnerungsstück an seinen einst treuen Begleiter.

Nun ja, ganz so treu, besser gesagt gehorsam, war jener wohl nicht, denn Emilianas Augen erfassten einen Impulsgenerator, was bedeuten musste, dass es sich bei diesem Halsband, um ein elektronisches handeln musste.

Sogar die mit demselben Firmennamen ausgewiesene, und somit eindeutig dazugehörige, handliche Fernbedienung lag, inklusive eines Schlüssels, neben dem Samtkissen.

So etwas müsste weltweit verboten und bei Gebrauch sogar noch mehr bestraft werden. Doch solange es Firmen im Netz gibt, die vor allem den reichen Spinnern dabei helfen, das unerwünschte Verhalten ihres Hundes Mithilfe von

Elektroschocks austreiben zu können, wird es solche Bänder auch noch in den nächsten fünfzig Jahren auf dem Markt geben.

Kopfschüttelnd wandte Emiliana den Blick ab.

Dann bekam sie große Augen und ihr Herz pulsierte stark in ihrer Brust.

Das ist es! Unerwünschtes Verhalten austreiben können!

Nachdem Emiliana die Vitrine geöffnet hatte, um das Halsband, samt dessen Zubehör, an sich zu nehmen, überkam sie das dumpfe Gefühl, dass es definitiv zu leicht gewesen war, diese einfach wie ein gewöhnliches Schränkchen aufziehen zu können.

Vorsichtshalber entschied sie sich die Glastür offenstehen zu lassen, nicht dass beim Zudrücken doch noch irgendein geheimer Alarm ausgelöst würde.

Mit leisen Schritten verließ sie nun das kleine Zimmer. Unnötig gewiss, da die Fletchers nicht zu Hause waren, doch für den Moment fühlte sich Emiliana eher wie eine Verbrecherin als wie eine Katzen-Nanny.

Dass sie ohnehin schon eine Straftat begangen hatte, lag an der Tatsache, dass sie einen bewusstlosen Mann, der noch immer gefesselt im Wohnbereich auf sie wartete, als ihren Gefangenen hielt.

Im Wohnbereich trat sie im halbdunkeln ganz nahe an Jeremy heran.

Die Atmung ging gleichmäßig und mit zitternden Fingern hob sie langsam seinen Kopf an.

KLICK!

Das Band befand sich engumschlossen an Jeremys Hals.

Der Schlüssel wurde zweimal gedreht und abgezogen.

Er selbst wachte nicht auf.

Noch nicht einmal als der Sender der Fernbedienung in Emilianas Hand einen kurzen piependen Ton von sich gab.

Damit wurde signalisiert, dass er mit dem Empfänger verbunden und somit jederzeit einsatzbereit war.

Sie machte sich auch keinerlei Gedanken darüber, ob es sich in dem Gerät um austauschbare Batterien oder Akkus handelte, denn Fakt war in diesem Moment nur eines, und zwar, dass die LEDs noch leuchteten.

Sollten sie schwächer werden, dann muss mir eben ganz schnell etwas einfallen, dachte Emiliana ehe sie sich mit einem Lächeln auf dem Gesicht nach oben in das Schlafzimmer begab.

Am nächsten Morgen wurde Emiliana schon ziemlich früh durch ihren Klingelton aus dem Schlaf gerissen.

Es war ihre Granny, die sich erkundigen wollte, ob es ihr denn auf Staten Island gut ginge und ob sie auch genug essen würde.

„Ja, mach dir bitte keine Sorgen, es geht mir bestens. Wie fühlst du dich? Du hörst dich ein wenig erkältet an."

Die alte Mrs. Brooks hustete stark, dann meinte jene: „Vielleicht ein bisschen."

Nach weiteren Minuten von belanglosem Smalltalk verabschiedete sich Emiliana, mit den Worten, dass sie sich schon bald wieder melden würde. Spätestens morgen Abend.

Noch immer mit Top und Jeans bekleidet sprintete sie hinab in die Küche. Cynthia saß bereits auf der Anrichte. Ihre bloße Anwesenheit löste in Emiliana jedes Mal einen kleinen Schauder aus.

Man hätte meinen können, die Katze maßregle sie allein mit ihren leuchtenden Augen und dem durchdringenden Blick. So alla: *Ich weiß, was du getan hast ...*

Als Cynthias Näpfe gefüllt waren und das Tier zu fressen begann, beschloss Emiliana einen Kaffee zu machen.

Hierfür konnte sie den Vollautomaten benutzen, der unübersehbar neben dem Waschbecken thronte.

Einmal Latte Macchiato für sich und einmal Kaffee schwarz für Mr. Adams.

Beim Betreten des Wohnbereichs musste sie wieder den Lichtschalter betätigen. Ihre Augen brauchten einen kurzen Moment, um sich an das warme Weiß zu gewöhnen. Dann sah sie sich um.

„Wie ist es dir ergangen in den letzten Stunden?"

Ihre Frage ließ Jeremy aufblicken, wenn auch nur schwer. „Ich spüre meine Beine nicht."

„Das ist nicht verwunderlich. Langes Sitzen bringt sowas mit sich. Das solltest du eigentlich aus deinem schicken Büroalltag in- und auswendig kennen."

Jeremy hüstelte. „Mein Leben ist nicht so besonders, wie du denkst, Lia."

Sie lachte. „Das ist immer eine Frage des Blickwinkels, nicht wahr? Du bist gestresst und denkst, dass du der großartige Mr. Workaholic in Person bist, doch weit gefehlt. Wenn du nach Hause kommst wirst du sicherlich von Sara in deine Schranken gewiesen und wenn das Geld am Ende des Monats nicht stimmt, dann verweigert sie sich dir komplett. Musst dann leider auf freundliche, nette Damen am Straßenrand zurückgreifen und dort deine mickrigen Dollar, die sie dir überlässt, für eine schnelle Nummer ausgeben."

Als sie näher kam, um ihm die Decke vom Schoß zu reißen, presste Jeremy fest die Lippen zusammen, ehe er antwortete: „Es gibt derartig Weltbewegendes nicht in meinem Leben."

Was habe ich da gerade gesagt, fragte er sich umgehend. *Eine Nacht mit einer Nutte stelle ich somit auf die Stufe von Abenteuer, Action oder Spaß. Nein, so bin ich nicht ...*

Sein Denken endete abrupt, als Emiliana ihm die dampfende Kaffeetasse an die Lippen hielt.

Jeremy wollte protestieren, dass der mit Sicherheit noch viel zu heiß ist, doch da schmeckte er auch schon das bittere Aroma in seinem Mund.

Unwillkürlich schluckte er und bemerkte dabei, dass die Temperatur sich als angenehm erwies.

Emiliana beobachtete seine Lippen, wie diese sich um den Rand der Tasse legten. Ihr plötzliches Kribbeln, das sie dabei empfand, konnte sie nicht einschätzen, denn vor ihr saß nichts weiter als ein arroganter, narzisstischer Arsch, der noch nicht mal das Abwasser der Kanalisation zum Trinken verdient hätte.

Vielleicht ist es aber auch nur ihre gewisse Neigung zum Bösen, denn schon in jungen Jahren schaute Emiliana nahezu jeden Horrorfilm, der gerade angesagt war.

Nur nach Nightmare on Elm Street konnte sie wochenlang nicht richtig einschlafen.

Mr. Adams war folglich ihr persönlicher Freddy Krüger, der sie schon seit Tagen auf Trab hielt.

Nachdem er die Hälfte getrunken hatte, stellte Emiliana die Tasse zur Seite.

Ihr nächster Weg führte sie zu ihrer Handtasche, die noch immer geöffnet auf dem Sideboard stand und neben der sich ihr auch ihr Teaser befand.

Sie nahm ihn zur Hand.

Dann kramte sie nach der Schere.

Zurück bei Jeremy sah sie ihm tief in die hellen Augen. Auch er wendete den Kopf, um seine Peinigerin direkt ansehen zu können.

Die Spitze der Schere wanderte über seine nackte Brust. Über die mittlerweile verkrusteten Buchstaben ihres Namens, bis hin zu seinem Bauchnabel.

„Lia ...?" In seinen Pupillen spiegelte sich blanke Panik wieder und unter den Achseln bildete sich Schweiß.

Der Puls beschleunigte sich und er zog tief den Atem ein. Jeremy war sich sicher, dass er gleich einen Stich spüren und kurz darauf das besagte weiße Licht am Ende eines langen Tunnels sehen würde.

Quälend langsam zog Emiliana ihre Bahnen über seine Haut, ehe sie die Schere wegnahm und damit hinter den Stuhl trat.

Schnipp! Die Kabelbinder um Jeremys Handgelenke fielen zu Boden.

Ein Wechselbad aus Erleichterung und Anspannung überkam ihn, während er versuchte seine kribbelnden Finger von den schwitzenden Handflächen zu strecken. Plötzlich sprang Jeremy auf.

Auf wackeligen Beinen wandte er sich blitzschnell um und bekam dabei Emilianas Arme zu fassen.

Das Szenario wirkte auf sie wie ein böser Traum, doch ihr war auch sofort bewusst, dass sie es hätte besser wissen müssen.

Unnachgiebig hielt Jeremy sie fest und in seinen Augen war die angestaute Wut deutlich abzulesen. Seine Finger gruben sich dabei so fest in ihre Haut, dass ihr der Teaser, sowie die Schere aus den Händen glitt.

„Was jetzt Lia? Ich sollte ..."

Weiter kam er nicht denn ein stechender Schmerz, der immer mehr zu einem brennenden Kribbeln im ganzen Körper mutierte schoss von seinem Hals aus bis hinauf in seinen Kopf.

Jeremy presste beide Hände gegen die Schläfen und sackte vor Emiliana hilflos auf die Knie.

Hastig griff Emiliana in ihrer Jeans nach der Fernbedienung für das Halsband, denn als ihr die Schere aus der Hand glitt und er zu sprechen begann, schaffte sie es mit den Fingern an diese heranzukommen.

Wie in Trance starrten ihre Augen auf das Display, denn sie hatte es unbewusst auf Stromschlag eingestellt.

Laut Anzeige gab es über zehn Stufen und die letzte Instanz las sich: *HIGH VOLTAGE!*

Nun, was man bei diesem Ding eben Hochspannung nennen kann, reicht zumindest aus, um einen ansonsten ach so harten Kerl in die Knie zu zwingen.

Emiliana lächelte.

Dann packte sie Jeremy an den Haaren und zwang ihn dazu sie wieder anzusehen. „Was jetzt Mr. Loverboy? Soll ich noch mal oder wirst du ein braver Junge sein?"

Ein Keuchen entwich seiner Kehle, ehe die Worte kläglich über seine Lippen kamen. „Bitte, Lia. Ist schon gut."

Stirnrunzelnd zog Emiliana die Augenbrauen zusammen und musterte Jeremys Gesichtsausdruck eindringlich. Erst als sie das Gefühl hatte, dass er es ernst meinte befahl sie scharf: „Steh auf!"

Jeremy leistete Folge, wenn auch schwerfällig.

Durch seinen Kopf schossen die Gedanken weiterhin wie tausend kleine Stromschläge, denn er konnte es einfach nicht fassen, dass er vor dieser Frau stand, seine Arme und Beine frei bewegen konnte und doch vollkommen machtlos war. Ausgeliefert dank eines Teasers, der sich eng um seinen Hals schmiegte und den er zuvor nicht einmal wahrgenommen hatte.

Irgendwie muss es mir gelingen dieser Frau Einhalt zu gebieten, nur wie …

„Los! Beweg dich!"

Jeremy fragte sich, wo sie ihn jetzt wohl hinbringen wollte.

In den Keller, die Garage, oder in mein bereits hinter dem Haus geschaufeltes Grab?

Emiliana blieb mit der Fernbedienung dicht hinter ihm. Nächste Anweisung lautete: „Die Treppe!"

Es ging also in den oberen Bereich und Jeremy wusste, dass er sich Fragen wie zum Beispiel: „Und was soll ich da?", sparen konnte. Vor allem, wenn er vermeiden wollte erneut unsanft auf seinen Knien zu landen.

Bei jedem seiner Schritte musste er wiederholt nach Luft schnappen und bei der letzten Stufe wurde ihm sogar ein wenig schwindelig. Alles eine Folge des langen Sitzens.

Bevor er den oberen Gang beschritt, wagte er es, sich nach Emiliana umzusehen.

Sie konnte sich selbst denken, dass er nicht wusste, wohin er gehen sollte, deshalb trat sie elegant vor ihn.

Zwei Zimmer weiter, stieß sie mit der Hüfte eine Tür auf. Jeremys Augen erfassten beim Betreten die Größe des Badezimmers. Er wirkte jedoch kein bisschen überrascht. Emiliana sah nicht, dass er auch nur einen Moment diesen erstaunten *Wow-wie-riesig-ist-das-denn-bitte*-Blick gehabt hätte.

Kein Wunder! Diese Art zu leben, ist der feine Herr schließlich gewohnt und ich kann mir vorstellen, dass ...

„Lia, bitte lass uns reden", flüsterte Jeremy in ihre Richtung. Seine hellblauen Augen wirkten plötzlich wie zwei Lichter, die ihr den Weg weisen wollten.

Emiliana musste schwer schlucken.

Ihr schoss die Frage durch den Kopf, warum ausgerechnet dieser Mann von Marshall-Enterprises angesetzt worden war, um ihrer Granny das Haus zu pfänden.

Hätte er nicht einfach übergewichtig, alt und völlig unästhetisch aussehen können, so wie viele Männer es in diesem Business tun? Nein, Jeremy Adams musste natürlich mit seinem nackten Oberkörper, dem sinnlichen Mund, den strahlend hellen Augen und dem durchaus wohlgewachsenen Schwanz, beinahe dem Abbild eines Traummannes gleichen. Was sonst?

Ihr Blick fiel nun auf seine Shorts. „Worauf wartest du? Ich meine, wir sind nicht umsonst in einem Badezimmer."

Jeremy verstand.

Beim Ausziehen seiner Shorts versuchte Emiliana krampfhaft nicht eine Miene zu verziehen.

Mit entschiedener Nüchternheit betrachtete sie den nackten Mann vor ihren Augen, ehe sie es schaffte mit dem Kopf auf die Dusche zu deuten.

Jeremy betrat die Kabine.

Er betätigte den Wasserhahn und als das Wasser zu laufen begann, setzte sich Emiliana an den Rand der Badewanne.

In ihrer Hand hielt sie die Fernbedienung weiterhin fest umklammert, doch sie hoffte inständig, dass sie diese nicht benutzen musste.

Strom und Wasser ergab schon immer eine beinahe tödliche Kombination. Auch wenn die Spannung hierzu wohl nicht ganz ausreichen würde.

Der Raum füllte sich mit jeder Sekunde mehr mit nebligen Dampf und der herbe Geruch eines Männershampoos stieg ihr in die Nase.

Jeremy hatte folglich das Duschgel von Mr. Fletcher gefunden und es roch sogar richtig anziehend.

Wilde Fantasien schossen Emiliana plötzlich durch den Kopf und vor ihrem inneren Auge spielte sich ein ganzes Kino voll erregender Momente ab.

Ihr Herz begann zu rasen, als sie durch das milchige Glas sehen konnte, dass Jeremy sich am ganzen Körper einseifte. Gewiss sehr gründlich, um sich von der Beschmutzung der vergangenen Tage vollends freiwaschen zu können.

Emiliana öffnete den Mund, um sich mit der Zunge leicht über die Lippen zu lecken.

Mit der freien Hand begann sie über ihr Top zu streicheln, was schnell dazu führte, dass die Knospen hart wurden. Während ihr Augenmerk weiterhin auf die Kabine gerichtet war, kam sie am Reißverschluss der Jeans an. Mit Leichtigkeit ließ dieser sich öffnen und nur einen Moment später konnte Emiliana ihre Finger auch im Höschen und kurz darauf zwischen ihren Schamlippen verschwinden lassen.

Ihr Po presste sich dabei fest an den Rand der Wanne. Die Enge der Jeans führte nun dazu, dass es fast ein wenig schmerzte, als sie die Kuppe des Zeigefingers auf ihrer angeschwollenen Perle platzierte.

Langsam und rhythmisch begann Emiliana sich zu reiben. Ihr ganzer Körper begann vor unbändiger Lust zu kribbeln, während das plätschernde Wasser und der Gedanke an sein steifes Glied diese nur noch mehr schürte.

Zusätzlich bäumte sich ihr Oberkörper unwillkürlich auf und der Druck auf ihren Kitzler nahm zu.

Die Erregung die Emilianas Nervenbahn jetzt flutete, schien mit jeder Zuckung in ihrer heißen Mitte zu enden und dort regelrecht zu explodieren.

Der Puls pochte in ihren Ohren und alle Muskeln der inneren Scham zogen sich krampfhaft zusammen.

Am liebsten hätte sie jetzt laut nach Jeremy gerufen, damit er aus der Dusche gestiegen wäre, um ihr bei ihrem tiefsitzenden Problem behilflich sein zu können.

Er müsste nur tief genug in sie eindringen, um somit dem heftigen Jucken entgegenwirken zu können, doch Emiliana konnte sich beherrschen.

Sie musste es sogar, denn Jeremy hatte soeben das Wasser abgestellt.

Zögerlich trat er aus der Kabine. Kleine Wassertropfen, die im Licht wie funkelnde Diamanten glänzten, bahnten sich ihre Wege über seine dampfende Haut.

Mit beiden Händen verdeckte er den Geschlechtsbereich, doch Emiliana konnte sich auch ungesehen vorstellen, dass allein durch das Einseifen eine gewisse Festigkeit zurückgeblieben sein musste.

Sie erhob sich vom Rand der Wanne.

Wie gerne würde ich ihn jetzt an mich ziehen, über seine Muskeln, den Po und sein Glied streicheln, bis er selbst es vor Verlangen kaum noch aushalten könnte und er mich ...

„Lia?"

Seine Stimme klang fest.

Emiliana musste höllisch aufpassen, denn wenn sie sich unachtsam ihren erotischen Gedanken hingab, dann bekommt er womöglich eine Chance um wie ein Tier über sie herzufallen.

Ein animalischer Sprung eines Tigers oder Löwen, der sich nach einer wilden Jagd auf seine heiße Beute stürzt, um sie gnadenlos ... SCHT! Reiß dich zusammen!

Sie erkannte, dass sie dringend davon abkommen musste, deshalb schnappte sich Emiliana ein Handtuch, dass neben ihr an einer Hakenleiste hing und warf es ihm direkt an die Brust.

Jeremy fing es reflexartig, was ihr einen kurzen Blick auf sein bestes Stück, welches sie schon einmal tief in sich gespürt hatte, gewährte.

Die Erinnerung daran durchzuckte Emilianas Mitte und ihr Körper wurde plötzlich von feiner, kribbelnder Gänsehaut eingenommen.

„Los raus hier!"

Mit diesen Worten hoffte sie inständig, dass sie die Kontrolle über die Situation zurückerlangt hatte.

Als Jeremy Folge leistete und die Tür durchquerte, die sie ihm offenhielt, wusste Emiliana, dass er zumindest im Moment keine Faxen machen würde.

Im Schlafzimmer der Fletchers, wies sie an sich auf das Bett zu setzen.

Auf dieser Seite war die Decke weit aufgeschlagen und das Kissen zeugte davon, dass jemand darauf geschlafen haben musste. Die andere Seite hingegen war fein säuberlich gemacht.

Mit dem Handtuch um die Lenden saß Jeremy da und verzog keine Miene. Er schien abzuwarten, was sie nun tun wollte oder von ihm verlangte.

Die nächste Order ließ auch nicht lange auf sich warten.

„Nimm die Hände hinter den Kopf!"

Jeremys Augenmerk fiel auf die Fernbedienung in ihrer Hand. *Wenn ich schnell genug bin und diese ihr aus den Händen …*

„Denk nicht mal dran!"

Emiliana deutete mit dem Daumen an, dass sie keinerlei Skrupel hatte, den Knopf noch einmal zu betätigen.

Jeremy nickte und hob die Arme.

Die Hände verschränkte er anschließend am Hinterkopf. Rückwärtsgehend kam Emiliana am begehbaren Kleiderschrank an. Sie öffnete die verspiegelte Schiebetür. Rechts kam man in Mrs. Fletchers Repertoire, folglich musste sich auf der linken Seite Mr. Fletchers Kleidung befinden. So war es auch.

Geschätzt hundert Modelle von Krawatten und Fliegen hingen an extra dafür eingerichteten Halterungen. Hosen, absolut faltenfrei über schwarzen Bügeln, und viele Anzüge in Schutzhüllen wie man sie üblicherweise aus einer Reinigung zurückerhält.

Emiliana wusste von ihrer Granny, dass man seine Unterwäsche nicht unbedingt frei zur Schau stellte, auch wenn eigentlich kein Besuch etwas in privaten Räumen zu suchen hatte. Es kam zumindest äußerst selten bis gar nicht vor, dass sich jemand ungebetenes dorthin verirrt hätte.

Trotzdem bewahrten die Leute von jeher Slips, BHs oder gar die etwas reizvollere Wäsche meist in Schubladen auf. Zu ihrem Glück befanden sich drei solcher Fächer in greifbarer Nähe, wenn sie jetzt auch noch Glück hatte, dann ...

Na also!

Gleich ihr erster Griff fiel auf feinsäuberlich zusammengefaltete Boxershorts. Beim Herausziehen erkannte sie die dezent grauen Farbverläufe und zusätzlich hatte diese einen schicken schwarzen Bund, der wie Seide im Licht glänzte.

Das hätte Emiliana dem alten Mr. Fletcher gar nicht zugetraut. So kann man sich täuschen.

Mit schnellen Schritten kam sie wieder auf Jeremy zu. Weiterhin die Fernbedienung des Halsbands fest in ihrer Hand.

Jeremy verfolgte mit Argusaugen das weitere Geschehen, denn Emiliana kniete sich vor ihn und hob seinen Fuß an.

Ich muss nur schnell genug aufstehen, ihr das verfluchte Ding aus der Hand schlagen, und sie überwältigen. ENDE!

Er wollte seinen Gedanken auch sofort in die Tat umsetzen, doch die Beine begannen erneut unkontrolliert zu zittern, was in diesem Augenblick nicht sehr hilfreich war.

Als er endgültig den Mut gefasst hatte aufzuspringen, knickte er zu allem Überfluss mit dem Fuß, den sie gerade in die Shorts stecken wollte, um.

Das Handtuch fiel von seinen Lenden herab und entblößte ihn vollends. Zu allem Unglück war er froh, dass er nicht vor ihr auf dem Boden, sondern wieder auf dem Bett mit seinem Hintern landete.

Emiliana, die erschrocken zurückgewichen war, hatte ihren Finger bereits auf dem Knopf platziert, doch sie wartete.

Sie hatte erkannt, dass Jeremy sich kaum auf den Füßen halten konnte und nur einen Sekundenbruchteil später erhob er die Handflächen aufgebend in die Luft.

Er stotterte: „Tut mir leid! Ich meine, ich wollte nicht ..."

Emiliana seufzt, ehe sie sich auf Jeremy stürzte und ihm die Fernbedienung ganz dicht ans Auge hielt. „Verdammter Scheißkerl! Was verstehst du eigentlich nicht, wenn ich dir sage, dass du noch nicht einmal daran denken sollst? Ich meine ist dein Gehirn tatsächlich in den letzten Tagen auf die Größe einer Erbse geschrumpft oder handelt es sich bereits um einen totalen Ausfall deines Denkvermögens. Ich meine, du willst doch nicht noch mehr Wunden, der armen Sara mit nach Hause bringen."

„Immer mit der Ruhe, Lia. Es tut mir wie gesagt sehr leid."

Will er mich verarschen? Denkt er wirklich, dass er mit der Ich-bin-lieb-und-nett-und-kann-kein-Wässerchen-trüben-Tour weit kommt? Langsam, aber sicher reicht mir das!

Sie sprang von ihm herunter.

Jeremy blieb wie erstarrt mitten auf dem Bett liegen. Normalerweise könnte das niemand mit ihm machen, schon gar keine Frau, nur der Teaser verursacht unheimliche Schmerzen und Muskelverkrampfungen. Dazu kommt, dass er nicht weiß, wie viele von diesen Stromschlägen ein Mensch imstande war auszuhalten, ohne langfristige Schäden davonzutragen oder gar zu sterben.

Aus dem Augenwinkel heraus konnte er Emiliana dabei beobachten, wie sie noch mal den Schrank betrat.

Dieses Mal kehrte sie mit mehreren Bändern, die sich sogleich als Krawatten für ihn herausstellten, zurück. Wieder war Emiliana über ihm.

Sie befahl: „Nimm deine Hände über den Kopf!"

Jeremys Beine zappelten unruhig, und auf Emilianas femininen und durchaus wunderschönem Gesicht, zeichnete sich ein arrogantes und doch gleichzeitig wahnsinnig sexy wirkendes Grinsen ab.

Sie schnappte sich sein rechtes Handgelenk, was dazu führte, dass Jeremy verdutzt die Luft anhielt.

Was zur Hölle tut sie da bloß?

Als er wieder nach Atem rang, fesselte Emiliana bereits sein linkes an einem schweren, doch wunderschön geschwungenem Metallrahmen, der als Kopfende des Bettes fungierte.

Da seine Arme nun gespreizt über seinem Kopf am Bett hingen, blieben natürlich noch die Beine übrig.

Auch wenn sie gesehen hatte, dass er sich nicht besonders gut darauf halten konnte, wollte Emiliana kein weiteres unnötiges Risiko eingehen. Sie beschloss auch diese fest ans Bett zu binden.

Jeremy konnte es noch immer nicht verstehen, was diese Frau letztendlich von ihm wollte.

Rache? Demütigung, oder ist sie so wütend oder geistig gestört, dass sie sogar einen Mord begehen würde?

Diese Gedanken ließen seinen Magen rebellieren, weshalb er ergeben seinen Kopf auf das Kissen zurückwarf.

Als sich Emiliana wieder über ihn beugte, spürte er ihr ganzes Gewicht auf seinen Oberschenkeln.

Da er den Verband in der Dusche abgelegt hatte, weil dieser vollkommen vom Wasser durchtränkt worden war, nässelte nun die entzündete Einstichstelle des Schürhakens vor sich hin und verursachte ihm umgehend wieder eine gehörige Portion stechender Schmerzen.

„Ahhh …", kam es kläglich über Jeremys Lippen und er schloss die Augen.

Emiliana erhob sich und erfasste sofort die Ursache. Selbst ihre Jeans wies nun einen runden nassen Fleck auf.

„Ich bin gleich wieder da!"

Ehe sie das Zimmer verließ hob sie die Shorts vom Boden auf und stopfte ihm diese fest in den Mund.

Ungefähr auf der Hälfte der großen Treppe angekommen, klingelte es plötzlich zweimal an der Haustür.

Emilianas Schritte stoppten.

Sie sah Cynthia, wie diese laut miauend durch den Flur in Richtung der Tür stolzierte.

„Scht! … Scht! … Weg da!" zischte sie flüsternd, doch die Katze wurde sogar um einiges lauter in ihren Gesängen.

„Miau! Miau! Miau!"

Wieder schrillte die Klingel!

Verdammtes Mistvieh!

Emiliana sah an sich herab, dann strich sie mit den Fingern durch ihre langen Haare. Das musste fürs Erste ausreichen, um nicht auszusehen als wäre sie gerade erst aus dem Bett gestiegen.

Sie setzte sich wieder in Bewegung, schob mit dem Fuß die mittlerweile vor der Tür sitzende Katze zur Seite und betätigte die Klinke.

Draußen stand ein Mann in einem nachtschwarzen Anzug. In der einen Hand hielt er eine Sonnenbrille und in der anderen ein Smartphone.

„Guten Tag, wie kann ich Ihnen helfen?"

Der Mann las mit zusammengekniffenen Augen das Namenschild, dann fragte er: „Mrs. Fletcher?"

Emiliana blieb keine Zeit zum Nachdenken, deshalb antwortete sie ehrlich: „Nein, ich bin ..., ähm ..., also die Fletchers sind verreist und ich hüte das Haus und deren Katze."

„Verstehe", gab der Mann breitgrinsend zurück.

„Mein Name ist Joel ..., und ich bin vorbeigekommen, um Mr. Adams, guten Tag zu sagen."

„Bitte wem? Da müssen Sie sich in der Hausnummer geirrt haben."

Als Emiliana die Tür schließen wollte, stellte Joel einen Fuß dazwischen.

„Was soll das?", fragte Emiliana mit weit geöffneten Augen. „Verschwinden Sie oder ich rufe die Cops!"

„Hören Sie, ich leite eine Firma und mein Repo-Man scheint es sich bei Ihnen gutgehen zu lassen. Ich habe volles Verständnis dafür, solange es außerhalb der Arbeitszeiten passiert. Denn ob Sie es glauben oder nicht, es geht in diesem Beruf täglich um wahnsinnig viel Geld, deshalb ..."

Ein lautes Geräusch, das aus dem oberen Stockwerk bis zu ihnen herunterdrang, stoppte Joels Redefluss.

Er lauschte.

Dann kehrte das breite Grinsen auf sein Gesicht zurück. Den Fuß hatte er aus der Tür genommen.

Emiliana sah ihm weiterhin bedrohlich in die Augen.

„Wenn Sie jetzt bitte gehen würden!"

„Das würde ich", gab Joel umgehend zurück. „Ich weiß nur nicht, ob Sie oder der liebe Jeremy wissen, dass man bereits nach ihm sucht."

„Und was habe ich bitte schön mit ihrem, wie sagten Sie doch gleich ..., Repo-Man, zu tun?"

„Sagen Sie es mir", konterte Joel Emilianas gelangweilte Worte mit Leichtigkeit.

„Mr. ..., ich weiß nicht, was sie von mir wollen, aber ich kann Ihnen bei ihrem Problem leider nicht weiterhelfen."
Joel schmunzelte über ihre Worte. „Ist das so? Ich meine, wie es aussieht, können Sie meinem Mitarbeiter eine große Hilfe bei gewissen Problemen sein, nicht wahr? Ich meine verzeihen Sie meine Wortwahl, aber ich werde nur äußerst ungern angeflunkert, auch wenn Sie oder Jeremy natürlich Gründe zur Diskretion und Verschwiegenheit haben."
Emiliana wird das zu bunt. „Ich bin, wie schon erwähnt, hier, um auf die Katze des Hauses ..."
Joel winkt sie mit dem Zeigefinger näher an sich heran.
Aus dem Effekt heraus folgt Emiliana dieser Aufforderung.
Er flüsterte ihr etwas ins Ohr.
Ihr Blick wurde starr und die Haltung nervös.
Woher weiß dieser nervige Mann, dass Jeremy Adams Wagen direkt nebenan in der Garage parkt?
Er trat wieder einige Schritte von der Tür zurück, ehe er die Sonnenbrille aufsetzte und auf sein Smartphone deutete. „Bitte richten Sie Jeremy aus, dass ich seinen Anruf spätestens heute Abend erwarte. Andernfalls kann ich auch ganz andere Seiten aufziehen, wenn Sie verstehen. Ich bin nämlich von Haus aus ein ziemlich ungeduldiger Mensch, müssen Sie wissen."
Großer Gott, dieser Mann weiß Bescheid, schoss es Emiliana durch den Kopf, während sie Joel dabei beobachtete, wie er in seinen Wagen stieg.
Dann schloss sie die Tür.
Cynthia stolzierte miauend in die Küche. Bestimmt wollte sie ihr Futter, doch das musste noch ein wenig warten.
Zunächst war es an der Zeit nach Jeremy zu sehen, der zwar von ihr ans Bett gefesselt worden war, es jedoch trotzdem irgendwie schaffte Radau zu veranstalten.

Schon beim Betreten des Schlafzimmers erfassten Emilianas Augen was das donnernde Geräusch verursacht haben musste.

Das Nachtkästchen lag, mit den Schubfächern voran, auf dem Boden vor dem Bett. Jeremy musste folglich solange gezappelt haben, bis der Rahmen des Bettes an das Kästchen stieß.

Da dieses lediglich von zierlichen Holzfüßchen gehalten wurde, konnte es schnell vornüberkippen. Der Aufprall auf das Parkett hallte anschließend im gesamten Haus wider. Wütend stapfte sie auf Jeremy zu und entriss ihm die Shorts aus seinem Mund.

Sie runzelte die Stirn und eigentlich erwarteten seine Ohren an dieser Stelle ein Donnerwetter, Geschrei oder körperliche Pein, doch zu seiner Verwunderung stand sie einfach nur mit verschränkten Armen vor dem Bett. Sie wartete.

Worauf sie wartete, das war Jeremy in diesem Augenblick nicht klar, doch er wagte es nicht sie danach zu fragen. Das Einzige was ihn störte, war das nervöse Kribbeln, welches plötzlich seinen Unterleib durchfuhr.

Er fand, dass Lia in ihrem hautengen Top, das die Form ihrer Brüste wundervoll zu Geltung brachte, und das jetzt nur knapp über ihrem Bauchnabel endete, verdammt sexy aussah.

Der entschlossen wilde Ausdruck in ihren Augen verstärkte dieses Gefühl immens.

Egal, wie sehr Jeremy auch versuchte dagegen anzukämpfen, es half nichts.

Und nur eine Sekunde später war es auch schon geschehen - sein Freund hatte ihn verraten.

Bitte tut sich ein Loch im Erdboden auf, dass mich, samt dem Bett verschlingt, wünschte Jeremy sich sehnlichst.

Wie peinlich ist das denn bitte schön? Da liegt man gefesselt in einem Bett und bekommt Zuckungen, wenn die Entführerin dominant vor einem steht. Verdammt, das darf doch einfach alles nicht wahr sein!

„Du bist geil?" Die Worte kamen ruhig über ihre Lippen. Jeremy schloss vor Scham die Augen.

Emiliana zog eine Augenbraue nach oben, ehe ihr Blick weiter über seinen Körper wanderte.

Sie stellte fest, dass seine Beine muskulös waren, genau wie seine Arme. Nicht zu viel und nicht zu wenig.

Der Intimbereich war rasiert, auch wenn sich dort bereits wieder ein paar Stoppelchen hervorgetan hatten. Sogar die Achseln strotzen nicht vor männlicher Behaarung.

Ein Mann, der sich pflegt und auf sich achtet!

Als Emiliana erneut ein Zucken an seinem Glied feststellte, wenn auch dieses Mal etwas weniger als zuvor, schwappte eine Welle der Lust über ihren Körper hinweg, wie sie es noch nie zuvor gespürt hatte.

Eigentlich brauchte sie grundsätzlich immer das besagte Vorspiel und selbst dabei überkam sie noch nie ein solch unbändiges Verlangen nach Befriedigung, wie es in diesem Moment der Fall war.

Ihre Arme lösten sich aus der Verschränkung und ihre Finger öffneten langsam die Knöpfe der Jeans.

Emiliana ließ die Hose auf den Boden gleiten und stieg zu Jeremy auf das Bett. Als er ihr Gewicht auf sich spürte, öffnete er die Augen.

Ihr Gesichtsausdruck verriet ihm, dass sie zumindest nicht sauer auf ihn war, was durchaus von gewissem Vorteil in seiner heiklen Lage sein konnte.

„Lia. Was auch immer ich dir oder einem geliebten Menschen in deinem Umfeld angetan habe ..., es tut mir schrecklich leid."

Die Zärtlichkeit, die in seinen Worten mitschwang, veranlasste Emiliana dazu über seine Brust zu streicheln. Wieder ließ sie zu, dass seine Augen, die so weit und blau wie der Himmel zu sein schienen, sie in einen magischen Bann zogen.

Vielleicht habe ich mich getäuscht. Vielleicht ist er gar nicht so ein egoistisches Arschloch, dass nur seinem Job nachgeht, damit das Geld am Ende des Monats stimmt. Vielleicht war alles nur ...

Plötzlich schoss Emiliana ihre arme Granny in den Kopf.

Stopp!

Sie ermahnte sich eindringlich nicht auf seine Tour hereinzufallen. Schließlich hatte dieser Kerl unter ihr eine eiskalte, skrupellose und durchaus nazistische Seite.

Während dieser Gedankengänge versuchte Jeremy seiner stärker aufkommenden Erregung nicht nachzugeben.

Nimm dich zusammen, Mann! Sie ist eine Psychopathin! Eine völlig durchgeknallte Tussi, die ihre kranken Spiele mit mir spielt, um mich zu foltern, zu quälen, zu erregen, eventuell abzumurksen ...

Weiter kam er nicht denn er spürte, dass ihn das Wort vor der Sache mit dem Abmurksen, wieder in ungewollte Wallung versetzte.

Emiliana grinste breit, als sein harter Stab an ihrem Höschen anklopfte. Gänsehaut lief über ihren Rücken, während sie ihm weiterhin unbeirrt in die Augen sah.

„Möchtest du, dass ich dein Bein verarzte, oder ...“

Oder was? Jeremy wurde heiß und kalt zur selben Zeit. Er fragte sich, was sie nun mit ihm vorhatte, doch das würde er gleich erfahren.

Eine unmissverständliche Erwartungshaltung lag nun in diesem steten Augenkontakt, der noch immer keine einzige Sekunde zwischen den beiden abgebrochen war.

Plötzlich beugte sich Emiliana zu Jeremy herab und biss ihm in den Hals. Nicht so fest, dass sie wie ein Tier Haut mitgerissen hätte, aber dennoch deutlich genug, dass sie den Abdruck ihrer Zähne hinterlassen hatte.

Eine Geste, mit der sie sein Vergehen mit dem Nachtkästchen wohl im Nachhinein noch Bestrafen wollte. Jeremy überlegte fieberhaft, ob er sich den Schmerz anmerken lassen sollte – er entschied sich dagegen.

Emilianas Gesicht war nun sehr nah. So nah, dass er ihren warmen Atem auf seinen Lippen fühlen konnte. Bereits im nächsten Moment teilte sie diese mit der Zunge und eroberte somit seinen Mund.

Wie ein zartes Stück Fleisch, das dem Gaumen schmeichelt, liebkoste ihre Zungenspitze nun die seine. Ihre Hand ruhte in seinem Nacken, dann packte sie zu. Der Kuss war jetzt fordernd, wild und voller Leidenschaft. Durch ihre Nase drang wieder der herbe Duft des Duschgels.

Er riecht so verdammt gut. So frisch, so männlich …

Ihre Finger griffen fest in sein Haar, was ihm einem leichten schmerzerfüllten Ton entlockte.

Emiliana sah ihm ins Gesicht, um ihn frech anzugrinsen. Dann fuhr sie fort.

Während ihre Hände über seine angespannte Brust glitten, spürte sie die Feuchtigkeit, die sich unaufhaltsam zwischen ihren Schenkeln ausbreitete.

Die nächste Entscheidung fiel darauf, dass Emiliana nach ihrem schwarzem Top griff, um es herunterzudrücken. Sie wollte unbedingt, dass ihre Brüste freilagen, damit er diese Betrachten, und wenn sie es wollte sogar daran saugen, konnte.

Jeremy riss die Augen weit auf. „Bitte, Lia …"

Emiliana erhob majestätisch den Kopf. „Bitte was, Mr. Loverboy?"

Die vollständige Kontrolle über diesen Mann unter ihr zu haben, gab ihr nicht nur das Gefühl von nahezu unbändiger Erregung, sondern auch von Sicherheit.

Ihre Worte wurden strenger: „Antworte, wenn ich dir eine Frage stelle!"

Um ihren Ernst zu unterstreichen, gab sie ihm zwei kräftige Ohrfeigen.

Auf Jeremys Körper richteten sich alle Haare auf. Er war außerstande zuordnen zu können, ob dies nun aus Angst oder Wollust geschah.

Seine Lippen zitterten. „Lia, zwing mich bitte nicht dazu. Ich weiß nicht was ich hier tue."

Während Emiliana in schallendes Lachen verfiel, begannen seine Wangen zu brennen.

Dann wurde es abrupt still.

Langsam beugte sie sich zu ihm herab.

Jeremy fühlte sie auf seinem Körper, öffnete den Mund und seine Gedanken begannen einen Marathon zu laufen.

Wieso sauge ich willenlos wie ein Baby an ihren harten Knospen? Sogar mein Becken schiebe ich ihr weiter und weiter entgegen, nur um ihre Nässe spüren zu können. Mein Schwanz pulsiert zwischen den sich durchdrückenden Schamlippen, die mich zu diesem Zeitpunkt in ungeahnte Ekstase massieren. Mir entweicht ein Stöhnen, während sie sich noch stärker gegen mich drückt, um sich eventuell zu ihrer eigenen Befriedigung reiben zu können. Wie gerne würde ich jetzt ihre Hüften festhalten und sie ganz tief spüren. Ich sollte sie wirklich anschreien, nein besser, ich sollte sie anflehen, dass sie endlich den gottverdammten Slip zur Seite schiebt. Oder zieh ihn aus, Lia!
Und dann besorgst du es mir noch mal!

Jeremys Gesicht glühte vor Erregung und gleichzeitig überkam ihn eine Welle des Schams.

Wie kann es nur sein, dass ich solche Empfindungen für diese Frau hege? Ich sollte …

Seine Gedanken stoppten, als Emiliana hauchte: „Du weißt also nicht, was du da tust? Hm, ich denke, dass du dir darüber durchaus im Klaren bist."

Sie hob das Becken von seiner Mitte und rutschte nach vorne. Ihre Knie legte sie vorsichtig neben seinem Kopf ab. Ehe Jeremy etwas sagen konnte, rieb sie ihren nassen Slip an seinem Kinn.

Es kam ihr so vor als würde sie jeden Moment auslaufen, wenn sie den Stoff zur Seite schiebt, doch Emiliana konnte nicht länger an sich halten.

Ihr Becken begann intensiver zu zucken, desto fester sie sich gegen sein Gesicht presste.

Was zur Hölle soll ich tun? Ich schmecke den geilen Saft einer nackten Vagina durch meine geschlossenen Lippen hindurch, doch es wäre absolut das Falsche, wenn ich …

„Leck mich, Mr. Loverboy!"

Ihre Worte kamen stöhnend in seinen Ohren an, was ihm erneut einen Schauder durch seine Lendenregion jagte. Da er nicht gleich reagierte, keuchte Emiliana frustriert auf und hob ihre Hüften an.

Seine Lippen waren jetzt genau da, wo sie diese brauchte. Wieder näherte sich unaufhaltsam ein Höhepunkt und Emiliana spürte wie ihr Becken genauso stark wie eben im Badezimmer zu pulsieren begann.

Doch er gönnte ihr keine Erlösung durch seine Zunge. Diese behielt Jeremy fest im Inneren seines Mundes.

Er kämpft!

Das konnte Emiliana deutlich von seinen Augen ablesen.

Schluss mit Lustig …

„Mach den Mund auf!", lautete umgehend ihre Order. Jeremy blieb stur.

Dieses Verhalten brachte ihm eine weitere Ohrfeige ein. Ziemlich fest, denn sein Kopf schnellte rasant zur Seite.

„Ich wiederhole mich nicht gerne", stellte Emiliana mit eisiger Härte in der Stimme klar, doch es schwang auch noch immer eine gehörige Portion Lust mit.

Dann war plötzlich seine Zunge da, wo sie schon einmal seinen harten Stab gefühlt hatte.

Langsam leckte er zwischen ihren Schamlippen nach oben. Dann zog er einen beinahe perfekten Kreis um ihren angeschwollenen Kitzler, was Emiliana ein scharfes Aufstöhnen entlockte.

Ihre Knie begannen neben seinem Kopf zu zittern, während ihre nasse Spalte sich Jeremys Zungenspitze ganz und gar hingab.

Emiliana war so knapp vor dem Gipfel der Lust angekommen, dass sie ihren Kopf in den Nacken warf und die Augen schloss.

Tränen der puren Verständnislosigkeit schossen Jeremy in die Augen, denn er könnte aufhören, könnte sich ihr verweigern, auch wenn er dafür Schläge kassieren würde, doch stattdessen machte er immer weiter.

Ich kann es nicht beschreiben, doch ich kann nicht anders! Ich muss Lia zum Höhepunkt führen! Scheiße, ich will, dass sie in meinem Gesicht kommt, wie noch niemals zuvor!

Ihm wurde schwindelig bei diesen verrückten Gedanken. Der Saft, der sich klebrig, warm und süß in ihrer heißen Mitte sammelte, wirkte auf Jeremy beinahe wie ein Aphrodisiakum.

Er nährte sich in diesem Moment von ihrer Besessenheit! Als er mit der Zunge tief in sie eindrang, gab es für Emiliana kein Halten mehr.

Alle Muskeln in ihrem Unterleib zogen sich rhythmisch zusammen und sie schrie auf.

Ja, sie kam schreiend in den Fesseln ihrer Leidenschaft und das, obwohl es doch Jeremy war, der wie ein Tier in Gefangenschaft an das Bett gefesselt wurde.

Das erlösende Zucken flachte selbst nach mehreren Minuten nicht wirklich ab und Jeremy konnte quasi aus der ersten Reihe die Schamlippen dabei beobachten, wie sie um die Wette pulsierten.

Emiliana richtete sich nach einer Weile ruckartig auf. Noch immer war sie damit beschäftigt ihre Atmung etwas besser unter Kontrolle zu bekommen, doch als sie es einigermaßen schaffte, blinzelte sie ihn verwirrt an.

„Was ist mir dir?"

Diese Frage von ihm schaffte es, sie noch mehr zu verunsichern. Denn, was war denn schon mit ihr?

„Es geht bei dieser Sache nicht um mich, das sollte dir doch endlich mal klar geworden sein."

Die Dominanz, die teilweise in ihren Augen wie heiße Lava aufglühte, ließ Jeremy wanken. „Schon in Ordnung. War nur eine Frage. Weiter nichts."

„So, so!"

Diese beiden Worte machten ihm sogar Angst.

Es klang, als ob sie ihm keinerlei Glauben schenkte, und er seinen Fehler gleich wieder auf eine unangenehme Art oder Weise zu spüren bekommen würde.

Doch es kam ganz anders.

Ich möchte mich an ihm rächen, doch ich weiß nicht, welche Auswirkungen meine Rache auf ihn am Ende haben wird. Das diffuse an der Story ist, dass es mir momentan eher so vorkommt, als verliere ich jegliche Kontrolle über die Sache. Schlimmer noch, ich gebe mich diesem Dreckstypen auf eine schäbige Art und Weise hin, die ich einfach nicht verstehen kann. Es wird höchste Zeit, dass er versteht, was er getan hat.

Die Uhr ihres Smartphones zeigte 10.05 p.m.

Seltsamerweise hatte sich Mrs. Fletcher an diesem Abend noch nicht gemeldet, doch zu Emilianas Zufriedenheit war die Katze bereits rundum versorgt.

Cynthia lag zu einer Kugel zusammengerollt auf dem mondänen Sofa und schnurrte im Schlaf so laut, dass man sich beim Vorbeilaufen durchaus hätte erschrecken können.

Erschrocken war auch Jeremy über die Tatsache, dass er vor wenigen Stunden wortlos von seinen Fesseln befreit wurde. Alle, bis auf sein neues schickes Halsband.

Dieses durfte, beziehungsweise musste, er weiterhin tragen, damit es ihm beim kleinsten Vergehen die Haut an dieser Stelle wegbrennen und er in unkontrolliertes Muskelzucken verfallen würde, wie ein Epileptiker.

Die Wunde am Bein wurde von Emiliana versorgt und auch das Antibiotikum hatte Jeremy von ihr bereits zum vierten Male erhalten. Gesprochen wurde den restlichen Nachmittag kaum ein Wort.

Erst als sie ihm vor wenigen Minuten sein Smartphone, dass sie sogar für ihn aufgeladen hatte, hinhielt, waren seine Wortkünste wieder von Belang.

Er strich mit Daumen über das Display und entsperrte somit den Abdruck-Test.

Die Kamera ging kurz darauf an, und Jeremy sah hinein.

Freigabe!

Das Menü baute sich auf.

Schleppend, denn scheinbar hatte das Handy viele Nachrichten und Anrufe zu offenbaren.

Sara, Sara, Sara …, dicht gefolgt von Joel, Joel, Joel und einmal seine Mum.

Jeremy Adams hat also eine treusorgende Mutter und dennoch brachte er es übers Herz ihrer Granny das Haus unter dem Hintern wegzunehmen.

Emiliana kam beinahe das Kotzen, als sie über seine Schulter hinweg die letzte Nachricht von Sara las:

„Schatz! Die Cops sagten, dass sie dich erst frühestens nach 48 Stunden suchen würden, nun sind es mittlerweile schon drei Tage, die du dich nicht meldest. Joel meinte mehrfach zu mir, dass ich mir nicht allzu große Sorgen machen soll, denn ein Mann braucht im Leben hin und wieder eine Auszeit. Ist dem so? Ich meine, hättest du mir das nicht wenigstens sagen können? Ich warte noch genau einen Tag ab und wenn du dich bis dahin nicht bei mir gemeldet hast, dann kannst du deine Sachen vor dem Tor abholen lassen!"

Jeremy atmete laut aus.

So war seine Frau nun mal. Immer gerade raus.

Kaum emotional. Doch, dass sie ihm zusätzlich mit einem Rauswurf droht ist nahezu lächerlich, denn sie vergisst dabei, dass das Haus auf seinen Namen läuft.

Nächste Nachricht war von Joel.

Die Letzte von insgesamt 103 kurzen Messages, die meist endeten mit: *„Melde dich!"*

Jeremy und Emilianas Augen überflogen auch diesen Text.

„Mein Bester! Ich war heute auf Staten Island bei deiner Fick-Lady und ich kann durchaus verstehen, dass es dir die Kleine so richtig angetan haben muss. Allerdings wäre es echt nett, wenn du dich zumindest tagsüber um die Geschäfte kümmern könntest, denn wie du selbst weißt, gehen uns ansonsten Millionen für die Firma durch die Lappen. Also, ich erwarte deinen Anruf bis heute Abend, ansonsten müsste ich dich leider rauswerfen. Das wäre gewiss nicht in deinem und wenn ich ehrlich bin auch in gar keinem Fall in meinem Interesse. Jeremy, sei vernünftig. Erst die Arbeit, dann wird gefickt! CU!*

CU, für See you zu verwenden ist eine banale Angewohnheit und auch einige der gewählten Worte waren wenig vornehm.

Überhaupt schien Joel noch eine ganz andere Seite an sich zu haben als nur der knallharte Businessman mit einem guten Händchen fürs Geschäft. Ob Jeremy diese jedoch kennenlernen mochte, dass bezweifelte er.

Bis jetzt konnte er sich immer ziemlich gut um die Erzählungen von Joels Wochenend-Trips drücken.

Die nächste war von seiner Mum.

Er konnte sich denken, dass die gute Frau sich wahnsinnige Sorgen um seinen Verbleib machte, deshalb beachtete er die Nachricht nicht weiter, sondern schob diese ungeöffnet zur Seite.

Das Display war nun leer.

Emiliana trat vor ihn.

Da sie sich am großen Esstisch der Fletchers befanden, konnte sie sich schnell einen der Stühle nahe an Jeremys heranziehen.

Im Schlafzimmer war sie nach dem Akt des Ausleckens nicht mehr in ihre Jeans und das Top geschlüpft, sondern

Emiliana entschied sich für ein weinrotes Abendkleid, dass ihr schon beim ersten Durchstöbern des Schrankes ins Auge gefallen war.

Es schmiegte sich wunderbar um ihre weiblichen Rundungen und die Spaghetti-Träger erwiesen sich nicht nur als freizügig, sondern auch als durchaus bequem.

Darunter trug sie einen beinahe durchsichtigen schwarzen Tanga aus ihrer eigenen Tasche sowie im gleichen Ton ausfallende halterlose Strümpfe.

Jeremy durfte in die Shorts von Mr. Fletcher schlüpfen, die ihm ziemlich eng anlag und sogar deutlich in seinen Hüften zwickte.

Die schicke Anzughose, die sie ihm zusätzlich brachte, war zu seinem Glück am Bund etwas weiter zu stellen.

Andernfalls hätte Jeremy sich wohl dazu entscheiden müssen, diese offen zu lassen.

Auf ein Shirt verzichtete Emiliana, denn dafür hätte sie den Kleiderschrank weiter nach innen betreten müssen und er hätte sie womöglich von Hinten überfallen können.

Dieses Risiko wollte sie in gar keinem Fall eingehen.

Außerdem sah sie gerne auf seinen nackten Oberkörper, in dem sie sich mit drei Buchstaben bereits schmerzvoll verewigt hatte.

Jeremy folgte ihr nach unten.

Sie versorgte im Schnellverfahren die Katze, und dann platzierte sie ihre Geisel am Tisch der Fletchers und hielt ihm das Handy hin.

Die Worte von diesem arroganten Mann heute an der Tür ließen sie nicht los und jetzt wollte sie von Jeremy, dass er die Dinge geradebog, die er ganz allein verschuldet hatte.

„Los! Ruf deinen Chef an!"

Jeremy umklammerte das Smartphone. „Und was soll ich ihm deiner Meinung nach sagen?"

Emiliana lachte auf. „Du verabscheust es, wenn du die Dinge nicht vorher einplanen oder bis ins kleinste Wenn und Aber durchdenken kannst, richtig? Bist wohl keiner von der spontanen Sorte. Das ist schade, denn mit steter Spießigkeit verpasst man oftmals die besten Momente im Leben."

Jeremy sah sie weiterhin fragend an.

Ein leichtes Kopfschütteln, dann fuhr sie fort: „Ich weiß, wie schwierig dir das alles vorkommen mag, deshalb bin ich da und helfe dir."

Sie ist geneigt mir zu helfen? Das ich nicht lache. Ausgerechnet sie, der Brennpunkt all meiner derzeitigen Probleme, aber das sage ich ihr besser nicht so direkt in ihr durchaus hübsches Gesicht, dass eher dem eines Engels als dem eines sadistischen Teufels gleicht.

„Worauf wartest du? Ruf endlich an!"

Mit einem flauen Gefühl im Magen wollte Jeremy die Wahltaste betätigen, da leuchtete auch schon das Display auf.

Joel ruft an!

Sicherlich hatte dieser eine Info darüber erhalten, dass das Handy des von ihm am meisten gesuchten Teilnehmers wieder aktiviert worden war.

Folglich wollte er jetzt keine weitere Sekunde mehr abwarten und versuchte es stattdessen auf seine penetrante Art und Weise lieber direkt.

Mit Erfolg, denn Jeremy folgte Emilianas Handzeichen und hob ab.

„Hey Joel, wie stehen die Aktien?"

„Sag mal, Jeremy! Machst du Witze?"

Die Empörung über solch eine Begrüßung konnte Joel nicht verstecken und das wollte er auch gar nicht.

Nein, jetzt war er wütend. „Seit drei Tagen versuchen wir dich zu erreichen! Wie alt bist du, Mann? Sechzehn? Ich meine, ist ja schön, dass du dir den ein oder anderen Ritt gönnst. Und so wie das Haus aussah hat die Kleine auch einen ziemlich reichen Ehemann, der sich wahrscheinlich gerade auf Geschäftsreise befindet und ihr euch nicht anders treffen könnt. Doch verdammt noch mal Jeremy, dann mach deinen verfluchten Mund auf und weihe mich ein, oder sorge zumindest dafür, dass deine Kunden nicht warten müssen. Ich meine, wie lange denkst du, dass es so weitergehen kann? Denkst du, dass ich ..."

„Woah! Joel Stopp!"

Die laut gerufene Unterbrechung von Jeremy sorgte umgehend für Stille am anderen Ende der Leitung.

Dann atmete Joel tief ein, ehe er sich hörbar räusperte.

„Nun, Mr. Adams, ich wusste gar nicht, dass du so ..."

„Genau wie du sein kann?", unterbrach Jeremy locker. Jetzt schien Joel an einem Glas zu nippen, in der Hoffnung, dass ihm jetzt nicht die Ideen für gute Sprüche ausgehen würden.

Er fuhr fort: „Nein, sondern ich wusste gar nicht, dass du so dumm bist und den Ortungssender des Wagens nicht deaktiviert hast."

Jeremys Gedanken wurden so hell wie der Kronleuchter. *Daran habe ich überhaupt nicht gedacht. Meine Güte! Joel ist jetzt der Einzige, der ihm helfen könnte, wenn jener nur wüsste, dass ich kein Besuch, sondern eine Geisel in diesem Haus bin.*

„Danke Joel, dass du immer alles was nötig ist für mich tust."

„Als ob dich das beeindrucken würde." Joel lachte auf. „Mach dir mal keine Sorgen, dass mit dem Rauswurf ..."

„Ja! Exakt! Hol mich hier raus … ähm, ich meine natürlich denk bitte nicht darüber nach, mich rauszuwerfen. Okay?" Emiliana war sofort bewusst, was Jeremy da vorhatte, denn seine Stirn war von leichtem Schweiß bedeckt und seine Wangen glühten.

Da sie ihm das Antibiotikum verabreicht hatte, lag dies auch ganz gewiss nicht an einem Fieber-, sondern viel wahrscheinlicher an einem *Vielleicht-merkt-sie-es-nicht-was-ich-hier-vorhabe*-Schub.

Weit gefehlt.

Joel fragte: „Liegt es an meinem Wein oder klang das gerade so, als würdest du Hilfe brauchen?"

Im exakt gleichen Moment betätigte Emiliana den Sensor. Ein schnalzender Stromimpuls traf Jeremy an dessen Halsschlagader.

Bei weitem nicht so stark und brennend, wie zuvor, doch ausreichend genug, dass er aufschrie. „Ahhh, heilige Scheiße!"

Ungläubig und irritiert lauschte Joel den Worten von Jeremy. Dann fragte er noch mal. „Alter, ist alles in Ordnung? Soll ich vorbeikommen oder jemanden schicken?"

Emiliana jagte den Sensor auf HIGH VOLTAGE. Anschließend hielt sie Jeremy das kleine Display hin. Er hatte die Wahl.

Bitte ich Joel um Hilfe oder …

Ihre Augen funkelten und die freie Hand griff nach dem Schürhaken.

Jeremy schüttelte heftig den Kopf. „Joel, hör zu, also ich weiß, dass mag dir alles merkwürdig erscheinen, und glaube mir, das tut es mir auch, doch bitte gib mir noch ein paar Tage frei."

„Frei?", beinahe hätte sich Joel an seinem Wein verschluckt. „Ich baue gerade die zweite Firma auf, alles läuft wie am Schnürchen, und in dieser heißen Phase willst du mich nach all den Jahren hängenlassen? Dein verfickter Ernst?"

Jeremy verfiel in lautes Lachen.

Selbst bei der spärlichen Beleuchtung des Raumes erkannte Emiliana, dass sein Ausdruck dabei alles andere als Gelassenheit ausstrahlte, doch das konnte dieser Schnösel am Telefon natürlich unmöglich sehen.

„Ich lasse dich nicht stehen. Ich erledige die Geschäfte ab morgen online, versprochen."

„Online? Jeremy, die Kunden ..."

„Die werden es mir verzeihen, schließlich bin auch ich nur ein Mensch und kann krank werden. Also bitte, hör auf die Situation so melodramatisch darzustellen. Nächste Woche sieht die Welt schon wieder ganz anders aus."

Mit Zufriedenheit im Blick grinste Emiliana vor sich hin. Dann tippte sie in ihr eigenes Smartphone, welches sie Jeremy kurz darauf vor das Gesicht hielt.

Er las.

Dann nickte er.

„Eins noch Joel ..."

„Und das wäre?"

„Lass dir eine gute Story für Sara einfallen. Ich möchte nämlich nicht, dass eventuell schon morgen die Cops nach mir suchen."

Verärgert schnaubte Joel durch die Nase Luft aus. Es folgte das Geräusch eines sich füllenden Glases.

„Du schuldest mir was!"

Mit versteinertem Ausdruck antwortete Jeremy. „Das ist mir durchaus bewusst. Danke."

Aufgelegt.

Jeremy erwartete von Emiliana jetzt natürlich nicht, dass sie einen Knicks vor ihm machte, aber dass sie lediglich mit dem Kopf nickte und dann in die Küche stolzierte, damit hätte er nicht gerechnet.

Aufstehen! Wegrennen! Ja, das ist es, was ich tun sollte, doch dann wird sie wieder ihr kleines mieses Knöpfchen betätigen und ich werde ...

PLING! Die Mikrowelle.

Sie hat Essen warm gemacht? Wann hatte Lia denn die Zeit zum Kochen gehabt?

Umgehend verknotete sich sein Magen.

Was, wenn das Dinner vergiftet ist und sie mich nur hier an diesem Tisch gesetzt hat, um ihr geisteskrankes Spiel zu einem würdigen Ende zu bringen?

Tatsächlich kam Emiliana nach nur wenigen Minuten mit einem großen Tablett zurück in den Wohnbereich. Lächelnd stellte sie es mittig auf dem Esstisch ab, an dem locker eine ganze Kompanie hätte speisen können.

Sie zwinkerte. „Braver Mann!"

Jeremy hörte ihre Worte.

Er selbst suchte verzweifelt in seinen Gedanken nach einem Gesprächsthema, das diese Frau eventuell aus der Reserve locken würde, doch ihm fiel partout nichts ein.

„Riecht das nicht lecker?"

Ihre Frage ließ Jeremy die Nase erheben.

Es riecht lecker, doch ich werde nicht einen Bissen davon kosten, das schwöre ich!

„Ja, das tut es! Lass es dir schmecken."

„Hast du etwa keinen Hunger?" Emiliana deutete auf einen von zwei Tellern.

Sie fuhr lässig fort: „Das ist Hähnchenfleisch mit Reis und Weinsauce. Sollte folglich einem vornehmen Kerl wie dir gut genug sein."

Geschmeidig wie eine Wildkatze, kam sie um den Tisch herum und fügte verlockend hinzu. „Oder hast du etwa schon Appetit auf ein heißes Dessert?"

Jeremy biss sich leicht auf die untere Lippe und er hatte das Gefühl, als würde er immer weiter in seinem Stuhl zurücksinken.

Wieder regte sich etwas in seinem Schoß.

Auch Emilianas Finger, die jetzt langsam von oben herab über seine nackte Brust bis hinunter um seinen Bauchnabel streichelten, verschärften die prekäre Situation immens.

Jeremys Herz schlug ihm bis zum Hals und er versuchte krampfhaft an ihrem einladenden Ausschnitt vorbeizusehen.

Diese runden weichen Brüste, an denen ich vorhin gesaugt hatte, würde ich zu gerne mal so richtig fest ...

Ring!

Das Telefon!

Emiliana wandte sich ab und sah erschrocken auf die Uhr.

Natürlich! Die gute Mrs. Fletcher.

Duftender Kaffeedampf stieg ihm in die Nase, weshalb Jeremy schwerfällig die Augen öffnete.

Verdammt! Wo bin ich? Wann bin ich eingeschlafen und wo ist ...?

„Guten Morgen, Mr. Loverboy! Angenehme Nachtruhe gehabt?"

Jeremys Stirn legte sich in Falten. „Lia. Ich, also ..., ich weiß nicht ..."

Emiliana tat weiterhin so, als ob es das normalste der Welt sei, dass sie einem Mann, in einem fremden Haus, der obendrein an einen massiven Stuhl gefesselt war, einen guten Morgen wünschte.

Der arme Jeremy hingegen konnte all das nicht verstehen. Das Einzige, woran er sich erinnerte, war, dass er von dem Fleisch gekostet hatte, während sie im Flur telefonierte. Es schmeckte eingetunkt in Sauce sogar richtig gut.

Voller Verzweiflung starrte er auf seine Hände, die mit den schwarzen Kabelbindern dieses Mal nicht hinter der Lehne des Stuhls, sondern auf dessen Armlehnen festgebunden waren.

Dass er hier auch irgendwann eingeschlafen war, verriet ihm nicht nur die Tatsache, dass zwischen den einzelnen Vorhängen das Sonnenlicht hindurchtanzte, sondern auch die Schmerzen, die er im gesamten Körper fühlte. Seine Mum sagte früher immer: „Junge, du hängst schon wieder drin wie ein Schluck Wasser in der Kurve! Warte nur ab, wenn du einmal älter bist, dann wird dein Körper es dir nicht so leicht vergeben, wie er es in jungen Jahren bereit ist zu tun."

Und Fakt war: *Sie hatte recht!*
Momentan fühlte sich Jeremy allerdings viel zu erschöpft, als dass er weiter über die Weissagungen seiner Mum nachdenken wollte.

„Das Essen war köstlich, nicht wahr?" fragte Emiliana, während sie einen der Vorhänge zur Seite zog und sogar das Fenster öffnete.

Die frische Frühlingsluft verteilte sich rasend schnell und zwang somit die ziemlich stickige Atmosphäre in die Knie.

Auf dem Kristalltisch standen zwei Kaffeetassen bereit und auch die Katze huschte freudig unter diesem hindurch, um ans Fenster gelangen zu können.

Da Mrs. Fletcher dafür gesorgt hatte, dass sich nahezu überall ein beinahe durchsichtiges Netz davor befand, musste sich Emiliana keinerlei Sorgen machen, dass Cynthia ihr entfliehen konnte.

„Ich kann nicht mehr. Lia, bitte sag mir doch endlich was du vorhast oder von mir willst."

Jeremys Worte klangen müde, doch das war kein Wunder. Emiliana hatte vorsorglich in seinem Essen ein paar Schlaftabletten, die sie von ihrer Granny hatte mitgehen lassen, untergemischt.

Eine drückte sie ins Fleisch, die andere stückelte sie und verteilte sie über dem Reis, was man farblich absolut nicht mehr hätte erkennen können, und die dritte stampfte sie und vermengte diese mit der dunklen Sauce.

Irgendetwas würde er gewiss zu sich nehmen und falls nicht, wollte sie ihn eben dazu zwingen.

Dass der gute Mr. Adams, nachdem sie mit dem Telefonieren fertig war, beinahe den gesamten Inhalt des Tellers intus hatte, damit hatte sie natürlich nicht gerechnet.

Sie sah ihm noch einmal lange in die Augen, ehe er in tiefen Schlaf verfiel.

Nach der erneuten Fesselungsaktion machte sich Emiliana selbst daran ein wenig zu schlafen.

Eigentlich wollte sie noch einmal nach unten laufen, da ihr plötzlich bewusst wurde, dass sie Jeremy keinen Mundknebel verpasst hatte.

Sie entschied sich dagegen, denn die Tabletten sollten ihn eigentlich für die nächsten sechs bis acht Stunden locker im Land der Träume gefangen halten.

So war es auch.

Jeremy konnte ein Gähnen nicht länger zurückhalten, doch er wollte ihr die zuvor gestellte Frage natürlich gerne beantworten. „Das Essen war richtig toll."

Allerdings fügte er leidig hinzu: „ Mein Bauch ist noch immer ziemlich gut gefüllt."

„Verstehe", gab Emiliana leicht genervt von sich.

Ein kurzer Griff in ihre Tasche - ein Schnipp - erledigt! Die Kabelbinder fielen zu Boden.

Unmittelbar darauf rieb sich Jeremy die rot gewordenen Handgelenke, da diese durch die tiefen Abdrücke enorm zu jucken begannen.

„Na los, komm schon!", wies sie mit Eile in der Stimme an. Der Befehlston, den diese ansonsten eher zierlich wirkende Frau an den Tag legen konnte, ließ Jeremy sich ruckartig erheben.

Die Hose drückte ihm sogleich ein wenig, weil er definitiv viel zu viel in sich hineingeschlungen hatte.

Schweigend folgte er Emiliana, die wie gewohnt die Fernbedienung fest umschlossen in ihrer Hand hielt, in den Flurbereich.

An dessen Ende befand sich eine schmale weiße Holztür.

„Da wären wir. Beeil dich!", sprach Emiliana, ehe sie sich

mit verschränkten Armen an die kühle Wand lehnte.

Jeremy öffnete die Tür, dann nickte er dankend.

Auf ihrer Erkundungstour hatte sie selbstverständlich auch die Gästetoilette ausfindig gemacht.

Diese war nur halb so groß wie das atemberaubende Badezimmer im oberen Stockwerk, doch auch in diesem kleinen Raum fehlte es sich nicht an einer breiten Palette von Luxusartikeln.

Der Gedanke, dass Jeremy sich seinen Allerwertesten gleich mit feuchtem Aloe Vera Toilettenpapier abwischen würde, zauberte Emiliana ein freches Grinsen ins Gesicht.

Jeremy hingegen hatte zwischenzeitlich wahnsinnige Mühe, die Augen einigermaßen offenhalten zu können.

Außerdem hatte er null Plan, wie spät es war.

Noch immer zitterten seine Beine und die Wut über die Tatsache, dass sein Körper sich mehr als kränklich anfühlte, ließ ihn die Hände zu Fäusten ballen.

Vor der Tür begann Emiliana zu pfeifen.

Jeremy kam zu dem Schluss, dass sie es nicht sonderlich gut konnte, denn wieder und wieder zog sie hörbar die Luft ein, anstatt diese melodisch durch ihre Lippen nach außen zu befördern.

Ihre Schamlippen hingegen wussten ganz genau was sie zu tun hatten – alles umschlingen und nicht lockerlassen!

Herrgott, lass das doch endlich mal!

Jeremy ermahnte sich nun schon zum hundertsten Male, was dieses wirre Denken anging, doch gegen die Schnelligkeit seiner Gedanken konnte er momentan nicht sonderlich viel tun.

Nachdem er die Spülung betätigt hatte, wusch er sich die Hände. Das tat gut, denn das warme Wasser sorgte dafür, dass sich seine Finger weniger taub anfühlten.

Sein Spiegelbild verschwamm plötzlich vor seinen Augen. Durch mehrmaliges Kopfschütteln versuchte er der Situation wieder Herr zu werden, was ihm auch gelang.

Jeremy griff nach einem Handtuch und presste es sich gegen das Gesicht.

Er wusste, dass dieses nicht nass war, da er es nicht gewaschen hatte, doch es fühlte sich in diesem Augenblick für ihn als eine gewisse Notwendigkeit an. Kurz darauf verließ er zögerlich das Gästebad.

Emiliana stieß sich von der rauen Wand ab und nickte ihm erneut zu. „Sei vorsichtig, mit dem was du vorhast!"

Was habe ich denn vor? Außer mich wie ein Sklave in Gefangenschaft zu benehmen, der nicht ansatzweise einen Plan hat, wie er sich aus dem Haus seiner Herrin befreien könnte. Oder wähle ich am Ende aus freien Stücken die Bestrafungen, die Schläge, die Demütigungen ...

„Zieh dir die Jacke an!"

„Bitte?"

Dort! Die Jacke!"

Emiliana deutete auf eine elegante schwarze Herrenstrickjacke, die einsam und verlassen an einem der vielen geschwungenen Haken der Garderobe hing.

Sie selbst trug heute eine elegante weiße Bluse, sowie eine im Ton ziemlich hell gehaltene Jeans. Im Gegensatz zu dem Vorgängermodel wies diese keinerlei Risse oder gar gewollte Löcher auf.

Höschen und BH waren in seidigem blauschwarz gehalten. Das konnte Jeremy deutlich durch den Stoff erkennen. Und als Emiliana sich nach unten bückte, um in lederne Stiefel zu schlüpfen, rutschte der Bund der Hose kurzzeitig soweit herunter, dass der Tanga zum Vorschein kam.

Kurzzeitig fühlte sich Jeremy in seine Jugend zurückversetzt, als es das Geilste überhaupt gewesen ist, wenn man solch einen Blick auf ein Mädchen erhaschen konnte. Oder im Sommer, diese verdammt kurzen Röcke, die einen sogar bis in die feuchtesten Träume verfolgten.

Schnell wendete Jeremy den Blick ab und schlüpfte hastig in die Jacke.

Emiliana betrachtete ihn von oben bis unten. „Gut, jetzt stell den Kragen nach oben und mach den Reißverschluss zu. Wir wollen doch nicht riskieren, dass sich die Leute über dein schickes Band wundern."

Seine Hand griff unwillkürlich an den Hals. Er lächelte. *Sie will rausgehen, unter Leute? Ihr verdammter Ernst? Nun, mir soll es recht sein. Vielleicht kann ich diese Gelegenheit dann endlich einmal zu meinem Vorteil nutzen.*

Zögerlich drückte Emiliana die Klinke der Tür herunter. Es erfreute sie nicht wirklich, dass Mrs. Fletcher ihr gestern am Telefon den Auftrag erteilte im hiesigen Supermarket die Fotos von irgendeiner Reise abzuholen. *Konnte das denn nicht warten?*

Mrs. Fletcher bat sie jedoch eindringlich darum und wies sogar noch einmal darauf hin, welch hohen Betrag sie sich die Woche doch kosten lasse.

Allein deswegen stieg in Emiliana wieder diese tiefe Wut auf. *Solche Leute meinen nicht nur, dass sie sich alles erlauben könnten, sondern sie leben es auch auf dreisteste Art und Weise aus. Sie haben sich nicht nur eine Katzen-Nanny für eine Woche ins Haus geholt, nein, sie haben sich natürlich in deren Augen eine Sklavin gekauft. Eine, die in einer Kammer nächtigen und Mikrowellenessen zu sich nehmen darf, während das liebe Vieh nur das erlesenste Fischfilet bekommt und anschließend das Fell vor dem Kamin auf einem samtigen Kissen zur Ruhe legen darf. Wunderbar!*

Jeremy trat ins Freie.

Da er wusste, dass sie die Fernbedienung selbstverständlich einsatzbereit in ihrer Hand trug, wartete er geduldig darauf, wo es denn nun hingehen soll. Er beobachtete Emiliana dabei, wie diese gebannt in ihr Smartphone starrte.

Dass es sich um Google Maps handelte war unschwer von seiner Position aus zu erkennen.

Sie weiß folglich selbst nicht, wo genau es hingehen soll. Das konnte ja heiter werden ...

Jeremys sarkastische Gedanken endeten abrupt, als er ihre klare und sehr bestimmte Stimme vernahm. „Du wirst mir im Abstand von zwei bis drei Metern folgen. Sollte ich das Gefühl haben, dass du fliehen möchtest, werde ich dir eine solch heftige Lektion mitten auf dieser beschissenen Straße erteilen, dass du dir danach wünschen wirst, niemals geboren worden zu sein! Verstanden?"

Er nickte, und biss sich dabei nachdenklich auf die Lippe. „Ich ... ja, ich habe dich klar und deutlich verstanden."

„Sei vorsichtig, mit dem was du tust Mr. Loverboy", antwortete Emiliana, ehe sie sich in Bewegung setzte.

Mit dem Smartphone auf Augenhöhe hatte sie alles, was unmittelbar hinter ihr geschah im Blick.

Am meisten natürlich Jeremy, der wie ein räudiger Straßenköter jedem ihrer Schritte folgte. Immer in der Hoffnung einen leckeren Bissen von etwas Herzhaftem abzubekommen – oder um endlich zubeißen zu können. Ohne die Augen von ihren dunklen langen Haaren zu nehmen, sagte Jeremy plötzlich: „Du musst umkehren."

„Was?"

Emiliana schnellte so rasch zu ihm herum, dass er einen kurzen Moment darüber nachdachte, ob er es überhaupt wagen sollte, die böse Queen noch einmal anzusprechen. Jeremy entschied sich nach einigen Sekunden dafür es dennoch zu tun: „Keine Ahnung, aber wenn du zum Mexx Market möchtest, dann bist du soeben daran vorbeigelaufen."

„Woher weißt du, dass ich dorthin möchte? Hältst dich für ein besonders schlaues Kerlchen, was? Ich meine, es könnte genauso gut sein, dass ich dich in eine abgelegene Fabrik bringe, wo dich niemals jemand vermuten würde. Wie gefällt dir diese Vorstellung?"

Jeremy zog Luft durch die Nase ein, dann antwortete er: „Das wäre eher unwahrscheinlich, denn wir bewegen uns immer weiter auf das Zentrum von Staten Island zu. Die meisten Fabriken und Firmen verteilen ihre Posten an den Randgebieten der Städte. Dass du zum Mexx Market möchtest habe ich, um gleich mal ehrlich zu sein, durch dein gestriges Telefonat mitbekommen. Außerdem ist es der einzige Laden im Umkreis von zwei Meilen, der einen One-Hour-Photo-Shop hat. Dennoch scheinen die eigentlichen Besitzer des Hauses noch auf altmodische Art ihre Bilder entwickeln zu lassen. Sie geben die Filmbänder ab und holen diese frühestens in der darauffolgenden Woche wieder ab. Oder schicken eben das Personal, wenn sie verreist sind."

Das Personal? ... Dieser Kerl hatte gestern also so gut wie alles mitbekommen und obendrein besitzt er eine schnelle Kombinationsgabe. Nun gut, Mr. Watson, es wird höchste Zeit, dass du von deinem hohen Ross heruntergeholt wirst.

Emiliana spielte mädchenhaft mit einer langen Haarsträhne. Dann sah sie sich um und tatsächlich erfassten ihre Augen einige Meter zurückliegend das große einladende Schild des Supermarkets.

Sie zuckte die Achseln.

Anschließend bedachte sie Jeremy mit einem süffisanten Blick, der ihm vermittelte, besser nichts mehr zu sagen.

Als sie wenige Minuten später die große Eingangshalle des Supermarkets betraten, war Jeremy erstaunt, dass sie auf relativ wenig kaufwütige Mitmenschen trafen.

In Manhattan hingegen ist in den meisten Geschäften rund um die Uhr Rush Hour angesagt.

Der *One-Hour-Photo-Shop* befand sich jetzt zu seiner Linken und wenn er nun ganz laut um Hilfe rufen würde, dann wäre das Spiel zu Ende.

Warum tue ich es nicht? Warum stehe ich an eine Säule gelehnt einfach nur da und beobachte Lia, wie sie sich an den Tresen des Shops presst und ein paar flüchtige Worte mit der jungen Dame dahinter wechselt?

Als diese lächelnd mit dem Kopf nickt und kurz darauf durch eine Tür verschwindet, gewiss um die fertigen Aufnahmen zu holen, bleibt Jeremys Blick plötzlich auf Emilianas enger weißer Bluse hängen.

Sie hatte sich so weit nach vorne gelehnt, dass ihre Brüste sich deutlich darunter abzeichneten und ihre Knospen bereits auf dem Tresen reiben mussten.

Der Druck in seinem Unterleib machte ihm sofort unmissverständlich klar, warum er seine Beine nicht in die Hand nehmen und fliehen konnte. Diese Frau hatte etwas in ihm erweckt, von dem er glaubte, dass es noch nicht einmal existierte.

Ich will ihr ins Gesicht sehen, wenn sie unter meinen Stößen kommt, will mit den Händen ihren Körper erobern, will diese Frau bis zur Besinnungslosigkeit ... Stopp! Nein, solche Gedanken darf ich nicht zulassen und außerdem wird das niemals der Fall sein, denn Lia hat mich bereits gefickt! Nicht nur einmal, sondern fürs Leben!

Sein ohnehin steifes Glied füllte sich weiterhin pulsierend mit Blut und als hätte sie seine Gedanken hören können, kam Emiliana jetzt zu ihm herüber.

Lächelnd flüsterte sie, ohne ihn dabei direkt anzusehen: „Ist schon in Ordnung."

Was? Was ist schon in Ordnung? Das ich geil bin?

Jeremy wurde heiß und kalt, als Emiliana im Vorbeigehen über seinen Schritt strich. Das war also ihre Art, um ihm eine direkte Antwort auf seine Frage zu geben.

Am liebsten würde ich den Security Typen, der eisern den Eingang bewacht, anschreien, dass es sich bei dieser Frau um eine Psychopathin handelt und ich ein Hundehalsband trage, das eigentlich zu knallharten Züchtigungszwecken eingesetzt wird. Dann kann sie mit all ihrer Arroganz und ihrer selbstgefälligen Art hinter Schloss und Riegel wandern. Wo zum Teufel ist also all meine Motivation oder besser mein Selbstvertrauen hin, um das durchzuziehen, was ich mir denke? Das kann gar nicht mehr schwer sein, ich muss nur ...

Abwartend zog Emiliana eine Augenbraue nach oben. Jeremy löste sich schwungvoll von der Säule und folgte ihr willenlos in das Innere des Marktes.

Nach ein paar wenigen Besorgungen, die locker in den dafür vorgesehenen Tragekorb passten, stellte Emiliana diesen im nächsten Gang auf dem Boden ab.

Neugierig wartete Jeremy ab, was sie nun aus dem Regal vor sich holen wollte, doch sie entschied sich dafür ihn zunächst einmal von oben bis unten zu mustern.

Dieser Ausdruck in ihren wilden Augen, sorgte umgehend für Aufruhr in seiner Magengegend. Sogar sein Mund begann unkontrolliert zu zucken, während er krampfhaft versuchte der Situation standhalten zu können.

Mit zwei Fingern tippte Emiliana in seinen Schritt. „Aufmachen!"

Jeremy glaubte sich verhört zu haben. „Was? Hier?"

Sie lachte auf.

„Nein, natürlich nicht hier, sondern gleich dort drüben." Der Sarkasmus hallte in seinen Ohren wie ein schlechter Scherz wider.

Ihr Ausdruck hatte plötzlich etwas teuflisches an sich. „Ich sagte, mach die verdammte Hose auf!"

Aus ihrem Mund klang die Strenge wie ein einstudierter Filmdialog. Jeremy war sich jedoch vollkommen im Klaren darüber, dass es niemanden geben würde, der Cut ruft. Einmal mehr über sich und seine eigenen Handlungen erstaunt, griff er nach dem Reißverschluss und zog diesen mit einem hörbaren Ruck nach unten.

Er ist ein wenig enttäuscht über sich selbst, denn wie konnte das alles überhaupt möglich sein.

Was ist nur aus mir geworden? Was würde Sara dazu sagen? Kann ich es wirklich noch mit Zwang rechtfertigen? Kann sich nicht einfach der Schleier dieses verworrenen Gefildes lichten und ich wieder als der alte Jeremy, der sich von kaum etwas oder gar jemanden beeindrucken ließ, daraus erwachen? Und die wichtigste Frage: Will ich das?

Emiliana ging vor ihm auf die Knie.

Ihre zarten Finger drangen durch den Schlitz der Hose zu seinem Glied vor und nur eine Sekunde später reckte sich ihr aus dieser schmalen Öffnung seine Erektion entgegen. Jeremy blickt an sich herab und musste unwillkürlich aufstöhnen.

Die Sicht über seinen steifen Schwanz hinweg, direkt hinein in den Ausschnitt ihrer Bluse, war überwältigend. Ihre Brüste schmiegten sich eng an den dunklen BH an, was die Rundungen von oben herab noch praller und fester aussehen ließ.

Emiliana empfand die Sicht von ihrer Position aus auch mehr als nur verführerisch.

Vorsichtig malte sie das Muster der feinen Adern mit ihrer Fingerspitze nach und mit der Zungenspitze begann sie vorsichtig an der im Licht des Marktes glänzend wirkenden Kuppe zu lecken.

Während Jeremys Hand nach Halt an einem der nächstgelegenen Regale suchte, wurde seine Atmung immer unkontrollierter.

Er schloss die Augen.

Jetzt spürte er wie sich ihre Lippen komplett über sein Glied stülpten und er tief in ihre warme Mundhöhle gesogen wurde. Tiefer, als er jemals zuvor oral in eine Frau eingedrungen war.

Da Emiliana fühlte, dass der Stab immer weiter in ihr anschwoll, dirigierte sie den Akt des Saugens in einer enorm schnellen Geschwindigkeit.

Ihr Slip wurde mit erstem Lustschleim getränkt und ihre Schamlippen begannen heftig zu zucken.

Schweiß bedeckte Jeremys Stirn, als sich erste Tropfen voll unbändiger Lust aus seiner Spitze lösten.

Emiliana nahm in diesem Moment zusätzlich ihre Hand zu Hilfe, indem sie diese rhythmisch vor- und zurückschob.

Erneut entlockte sie ihm damit ein Aufstöhnen, das fast synchron mit seinem stark pumpenden Glied einherging. Wieder ließ er sich von ihr beherrschen. So sehr, dass er sogar alles um sich herum ausblendete.

In diesen Gang verirrte sich zum Glück kaum jemand, denn es handelte sich weder um die Damen-Beauty-Abteilung, noch die Spielwaren, oder um den ganztags beliebten Backshop.

Ein anderer Mann wollte zwar mit seinem Körbchen, welches er in der Armbeuge eingeklemmt hatte, dorthinein abbiegen, entschied sich aber schnell um, als er Jeremy und Emiliana in eindeutiger Position entdeckte.

Sein Gesicht begann zu glühen und die Farbe darin kam einer überreifen Tomate gleich. Gewiss würde er über das Gesehene noch den ganzen Tag lang nachdenken oder sich wünschen, er selbst hätte seine Liebste dabeigehabt.

Unglaublich wie loyal Männer untereinander sein können. Er gönnt seinem Geschlecht diesen Akt der Lust mitten in einem Einkaufsladen.

Eine andere Frau dagegen hätte mit ziemlicher Sicherheit den Aufstand ihres Lebens vollführt und lauthals nach der Geschäftsleitung gerufen.

Unbeirrt von all dem saugte Emiliana immer weiter. Hin und wieder lutschte sie mit der kompletten Zunge wie ein kleines Mädchen an einem riesengroßen Lolli daran.

Jeremys Körper begann zu zittern.

Er keuchte leise: „Lia, bitte ich kann nicht mehr …"

Ein tiefes Zucken und rote Lippen, die ihn bis zum Anschlag erbarmungslos umschlungen gefangen hielten.

„Fuck!"

Dieses Wort entfuhr ihm zischend durch seine Zähne. Ebenso kam er nicht drumherum, dass sein schnelles Atmen in heftiges Stöhnen umschwang.

Er kapitulierte erneut bei dieser Frau, und das obwohl es doch sie war, die wie eine Sklavin vor ihm niederkniete.

Emiliana spürte in diesem Augenblick wie ihr die sämige Flüssigkeit die Kehle hinunter ran.

Erst als sie das Gefühl hatte, alles hinuntergeschluckt zu haben, löste sie ihre Lippen.

Mit Porzellanpüppchen-Augen sah sie zu ihm auf.

Ihr Ausdruck dabei glich vollkommener Ruhe sowie innerer Zufriedenheit.

Plötzlich erhob sie sich und nahm sein Gesicht zwischen ihre Hände. Was darauf folgte war ein zärtlicher Kuss ohne jede Forderung.

Ohne genau zu wissen, was er da tat, nahm Jeremy Emiliana in seine Arme.

In ihr begannen alle Alarmglocken zu läuten, doch das folgende sanfte Streicheln über ihre langen Haare lullte sie ungewollt ein.

Wie ein kleines Mädchen, dass den Schutz ihres Daddys in Anspruch nahm, wog er sie an seiner Brust hin und her.

Hierbei konnte ihr Ohr das Schlagen seines Herzens vernehmen und Emiliana empfand es sofort als einen sehr angenehmen, beinahe vertrauten Ton.

Ihre Hände glitten dabei hinunter zu seinem deutlich schlaffer gewordenen Glied. Vorsichtig steckte sie es ihm zurück und schloss gekonnt den Reißverschluss.

Großer Gott, ich muss mich schleunigst aus seiner Umklammerung befreien. Ich darf nicht mehr für diesen miesen Typen empfinden als Lust auf seinen geilen Körper. Schließlich kann man sich doch auch einfach mal etwas nehmen, was einem nicht gehört. So ähnlich verhält sich das dann, wie er es tagtäglich in seinem Job macht ...

Ein melodischer Ton hallte plötzlich durch den Markt. Es folgte eindringliches Piepsen, dann ein Räuspern.

„Verehrte Kunden, ich bitte das reizende Paar aus Gang 11A sich mit ihren Waren umgehend an einer der Kassen einzufinden. Ich wiederhole: Das Paar aus Gang 11A bitte zu den Kassen."

Mit purer Gelassenheit löste sich Emiliana aus seinen Armen und grinste ihn breit an, ehe sie noch schnell nach etwas aus dem Regal neben sich griff, um es in ihren Korb zu werfen.

Jeremy wurde rot, als er erkannte, dass es sich um eine Packung Einwegrasierer für Männer handelte.

Jetzt griff sie auch noch nach einer Tube Gleitgel, welches sie in seinen Augen überhaupt nicht nötig hatte.

Oder aber, das kleine Biest führt etwas im Schilde, von dem ich selbstverständlich wieder einmal nichts weiß.

Mit diesen Gedanken folgte er ihr zum Kassenbereich. Unbeholfen zog die junge Frau dahinter die Ware über den Scanner, denn scheinbar wusste das Personal bereits was in Gang 11A noch bis vor wenigen Minuten geschehen war. Der Marktleiter lehnte mit einem Klemmbrett unter dem Arm lässig an seiner Office Tür. Seine Augen hafteten dabei mehr als nur maßregelnd auf Emiliana und Jeremy.

„Das macht 19,83 $"

Emiliana nickte, dann zog sie ihren Geldbeutel aus der Handtasche hervor.

Breit lächelnd überreichte sie der Dame einen 20$-Schein.

„Stimmt so!"

Wenn die Lage nicht so ernst wäre, dann würde Jeremy an dieser Stelle applaudieren und in schallendes Lachen verfallen, denn für ihn konnte Emiliana wirklich nicht abgebrühter rüberkommen.

Erst bläst sie einem den Schwanz, dass einem Hören und Sehen gleichzeitig vergeht, und gleich danach tut sie so, als ob sie kein Wässerchen trüben könnte.

„Ich wünsche Ihnen einen schönen Tag", säuselte die Verkäuferin nun nicht mehr in Emilianas Gesicht, nein, natürlich in Jeremys.

Diese Bitch wünscht sich wahrscheinlich sehnlichst sich selbst einmal mit dem attraktivsten Mann des ganzen Universums paaren zu dürfen. Klasse! Das ist ein weiterer Grund, warum man solche Typen meiden sollte. Jeden Tag haben die eine andere am Start. Egal wo!

„Auf Wiedersehen!"

Schnellen Schrittes verließ Emiliana den Supermarket. Zu ihrem Glück, blieb der Geschäftsleiter gelassen.

Er wollte wahrscheinlich nur sichergehen, dass die beiden schleunigst seinen Laden verlassen, um keine Kundschaft zu verärgern.

Nervös strich sich Jeremy durch den Ansatz seiner Haare, dann folgte er. Dabei hielt er sich an die zuvor georderten zwei bis drei Meter Abstand.

Emilianas Herz schlug plötzlich viel zu schnell und sie wusste noch nicht einmal ob er vielleicht zurückgeblieben ist. Alles war ihr in diesem Augenblick egal, nur warum?

Eifersucht? Solch ein Gefühl darf ich mir im Zusammenhang mit diesem Mann nicht leisten. Das wäre mein Untergang!

Während dieser Gedanken kramte sie ihr Smartphone aus ihrer Gesäßtasche und schaltete die Kamera an.

Ein erleichterter Seufzer entfuhr ihr, als sie Jeremy wider Erwartens hinter sich herdackeln sah.

Zumindest weiß er noch, dass er sich zu benehmen hat, wenn er nicht möchte ...

„Miss Brooks, schön Sie zu sehen. Wie geht es Ihnen?"

Emiliana erschrak, dann erst erkannte sie die Person hinter den Worten.

Krampfhaft versuchte sie ihre Aufgeregtheit zu verbergen.

„Ach, ähm ..., Hi! Auch schön Sie zu sehen, Mr. Kennedy. Ich meine, ... Nigel."

Zu ihrer Erleichterung ging der gute, alte Security direkt in einen netten kleinen Plausch über.

Jeremy hielt sich bedeckt und er tat sogar eine Weile so, als ob er am Straßenrand auf den Bus warten würde.

Seine Gedanken kreisten unentwegt um den Namen, den der Mann sagte.

Miss Brooks ..., hm, verflucht noch mal, denk nach!

Er ging die gesamte letzte Woche durch, doch es waren wirklich wahnsinnig viele Termine.

Joel musste natürlich auch oftmals auf den letzten Drücker noch einen draufsetzen. Selbst nach Feierabend – bei Sonne oder Regen …

„Joel! Feierabend! Regen! Und die arme alte Mrs. Brooks!" Jeremy kam sich ziemlich dämlich vor, diesen Satz leise vor sich hinzusprechen.

Auf zwei andere wartende Fahrgäste an der Haltestelle musste es gewirkt haben, als hätte er schlichtweg nicht alle Tassen im Schrank.

Seufzend sah er zu Emiliana, die wie cinc brave Vorstadtdame in eine Unterhaltung vertieft war.

Er lachte.

Es geht also um ihre Mutter, nein …

Jeremy korrigierte sich selbst. *Es geht um ihre Großmutter, denn wenn es ihre Mutter wäre, hätte ich vorher geprüft, ob nicht ein direkt verwandtes Familienmitglied für die Schulden aufkommen könnte, beziehungsweise es im Sinne der Bank sogar muss. Alles was ich auf die Schnelle an diesem Abend noch herausfand, war, dass die alte Mrs. Brooks, zwar mit ihrem verstorbenen Mann einen gemeinsamen Sohn hatte, doch dieser war mit seiner Frau vor einigen Jahren bei einem Flugzeugabsturz ums Leben gekommen. Von einer Enkelin stand nichts in den Akten. Deshalb auch der ganze Aufriss. Das muss ein Ende finden! Ich werde ihr außerdem klarmachen, dass ich an der Situation rund um den Fall Brooks so gut wie gar nichts ändern kann, denn …*

„Man sieht sich, Miss Brooks. Schönen Nachmittag."

„Ebenso", verabschiedete sich Emiliana breitlächelnd. Dann setzte sie sich rasch wieder in Bewegung.

Mit dem Smartphone in der Hand suchte sie nach Jeremy. Er folgte.

Leider erfassten ihre Augen im nächsten Moment auch noch etwas anderes.

Etwas, das Emiliana nichts Gutes erahnen ließ, denn die junge Frau, die sich sofort in Jeremy verguckt hatte, kam mit schnellen Schritten auf Nigel zugelaufen.

Dass sie mit ihrer Vermutung Recht behielt, stellte sich sogleich heraus, denn Nigel wandte sich um und rief: „Mister! Hey, Sie mit der dunklen Jacke und dem hochgestellten Kragen. Bitte bleiben Sie kurz stehen!"

Auch Emiliana wurde plötzlich bewusst, dass die Kassiererin wahrscheinlich gar nichts Näheres von dem Techtelmechtel in Gang 11A mitbekommen hatte, da diese schließlich weiterhin die Kunden bedienen musste.

Die Schlange will doch nicht etwa durch Nigel an seinen Namen herankommen? Oder was sollte das werden?

Sie entschied sich stehenzubleiben und herumzudrehen. Jeremy sah ihr hilfesuchend ins Gesicht, denn auch er wusste, dass das Rufen des Mannes einzig und allein ihm gegolten hatte.

Nervös presste Emiliana die Fernbedienung des Halsbandes in ihrer Hand zusammen. Ihr Finger streifte dabei nur sehr knapp den Auslöser.

Zwischenzeitlich war Nigel neben Jeremy getreten und von der Kassiererin fehlte jede Spur.

Die musste gewiss schnell wieder auf ihr Stühlchen kommen, damit sie den ganzen Nachmittag noch auf die verschiedensten Leute glotzen konnte. Bevorzugt die männliche Kundschaft, versteht sich ...

Nigels Stimme riss Emiliana aus ihren zynischen Gedanken.

„Sagen Sie Mister, was treibt Sie hier in diese wunderschöne Gegend?"

„Guten Tag, ich wüsste nicht, dass wir uns kennen oder warum Sie das auch nur das Geringste anzugehen hat."
Jeremy war ganz in sein Business zurückgekehrt.
Nigel dachte jedoch keinen Moment daran locker zu lassen. „Da haben Sie vollkommen recht. Allerdings wenn Sie hier den braven Bürgern auffallen, dann geht es mich sehr wohl etwas an, müssen Sie wissen."
Kopfschüttelnd grinste Jeremy. „Sie meinen, nur weil ich einer Frau in einem Supermarket auffalle, bin ich verpflichtet Rechenschaft vor ihnen abzulegen?"
Nigel kniff die Augen zu Schlitzen zusammen. „Guter Mann, nein, wo denken Sie hin? Aber wenn die Verkäuferin mir glaubwürdig erklärt, dass sie der jungen Frau dort hinten, seit dem Betreten des Marktes, hinterherlaufen, und das unbeirrt immer in einem gewissen Abstand, dann läuten nicht nur bei ihr alle Alarmglocken, sondern bei mir springt eine ganze Alarmanlage im Kopf an. Darf ich Sie also nochmals höflich darum bitten, mir zu erklären, was das werden soll?"
Grundgütiger, jetzt werde ich auch noch des Stalkens bezichtigt oder schlimmer, eines Mannes, der umherirrt und wenn er sich ein Opfer auserwählt hat, dann ... Nein, das muss aufhören! Tut mir leid Lia, aber hier endet es!
„Hören Sie mir bitte ganz genau zu. Ich brauche dringend Hilfe, denn ..."
Der stechende Schmerz drang jetzt von seinem Hals aus, durch seinen gesamten Körper hindurch.
Er schrie auf!
Emiliana betätigte umgehend noch einmal den Knopf, was ihn zu Boden gehen und sich vor lauter Pein winden ließ.
„Um Gottes Willen ...", brach es aus Nigel heraus.

Emiliana war auch schon zur Stelle, um dafür zu sorgen, dass man Jeremys Band nicht entdecken würde.

Sie hielt ihm den Kragen nach oben und tat so, als würde sie sich nach seinem Puls oder seiner Atmung erkundigen.

Ein Mann rief von der Bushaltestelle aus: „Soll ich einen Krankenwagen anfordern?"

„Nein, nicht nötig", gab Emiliana ebenfalls laut rufend zur Antwort.

„Sind Sie sicher? Ich meine, dieser Mann hier ist gerade unter großen Schmerzen in sich zusammengebrochen", warf Nigel bedenklich ein.

„Ich habe eine Zeit lang Medizin studiert und um sicher zu gehe leuchte ich ihm auch noch mal in die Augen."

Nigel presste die Lippen zusammen und bewunderte die Ruhe, mit der sich Emiliana nun tief über Jeremy beugte. Sie hielt ihm ihr Smartphone erst vor das eine und anschließend an das andere Auge.

Jeremy las:

LASS ES! SONST PASSIERT SARA EIN UNGLÜCK!

Nickend rieb er sich die Augen, dann richtete er sich langsam auf.

„Alles in bester Ordnung", beteuerte Jeremy, als wäre es das normalste der Welt.

Nigel lachte heiser auf.

Dann sagte er: „Puh, junger Mann! Da haben Sie mir aber einen gehörigen Schrecken in die alten Knochen gejagt."

„Keine Sorge. Ich neige zu diesen Anfällen seit meiner Kindheit. Ich werde wohl besser nach Hause gehen und ein paar Stündchen schlafen, das *hilft* mir jedes Mal."

Das Jeremy das Wort „hilft" besonders betont aussprach, entging auch Emiliana nicht.

Nigel fuhr sich grübelnd mit der Hand über das Kinn. Ihre Gedanken begannen zu rasen.

Vielleicht wird nun doch alles auffliegen und ich wandere noch heute hinter schwedische Gardinen. Meiner Granny schade ich somit ein weiteres Mal, beziehungsweise enttäusche sie, anstatt ihr eine Hilfe zu sein. Ich bin eine unwürdige Enkelin und die Sache mit Dwayne damals, war so schrecklich, dass ich mich danach noch wochenlang schlimmer, als ein Junkie auf Entzug fühlte.

Der Straßenlärm wurde plötzlich um einiges lauter.

Typisch für diese Zeit am späten Nachmittag, denn da machte sich meist der erste Feierabendverkehr sehr deutlich bemerkbar.

Die Menschen wollen dann nichts mehr, als in ihr Zuhause kommen. Essen, die Füße hochlegen, Fernsehen oder einfach nur schlafen.

Bevor der Schlafmangel der letzten Tage über Emiliana zur jetzt für sie eher ungünstigsten Zeit hereinbrechen konnte, sprach sie direkt in Nigels Gesicht: „Wie man sieht, es geht ihm gut."

Der Security hingegen, der alles andere als ein dummer Mann war, kniff ein Auge zu.

Dann sagte er: „Ich werde meine Einkäufe auf Morgen verschieben und Sie nach Hause belgeiten, Miss Brooks."

Diese Aussage riss Emiliana umgehend in die bittere Realität zurück.

Noch vor wenigen Tagen saß sie in ihrem Zimmer und grübelte darüber, wie sie ihrer Granny helfen könnte. Dabei fiel ihr auch ihr Ex Dwayne ein, der ihr in der gemeinsamen Kennenlernphase das Blaue vom Himmel vorgemacht hatte.

Zu diesem Zeitpunkt befand sich Emiliana mitten in ihrem Studium am Albert Einstein College of Medicine, einer namhaften Privatschule in New York. Diese finanzierten ihre Großeltern.

Leider hatte sie, nachdem Dwayne ihr glaubhaft versicherte, dass sie all das nicht nötig hätte, das Studium frühzeitig an den Nagel gehängt.

In wenigen Wochen sollte sie als eine Art persönliche Beraterin in seiner Firma auf Puerto Rico in ein Millionen-Imperium miteinsteigen – allerdings unter einer Bedingung.

Um ganz offiziell Mitdabeisein zu können, müsse sie selbstverständlich einmalig in die Firma investieren. Emiliana verneinte zunächst, als sie den Betrag von 200.000$ zu hören bekam, doch Dwayne schaffte mit seiner manipulativen Art, dass sie noch am selben Abend ihren Grandpa um diese utopische Summe bat.

Weiter meinte Dwayne, dass das alles nur dazu diene, damit alles seine Richtigkeit hat. Die Firma zahlt es ihr bereits im nächsten Quartal wieder aus.

Mit einer Sonderleistung, die jenseits ihrer momentanen Vorstellungskraft läge, versteht sich.

Heute weiß Emiliana, dass das Einzige was jenseits von Gut und Böse lag, ihr Verstand gewesen ist.

Als Dwayne das Geld von ihr in Bar bekommen hatte, um es einzahlen zu können, gab er ihr einen schnellen Kuss, stieg in sein Auto und brauste auf Nimmerwiedersehen davon.

Etwas später stellte sich obendrein heraus, dass sogar sein Name gelogen war, und sie diesen Mann folglich nur von seinem Aussehen und an seinem besten Stück wiedererkennen würde.

Klischeehaft, und doch leider eine absolut wahre Story!
Hier brach für Emiliana eine Welt zusammen.

Wenige Wochen später nahm ihr das Schicksal auch noch ihren geliebten Grandpa.

Bei der Beerdigung musste sie an ihre Mum und ihren Dad denken, die bei einem Flugzeugabsturz ums Leben kamen. Sie sah in das Gesicht ihrer Granny, und beobachtete, wie die Tränen ihren Lauf über die faltigen Wangen nahmen. Was diese Frau schon alles in ihrem Leben erleiden musste, ist unvorstellbar. Dennoch steht sie gefühlt jeden Morgen dankbar, und mit einem Lächeln im Gesicht auf und sie blickt bei ihrem ersten Kaffcc in den Himmel, um den Tag und vor allem ihre Lieben begrüßen zu können. Dieses tut sie meist vom Küchenfenster aus, in dem Haus, in das Emiliana mit zarten vier Jahren eingezogen war, damit sie vier liebevolle Hände wie Eltern aufziehen, beschützen und aufs Leben vorbereiten konnten.

All das war nun, seit Mr. Adams die Papiere unterzeichnet hatte, in großer Gefahr und Emiliana wusste nicht, wie viel ihre Granny noch imstande war zu ertragen.

Wenn ihrer Großmutter auch noch etwas zustoßen würde, dann wäre Emiliana höchstwahrscheinlich nur noch eine leere Hülle, die auf dieser großen weiten Welt ganz alleine umherwandeln muss.

Verdammt sich immer und immer wieder die gleichen Vorwürfe zu machen und sich zu fragen, was wohl gewesen wäre, wenn sie diesen Dwayne niemals kennengerlernt und stattdessen das Studium beendet hätte.

Sie wäre eine angehende Ärztin, mit relativ gutem Einkommen. Ihre Granny müsste sich nie wieder Sorgen um das Finanzielle machen und sie wären glücklich.

Aber nein: Das Leben wirft ihnen eine tickende Zeitbombe vor die Füße.

Vier Wochen und im Auftrag von Jeremy Adams wird Marshall-Enterprises alles notwendige veranlassen, um das Haus zu räumen und an den nächsten Höchstbietenden zu versteigern.

Nur, damit die Bank nicht leer ausgeht.

Soweit wird es nicht kommen, das verspreche ich, dachte sich Emiliana, ehe sie damit begonnen hatte, Jeremy von seinem Büro aus, bis hin zu seinem Haus zu verfolgen.

Obwohl sie das spießige Auftreten von Sara zunächst hatte erschrecken lassen, ist sich Emiliana heute sicher, dass diese Frau nicht die geringste Gefahr in diesem Spiel darstellte.

Scheinbar hatte der gute Joel es sogar unmittelbar nach dem Telefonat mit Jeremy fürs Erste regeln können.

Sara schenkte den Worten des Bosses natürlich sofort den nötigen Glauben.

Nur um nicht der Realität ins Auge sehen zu müssen, dass ihr Mann sich wahrscheinlich aus dem Staub gemacht hatte, um mit einer anderen zu ficken. Pardon ... sich ficken zu lassen.

Oder war die gute Sara das von ihrem Vorzeigemann bereits gewohnt. Ging sie selbst auch zu ...

Das tat nichts zur Sache!

Wichtig war für Emiliana nur die Tatsache, dass das Ehepaar Adams nicht wirklich viel Zeit zusammen verbrachte. So auch an dem besagten Abend, als sie Jeremy nach Staten Island orderte.

Es war alles bis hierhin so einfach gewesen, doch es schlichen sich auch ungeplante Ereignisse mit ein, die in ihren Augen schlichtweg unnötig waren.

Nigel, zum Beispiel.

„Wie viele Jungfrauen in großer Not haben Sie bereits nach Hause begleitet? Mir kommt es vor, als könne man sich an ihrer Seite absolut sicher fühlen."

Der in die Jahre gekommene, doch durchaus pflichtbewusste Security, errötete bei Emilianas nahezu gehauchten Sätzen. „Um ehrlich zu sein, Miss Brooks, Sie wären die erste, wobei ich mir nicht vorstellen kann, dass Sie noch ..."

Nigel hustete, um sich selbst zu unterbrechen.

Jeremy, der mittlerweile wieder auf seine Beinen stand, machte einen tiefen Seufzer. *Noch nie habe ich so etwas derartiges erlebt! Der alte Kerl möchte gerne die holde Maid, die alles andere als eine Jungfrau in Nöten ist, sicher nach Hause begleiten? Nur, um eventuell selbst über sie wie ein wildes Tier herfallen zu können? Und überhaupt, wie viele Frauen konnte der schon in all den Jahren gehabt haben? Vor allem, welche? Wenn es sich um all die reizenden älteren Geschöpfe handelt, die in dieser Gegend vorwiegend leben, dann gute Nacht! Doch selbst jene könnte sich der Gute gewiss noch an den Fingern seiner Hand abzählen.*

Emiliana stieß einen unterdrückten Lacher aus.

Nigel wandte sich an Jeremy. „Wenn Sie keine anderen Pläne haben, dann sagen Sie mir doch einfach wo ihr Wagen steht und wir begleiten Sie ebenfalls bis dorthin. Oder wollen Sie vielleicht doch lieber, dass ich ..."

„Nein, alles bestens. Ich brauche keinen Arzt oder ähnliches. Alles was ich brauche ist Hilfe ..."

Emiliana sah ihm mit maßregelndem Blick tief in die Augen.

Jeremy fuhr fort: „Also, ich brauche Hilfe, da ich mich in dieser Gegend wohl verlaufen habe."

Nigel kniff die Brauen zusammen. „ Wo wollten Sie denn hin?"

„Ich …, ähm, also …, Hören Sie, Nigel. Es ist so, dass sich mein Telefon und all meine Unterlagen im Wagen befinden. Diesen kann ich momentan leider auch nicht finden."

Noch nie zuvor in seinem Leben hatte sich Jeremy so sehr bei einer Lüge ertappt gefühlt, doch Nigel begann zu seinem Glück nachdenklich auf der Unterlippe herumzukauen.

Der Security nickte, ehe sich sein Mund zu einem breiten Lächeln formte. „Kommen Sie doch einfach mit."

Da Nigel unterwegs erklärte, dass er Jeremy gerne mit in das kleine Container-Büro am Ende der Annfield Street nehmen wollte, um eventuell Näheres über ihn erfahren oder eine Abholmöglichkeit für ihn beschaffen zu können, war für Emiliana klar, dass sie alsbald handeln musste. Vor dem Haus der Fletchers hielt sie mit ihrer Tüte auf dem Arm plötzlich inne.

Dann trat sie ganz nah an Nigel heran, solange, bis ihre Lippen beinahe sein Ohr berühren konnten.

Ihr Körper schmiegte sich eng an die Uniform. „Können Sie neben dem Wachen auch ein Geheimnis für sich behalten?"

„Ich liebe Geheimnisse", entfuhr es Nigel leise, und er kam bei all seiner eigentlichen Professionalität in diesem Moment nicht drumherum in Emilianas Bluse zu starren.

„Dann vertraue ich dir heute eines an. Möchtest du das, Nigel?"

„Bitte …?", der Security, versuchte krampfhaft die Contenance zu wahren.

„Bitte was?"

Ein Schauder überzog Jeremys Rücken, denn in genau der gleichen Art und mit exakt denselben Worten hatte sie auch ihn bereits mehrere Male angesprochen. *Eigentlich immer kurz bevor sie mich …*

Jetzt schüttelte es ihn bei der Vorstellung, dass Emiliana eventuell auch etwas mit Nigel anfangen würde, wenn es denn für ihre Zwecke von Belang wäre.

Ehe Emiliana fortfahren konnte, hielt ein Wagen neben ihnen am Straßenrand.

Ihr schlug das Herz bis zum Hals, während sie beobachtete, dass das Fenster heruntergelassen wurde.

„Miss Brooks?"

Die Dauerwelle, das faltige, doch intensiv geschminkte Gesicht, die Hexennase und die skelettartigen Finger, die sich um das Lenkrad krallten, ließen ihr keinen Zweifel. Fassungslos antwortete Emiliana: „Mrs. Fletcher ..., wie schön Sie zu sehen."

An diesem Morgen fiel es Emiliana schwer die Augen zu öffnen.

Ob es an dem trüben Frühlingswetter lag, das eher an einen wolkenbehangenen Novembertag erinnerte, oder an dem unerwarteten Besuch des Vorabends, das wusste sie nicht genau.

Schwerfällig nahm sie den Arm über die Stirn, doch ihre Gedanken rasten.

Alles begann noch einmal vor ihrem inneren Auge abzulaufen, wie als säße sie im Kino in der ersten Reihe.

Mrs. Fletchers Wagen kam mit einem Ruck am Straßenrand zum Stehen und als Emiliana die Fahrerin erkannte, blieb ihr vor lauter Schreck beinahe das Herz stehen.

Keine geringere als Mrs. Fletcher selbst schaltete nach der spärlich ausfallenden und ziemlich trocken gehaltenen Begrüßung den Motor ab.

Kaum sichtbare Schweißperlen bildeten sich auf Emilianas Stirn, während die langsam untergehende Sonne an diesem späten Nachmittag dafür sorgte, dass die Bäume ihre langen Schatten über die gesamte Straße warfen.

„Home, sweet Home", entfuhr es Mrs. Fletchers knallroten Lippen, die heute ziemlich spröde wirkten.

Hilflos musste Emiliana mitansehen, wie die gute Frau des Hauses, die sie frühestens in zwei Tagen erwartet hätte, ausstieg und auf sie alle zukam.

Nigel deutete eine tiefe Verbeugung an, was Mrs. Fletcher umgehend ein breites Lächeln entlockte.

Sie sagte: „Nigel, mein Lieber, sie habe ich während der wenigen Tage am allermeisten vermisst."

Der Security wurde puterrot und es kam ihm in diesem Moment mehr als nur gelegen, dass sich sein Mobiltelefon meldete.

Er hob die Hand als entschuldigende Geste, dann nahm er den Anruf entgegen. „Kennedy."

Während Emiliana Nigel dabei zusah, wie dieser ein Stück weit die Straße runterlief, um ungestört telefonieren zu können, vernahm sie auch schon die kühlen Worte von Mrs. Fletcher. „Nun ja, dann lasst uns mal reingehen."

„Okay", war alles was Emiliana darauf antworten konnte. Plötzlich hielt Mrs. Fletcher inne.

Ihre Aufmerksamkeit galt voll und ganz Jeremy, der zu allem Überfluss auch noch in der Jacke ihres Mannes mitten auf dem Gehsteig stand.

„Sagen Sie, habe ich Sie schon einmal hier gesehen?" Jeremy wusste sich nicht zu helfen. „Nein, das haben Sie gewiss nicht."

Mrs. Fletcher sah jedoch kein bisschen verärgert über die leicht genervte Antwort aus.

Alles was sie tat, war gelangweilt mit den Achseln zu zucken, ehe sie das Haus aufsperrte und den Flur betrat. „Cynthia? Schätzchen? Mummy ist da!"

Erstaunlicherweise ließ sich das eingebildete Katzenvieh nicht blicken.

„Sag mal, weißt du wo mein Liebling abgeblieben ist?" „Nein, also ich meine, vielleicht schläft sie." Emiliana schloss die Augen.

Wenn Mrs. Fletcher jetzt durch alle Räume marschiert, um diese blöde Katze zu finden, dann ...

Sie vernahm ein lautes freudiges Klatschen. „Da bist du!"

Mrs. Fletcher ging in die Hocke, um eine laut schnurrende und um die Beine herumschleichende Katzendame begrüßen zu können. „Hast du Mummy vermisst? Hat die junge Lady dir ausreichend Futter gegeben? Geht es dir gut? Ja?"

Von der Türschwelle aus sah sich Jeremy das Szenario ebenfalls an. Schließlich lautete seine Order ihr zu folgen. Über Filme, wo die Geiseln oftmals ihre unzähligen Chancen ungenutzt ließen, um vom Täter fliehen zu können, hatte er sich oftmals kaputtgelacht.

Heute weiß er, dass es ziemlich naheliegend ist, jemanden, der in der Lage ist Macht und Dominanz auszuüben, auch durchaus gehorsam zu leisten.

Lia hatte außerdem Sara mit ins Spiel gebracht und ich will nicht riskieren, dass ihr etwas zustößt. Sie kann hierfür ...

Mrs. Fletcher erhob sich. „Miss Brooks, hatten Sie ein paar schöne Tage bis jetzt? Und wer ist dieser gutaussehende junge Mann? Gehört er zu Ihnen? Sie wissen, dass ich Sie eindringlich darum gebeten hatte keine Männer ..."

„Nein", unterbrach Emiliana hastig. „Er ..., also dieser Mann ..., ist ..., die Aushilfe für Ron."

Mrs. Fletcher drehte sich einmal auf dem Absatz ihrer Schuhe herum und machte sich auf den Weg in die Küche. „Mir ist nach einem Glas Rotwein. Wie steht es mit Ihnen beiden?"

Auch gut, scheinbar stellt die alte Nebelkrähe den Ersatz für einen jungen Security in dieser Gegend nicht in Frage. Es dämmert außerdem und schon bald müssen die armen Schweine wieder ihre Runden drehen, damit Leute wie die Fletchers sicher in ihren Seidenbettchen schlummern können. Dann will sie auch noch einen Wein trinken. Einen roten und ich bin mir sicher, dass ...

Emiliana wurde kreidebleich. *Einen Wein trinken?*

„Ich hole die Gläser!", entfuhr es ihr laut, ehe sie die Tüte mit den Einkäufen auf der Anrichte abstellte und sich schnellen Schrittes in den Wohnbereich begab.

Aus der Vitrine schnappte sie sich drei von der voluminösen Art und dabei fiel ihr Blick auch auf das mittelschwere Chaos.

Die zugezogenen Vorhänge, die nur noch wenig Licht in den großen Raum dringen ließen, der Stuhl, die Kabelbinder, die Blutflecken auf dem Boden.

Gleich werde ich die Sirenen hören und das war es dann!

Als sie wieder in die Küche zurückkehrte gab Mrs. Fletcher der Katze gerade einen Kuss auf die Stirn.

Zwei Weinflaschen standen auf der Anrichte, die zuvor dort nicht gestanden hatten.

Waren diese in einem der hohen Schränke versteckt?

Emiliana blieb nicht viel Zeit zum Grübeln, denn Mrs. Fletcher richtete jetzt ihre Worte an Jeremy. „Wie hätten Sie es denn gerne? Rund und geschmeidig oder komplex und kräftig?"

„Wie bitte?" entfuhr es Jeremy sichtlich irritiert.

Mrs. Fletcher lachte auf. „Guter Mann, ich rede vom Wein."

Jeremy hüstelte. „Ähm, dann bitte rund und geschmeidig. Der zu ihrer linken."

Beide Frauen starrten synchron auf die Flasche, die Jeremy auserwählt hatte.

Lobend begann Mrs. Fletcher mit dem Kopf zu nicken. „Ausgezeichnet! Sie sind also ein wahrer Kenner. Großartig. Dann sollte der samtweiche Merlot gleich Ihrem Gaumen schmeicheln. Wären Sie so freundlich, Ron?"

Die Gute hat nicht verstanden, dass er die Aushilfe ist, sondern denkt, es wäre Ron? Kannte sie denn den eigentlichen Security noch gar nicht? Und was zum Teufel macht Jeremy da mit dem Korkenzieher in seinen Händen?

Am liebsten wäre Emiliana sofort auf und davongelaufen, doch ihre Neugierde war so groß, dass es sie an Ort und Stelle festhielt.

Mit einer Hand drückte Jeremy die beiden Zungen an den Flaschenhals, die andere drehte am Griff.

Leichthändig ließ sich der Korkenzieher bedienen. Nicht nur das, sondern der Korken glitt langsam, sanft und sicher aus der Flasche.

„Meine Güte, wenn Sie so gut beim Sex sind, wie beim Entkorken eines guten Weines, dann möchte ich bitte um zwanzig Jahre jünger sein", witzelte Mrs. Fletcher.

Emiliana verstand in diesem Augenblick zum ersten Mal die Bedeutung der Redewendung: *Je oller, je doller!*

Hierbei bewies ihr eine Dame, die beinahe doppelt so alt wie sie selbst ist, dass auch ältere Menschen durchaus draufgängerisch, flirtfreudig und demzufolge sexuell sehr aktiv sein können.

Das wiederrum wollte sie eigentlich alles gar nicht so genau wissen. Doch, wie Jeremy den Korkenzieher bediente, bescherte auch ihr einen wohligen Schauder über sehr empfindliche Regionen ihres Körpers.

Da die Gläser nun befüllt waren, stießen die drei an. Nachkauend, ob der Geschmack auch wirklich stimmte, sah Mrs. Fletcher in Emilianas Gesicht.

Sie schluckte hörbar. „Tut mir leid, Kindchen. Wo sind nur meine Manieren? Ich bin den ganzen Weg von Chelsea noch einmal zurückgefahren, da wir das Wichtigste für den morgigen Tag vergessen haben."

„So, was denn?", fragte Emiliana aufgeregt.

„Das Geschenk für meinen Schwager."

Ihr fahrt allen Ernstes bis nach Chelsea und bemerkt erst nach mehreren Tagen, dass ihr das Geschenk für das Geburtstagskind, oder in diesem Fall für den besagten

Schwager, zu Hause vergessen habt. Nicht wahr, oder?
Vor allem wo soll sich das bitte befinden? Im Schlafzimmer?
Oh, mein Gott! Das wäre eine Katastrophe!

„Das ist schade. Ähm …, kann ich es Ihnen eventuell bringen, Mrs. Fletcher?"

Diese stellte ihr Glas auf der Kücheninsel ab und marschierte unbeirrt hinaus in den Flur.

In dessen Mitte öffnete sie schwungvoll eine Tür, von der aus eine schmale Treppe hinunter in den Keller führte. Nachdem der Lichtschalter betätigt wurde konnte man in einen von Neonröhren hell erleuchteten Raum blicken.

Dort unten soll sich also ein Geschenk befinden, dachte Emiliana, während sie Mrs. Fletcher dabei zusah, wie diese mit vorsichtigen Schritten die Stufen hinabstieg. Das kaltweiße Licht der Neonlampen spielgelte sich mehr und mehr in ihren grauen Haaren.

Emiliana wunderte, dass auch Jeremy ihnen wortlos in den Flur gefolgt war.

Er hielt sich noch immer an den vorgegebenen Abstand von ein bis zwei Metern, doch sie verstand einfach nicht, wieso er nicht auf sich und seine Situation aufmerksam machte.

Die Fernbedienung, die ihre Hand noch immer fest umschlossen hielt, konnte es unmöglich sein. Da müsste er nur einmal durch, ehe ihm auf irgendeine Art und Weise geholfen würde. Nur was war es dann?

Natürlich! Du hast Angst um dein Sara-Prinzesschen. Ist sie denn so toll, dass du dafür lieber deinen Mund hältst und nicht weißt, was mit dir selbst geschehen könnte. So wie ich diese eingebildete Frau in dem großen schicken Haus erlebt habe, ist sie nichts weiter als eine arrogante, selbstsüchtige und …

„Schätzchen, könnten Sie mir das bitte kurz abnehmen?"

Emiliana sah Mrs. Fletcher, die sich wieder auf der Treppe auf dem Weg nach oben befand, in die von Falten umrandeten Augen.

Den Anflug von Panik in ihren eigenen Pupillen konnte sie gewiss auch kaum mehr verbergen.

„Was ..., was ist das?", fragte Emiliana flüsternd.

Mrs. Fletcher sah flüchtig auf das Tier in ihren Armen, ehe sie es an ihre Sklavin überreichte. „Nun nehmen Sie ihn schon. Ist er denn nicht wunderhübsch?"

Im Flur breitete sich währenddessen die kalte und staubige Luft des Kellers immer weiter aus, was auch Jeremy die Nase rümpfen ließ.

Wie gut, dass die Tür in genau diesem Augenblick von Mrs. Fletcher geschlossen wurde.

Mit großen Augen starrte Emiliana weiterhin auf ihre Arme. „Ist das Ding echt?"

Mrs. Fletcher neckte: „Ja, sicher."

Bevor Emiliana das gute Stück jedoch in hohem Bogen von sich werfen konnte, setzte sie nach: Nein, natürlich nicht. Also echt schon, aber nicht mehr lebendig. Der Jaguar ist ausgestopft worden."

Emilianas Hände begannen zu zittern. „Ah, okay ..., also ich, nun ja ... ähm, ich habe schreckliche Angst vor Hunden."

„Schätzchen, das ist alles andere als ein Hund. Das ist Amerikas größte Wildkatze. Sehen sie genau hin. Er ist größer als gewöhnliche Kater, kräftiger, muskulöser und er hat einen relativ dicken Schwanz. Fass ihn ruhig an!"

Jeremy schloss die Augen.

Ich muss diese verdammten Zweideutigkeiten in meinem Kopf unter Kontrolle bekommen. Am besten sofort, denn ...

Da Emiliana dem Vorschlag, das ausgestopfte Tier zu streicheln, nicht nachkam, bohrte Mrs. Fletcher nach.

„Haben Sie denn schlechte Erfahrungen mit Hunden gemacht?"

Tränen schossen in Emilianas Augen, die Stimme versagte. „Ich ..., als ich ein kleines Mädchen gewesen bin, da nahm mich mein Dad mit auf einen Streifzug. Er war Freizeitjäger und wollte, dass ich einmal mit eigenen Augen sehe, was er da so tut. Meine Mutter war sofort dagegen, doch ich bettelte ohne Pause darum meinen Dad begleiten zu dürfen. Was sollte denn auch passieren? Schließlich fühlte ich mich bei meinem Dad irgendwie immer sicher, sowie vollkommen unantastbar. Nun ja ..."

An dieser Stelle wollte Emiliana ihre Rede unterbrechen, denn ihr wurde plötzlich bewusst, wie freizügig sie über den Vorfall aus ihrer Kindheit zu sprechen begann.

Mrs. Fletcher, sah zu Jeremy, der ebenfalls aufmerksam lauschte, dann schloss sie schwungvoll die Kellertür.

Zu Emiliana gewandt sprach sie: „Bitte, erzählen Sie es mir. Was ist an diesem Tag geschehen?"

Etwas hypnotisierendes lag in der Luft, weshalb sich Emiliana dazu entschloss, weiterzusprechen.

„Mein Dad und sein Freund waren gerade einem Bären auf der Spur, den sie schon seit Monaten regelmäßig verfolgten und an diesem Tag sollte er ihnen endlich vor die Flinte gehen. Ich musste die meiste Zeit über sehr leise sein und mich dicht hinter meinem Dad aufhalten. Zur Sicherheit sogar mich in den Stoff seines Hemdes einkrallen, damit ich, während er durch das Zielfernrohr blickte, nicht verloren gehen konnte. Nun, was soll ich sagen? Ich war ein Kind. Neugierig, entdeckungsfreudig, und voller Euphorie. Diese Gefühle führten dazu, dass es mir an der Seite der beiden nur in die Ferne guckenden Männer schlichtweg zu langweilig wurde. Noch dazu in nassem Dickicht, das klammen Geruch aufwies.

Ich sah mich um und entdeckte eine kleine Lichtung. Darauf wuchsen die buntesten Wildblumen, die ich jemals gesehen hatte, also schlich ich mich weg. Ich wollte meine Mum überraschen, denn ich war mir sicher, dass sie sich mehr über einen Kranz aus diesen Blumen gefreut hätte als über einen Bär als Bettvorleger."

„Sie gingen also allein auf die Lichtung? Und dann?" Scheinbar konnte es Mrs. Fletcher jetzt gar nicht mehr schnell genug gehen, um alles über die Story zu erfahren. Emilianas Herz schlug ihr bei der Erinnerung bis zum Hals. „Während des Pflückens vernahmen meine Ohren plötzlich ein knurrendes Geräusch. Es schien genau aus dem Blattwerk, dass wieder in den dichten Wald hineinführte zu kommen. Ich bekam Angst und sprang schnell auf meine Füße. Im selben Moment trat der Wolf aus seinem Versteck heraus. Ich hielt ihn in meinem kindlichen Kopf zunächst für einen Hund, was ich als Glück einstufte, denn schließlich war es nicht der große böse Bär, aus den Erzählungen von meinem Dad. Wir standen uns also nur wenige Meter entfernt gegenüber und ich versuchte es trotz meiner Angst, mit lieben Worte wie: „Du bist ein guter Hund. Ein ganz braver ...", dem Tier keinen Grund für einen Angriff zu geben."

„Er tat es aber dennoch, richtig?", spoilerte Mrs. Fletcher.

„Ja", antwortete Emiliana kaum hörbar.

Sie fuhr fort: „Da er wieder laut zu knurren begann, rief ich lautstark nach meinem Dad. Ich höre noch heute seine aufgeregten Worte: „Honey! Großer Gott, bleib stehen! Beweg dich nicht! Keine ruckartigen Bewegungen!" Doch ich war voller Angst. Ich wandte mich um und lief los. Zeitgleich fielen mehrere Schüsse. Wie ich später erfuhr, war das der Freund meines Vaters, denn er wollte den Wolf damit in die Flucht oder zumindest wieder in Richtung des

Waldes treiben. Das funktionierte auch, doch als ich stürzte wendete sich das Tier um, fletschte seine Zähne, stellte die Rute auf und ging zum Angriff über. Der Wolf kam pfeilschnell auf mich zugestürzt und als er sich über mir befand konnte ich ihm direkt in das Maul mit den messerscharfen Zähnen sehen. Warmer Atem traf auf mein Gesicht und erster Sabber tropfte mir auf die Stirn. Auch meine beiden Wangen waren schnell voll davon."
Mrs. Fletcher packte Emiliana an den Handgelenken. „Liebe Zeit! Das ist so aufregend."
Spätestens jetzt hatte Jeremy die Gewissheit, dass nicht nur er hier derjenige welche war, der zweideutig dachte. Wie konnte es sonst sein, dass eine alte Lady Freude anstatt Mitgefühl bei solch einer dramatischen Story versprühte?
Fassungslos überreichte Emiliana das ausgestopfte Tier zurück an Mrs. Fletcher.
Lächelnd sagt sie: „Da wird sich der Schwager sicherlich sehr freuen."
„Davon gehe ich aus. Mein Mann hatte mal irgendwo gelesen, das Wölfe die wahren Terroristen in der Tierwelt wären, deshalb fiel seine Entscheidung auf diesen Prachtkerl."
Mit diesen Worten machte sich Mrs. Fletcher auf den Weg in Richtung Tür. „Cynthia? Wo steckst du schon wieder? Willst du Mummy nicht Goodbye sagen?"
Da die Katze nirgendwo zu sehen war, wartete Mrs. Fletcher nun darauf, dass man ihr die Haustür öffnete. Dies übernahm Jeremy.
„Ich danke Ihnen, junger Mann. Passen Sie gut auf die Häuser heute Nacht auf und bestellen Sie Nigel meine besten Grüße.
„Das werde ich", lautete seine knappe Antwort.

Emiliana folgte ihr nach draußen und sie wunderte, dass es noch immer nicht in Frage gestellt wurde, warum Jeremy sich mit im Haus befindet.

Anscheinend vertraut man sich in dieser Gegend blind und wenn der Security zugegen ist, dann fühlen sich die Ladys ohnehin in sicheren Händen.

„Nur noch drei Tage, dann haben Sie es auch schon geschafft, Kindchen."

Es wäre echt toll, wenn die Alte diese Kosenamen einfach mal unterlassen könnte, dachte Emiliana, lächelte jedoch freundlich weiter.

„Ich wünsche Ihnen eine gute Fahrt und eine schöne Party. Passen Sie auf sich auf."

Nachdem Mrs. Fletcher den Jaguar auf dem Rücksitz angeschnallt hatte, lief sie einmal um den Wagen herum, stieg ein und ließ umgehend den Motor an.

Die Scheibe, in der Emiliana gerade noch in ihr eigenes Spiegelbild sehen konnte, wurde heruntergelassen. „Sie schaffen das schon. Ach, und Miss Brooks ..., wenn ich zurück bin, müssen Sie mir unbedingt erzählen, wie die Story mit Ihnen und dem Wolf ausgegangen ist."

Klar doch, und morgen ist Weihnachten!

Aus diesem Gedanken wurde allerdings ein: „Sehr gerne." Emiliana konnte selbst nicht glauben, was sie da sagte. Nachdem sie irgendwann nur noch in weiter Ferne die Rücklichter des Wagens sehen konnte, entschied sie zurück ins Haus zu gehen.

Zurück zu Jeremy.

Dieser stand noch immer im Flur. Die Jacke hochgeschlossen.

Was wäre wohl gewesen, wenn Mrs. Fletcher die Jacke erkannt hätte?

Darüber wollte Emiliana jetzt nicht weiter grübeln.

Konnte sie auch nicht, denn ein lautes Rufen hielt sie davon ab, sofort die Tür hinter sich schließen zu können.

„Miss Brooks! Warten Sie! ... Miss Brooks!"

Nigel!

Den braven und durchaus viel zu eifrigen Security hatte sie beinahe schon wieder aus ihrem Kopf verdrängt. Mit einem lauten Seufzer schlüpfte Emiliana noch einmal durch einen engen Spalt der Haustür.

Hätte sie diese ganz geöffnet, dann wäre Jeremy direkt in Nigels Blickfeld geraten und das wollte Emiliana unbedingt vermeiden.

„Nigel? Wie kann ich Ihnen helfen."

Verwirrt sah er ihr in die Augen. „Nun, ich ..., ähm, ..., also, wo ist ...?"

„Der zusammengesackte Herr?", fragte Emiliana eilig.

„Richtig. Ich wollte doch noch seinen Namen erfahren und er wusste auch nicht, wo sein Wagen steht. Dazu kommt, dass ich Kerlen wie ihm nicht über den Weg traue. Ich dulde es nämlich nicht, dass sich Hausierer oder gar schlimmeres Volk in unserer friedlichen Ortschaft herumtreibt, müssen Sie wissen."

Emiliana verzog ihre Lippen zu einem breiten Grinsen. Dann klopfte sie dem Security lobend auf die Schulter. „Vom ersten Moment an wusste ich, dass Sie hier alles im Griff haben. Ich fühle mich wahrhaftig wie ein echtes Burgfräulein von Ihnen beschützt, Nigel. Was den Mann angeht, den hat Mrs. Fletcher vor wenigen Minuten zur Anlegestelle mitgenommen. Er meinte, sich wieder zu erinnern, dass er mit der Fähre gekommen war, um sich nach einem Haus für seine Familie umzusehen. Der Anfall hatte, ihm wohl kurzzeitig das Gedächtnis getrübt."

Verwundert nahm Nigel die Informationen in sich auf. „Mrs. Fletcher ist schon wieder gefahren? Hat ihn mitgenommen. Ja, wenn das so ist, dann bitte entschuldigen Sie vielmals Miss Brooks, ich wollte nur auf Nummer sicher gehen."

„Das ist wirklich sehr süß von Ihnen, Nigel."

Zum bereits dritten Male an diesem Tag änderte sich seine Gesichtsfarbe, doch das kaschierte Nigel indem er zu Boden sah und nickend die Verabschiedung andeutete. Nachdem er außer Sichtweite war, konnte Emiliana endlich die Haustür hinter sich schließen.

Noch immer stand Jeremy am selben Fleck.

Warum nur? ... Egal!

„Zieh die Jacke aus!"

Die eigentliche Lia, die er kannte, war zurückgekehrt, das war Jeremy sofort klar.

Gerade noch hatte sie sich wie eine Leibeigene vor dieser älteren Lady benommen und jetzt, wo sie wieder mit ihm alleine war, vollzog sie die Wandlung zur Herrin von einer Sekunde auf die andere.

Anstatt ihr den Gefallen zu tun, wollte Jeremy testen, wie sie reagierte, wenn er einfach nur stocksteif stehenblieb. Emiliana betrachtete ihn lächelnd, dann sagte sie: „Selbstmord ist die häufigste Todesursache bei Workaholics, wusstest du das?"

Jeremys Augenrollen ließ ihn unbekümmert, beinahe naiv dastehen, doch das war ihm in diesem Augenblick egal.

„Ich wusste nicht, dass dein Vater sich das Leben genommen hat."

Emiliana kniff die Augen zusammen, ehe sie laut ausatmete. „Was redest du da? Mein Vater hat sich nicht das Leben genommen."

Jeremy zog die untere Lippe zur Seite. „Nein?"

„Nein!", schoss es jetzt ziemlich laut aus ihr heraus.

„Hm ..., dass ist seltsam, denn ich habe mir sagen lassen, dass nur Workaholics als Ausgleich zum Jagen gehen. Und da du soeben von Selbstmord gesprochen hattest, dachte ich, das wäre sozusagen ein Erfahrungsbericht." Die aufsteigenden Tränen in Emilianas Augen ließen Jeremy einen Moment lang in der Annahme, er hätte sie entwaffnet.

Falsch gedacht!

Wie Duellanten, die sich in einem bevorstehenden Kampf anvisieren, standen sich die beiden jetzt gegenüber.

Die Luft um sie herum war so geladen, dass man beim genaueren Hinsehen, kleine Blitze zwischen ihnen umherfliegen hätte sehen können.

„Lia, ich glaube du musst mir einiges erklären, ich meine wie soll ich sonst jemals verstehen, was du nun genau von mir möchtest. Möchtest du, dass ich gegen die Pfändung deiner Granny etwas veranlasse? Das kann ich machen. Gib mir mein Telefon, ich rufe Joel an und der kann ..."

„Halt dein verdammtes Maul!", schrie Emiliana dazwischen.

Betroffen hielt Jeremy inne.

Am liebsten würde er diese Frau vor sich mit seinen eigenen Händen schütteln, denn diese Art sich auszudrücken passte ganz und gar nicht zu ihrem Wesen.

„Zieh die scheiß Jacke aus!" , bestimmte Emiliana noch einmal deutlich.

„Ist ja schon gut", antwortete Jeremy mit herber Stimme. Nachdem er sich der Jacke entledigt hatte, steckte er die Hände in die Hosentaschen.

Sein Oberkörper war frei. Die drei Buchstaben auf seiner Brust hatten neuen Schorf gebildet und das Halsband ließ ihn wie einen willigen Sklaven auf einem orientalischen

Markt wirken, der nur darauf wartete, dass ihn baldmöglichst jemand kaufte.

Einen Moment lang schoss Emiliana bei diesem Anblick der Gedanke durch den Kopf, sie könne ihn jetzt ganz einfach mit nach oben ins Schlafzimmer nehmen und sich einen genussvollen Ritt oder zwei auf ihm gönnen.

Leider kam sie sich, seit Mrs. Fletchers Anwesenheit wie ein kleines Kind vor und die provokante Aussage über ihren Vater, ließ sie auf Jeremy eine ungeheure Wut verspüren.

Alles war in Ordnung und plötzlich war es so, als habe ein Sturm die warme sommerliche Abendstimmung mit der ersten Böe bereits verdorben.

„Öffne die Tür zum Keller!"

Jeremy klappte der Mund weit auf. „Du willst, dass ich ..."

„Nein, Mr. Loverboy! Ich will nicht, sondern ich befehle es dir. Los! Mach die scheiß Tür auf!"

Der Knauf ließ sich leicht drehen.

Wieder erhellten die Neonlichter die Treppe, die bis ganz nach unten führte.

„Vorwärts!"

Als Jeremy mehrere Stufen gegangen war, wandte er sich um und blickte noch einmal nach oben zu Emiliana.

Sie sah wütend und enttäuscht zugleich aus und ihre Augen mussten noch immer ein wenig brennen, wegen der zuvor unterdrückten Tränen.

Während draußen langsam die Schwärze der Nacht über Staten Island hereinbrach, fiel im Inneren des Hauses die Kellertür mit einem lauten Knall zu.

Ein Schlüssel wurde mehrfach gedreht. Dann hörte Jeremy tippelnde Schritte, die sich immer weiter weg bewegten.

Ich will nur noch hier raus ...

Als Emiliana den Arm von der Stirn nahm, war die Mittagsstunde bereits mehrere Minuten vorüber.

Verflucht! Ich bin noch mal eingeschlafen, dabei muss ich doch unbedingt nach Mr. Wichtig sehen.

Beim Aufstehen machte sich sofort ein fieser stechender Kopfschmerz bemerkbar, weshalb sie beschloss sich zum Kaffee ein oder zwei Aspirin als spätes Frühstück einzuverleiben.

Draußen war es warm, das konnte man selbst durch die geschlossenen Fenster deutlich spüren.

Emiliana beschloss deshalb noch einmal in Mrs. Fletchers Kleiderschrank nach einem passenden Outfit für den heutigen Tag zu suchen.

Warum auch nicht? Schließlich hängen die meisten der Kleidungsstücke völlig sinnlos darin herum. Ich wette nicht einmal die Hälfte davon hatte die gute Dame in ihrem Leben getragen, oder wird es jemals tun. Es geht nur darum sich immer und überall ein weiteres Stück Stoff, das einem gefällt, leisten zu können. Ob man es wirklich braucht, spielt dabei keine sonderlich große Rolle.

Ihr Augenmerk fiel auf ein schwarzes Minikleid mit langen Armen. Es ist mit zarten silberfarbenen Pailletten bestickt, aber damit keineswegs überhäuft worden.

Der Stoff musste etwas ziemlich wertvolles sein, denn als Emiliana es sich überstreifte und den Rock gerade zog, kam sie zu dem Schluss, dass ihre Finger solch eine samtige Weichheit noch nie zuvor gespürt hatten.

Es war, als hätte man feinste Wolle mit reiner Seide kombiniert.

Atemraubend schön.

Aus der Tasche neben dem Bett kramte Emiliana noch passende schwarze Unterwäsche und auch die halterlosen Strümpfe wollte sie an diesem Tag auf ihrer Haut spüren.

Im Badezimmer kämmte sie die Haare solange, bis sich ein halbwegs ansehnliches Volumen um ihren Kopf herum ausbreitete.

Auch das Make-up fiel heute im Smokey-Eyes-Stil aus, welches ihr Allgemeinbild zum einen gefährlich dark und zum anderen sehr elegant aussehen ließ.

Minuten später stand sie in Kleid und passenden Pumps auch schon am Kaffeeautomaten in der Küche.

Cynthia kam mit erhobenem Näschen anstolziert und begann sogleich damit ihr Fressen zu überprüfen.

Nicht, dass das arme kleine verwöhnte Vieh am Ende noch etwas falsches in ihrem Näpfchen hat. Unaussprechlich!

Emiliana musste breit grinsen, denn dieses hochgestochene Denken war nun mal nicht ihre Welt.

Nachdem sie ihre Kaffeetasse leergetrunken hatte, nahm sie eine zweite und machte sich damit auf den Weg in Richtung der Kellertür.

Einen Moment lang hielt Emiliana davor inne, denn sie konnte schließlich nicht wissen, was sie jeden Moment erwarten würde.

Steht er direkt hinter der Tür und hat nur darauf gewartet, dass ich zurückkehre? Hat er in dem hell beleuchteten Raum womöglich etwas gefunden, womit er mich angreifen oder gar knockout setzen kann?

Bevor die Fragen in ihrem Kopf überhandnahmen, beschloss sie die Tür aufzuschließen.

Nichts.

Soweit so gut.

Ihre Finger tasteten sich langsam vom Schlüssel hinauf an die Klinke.

Offen!

Wild entschlossen gab Emiliana der Tür einen Schubs. Ihre Augen konnten wieder in das neonhelle Licht blicken.

Die Tasse in ihrer Hand hing ein wenig schief, doch das nahm sie in diesem Moment nicht wirklich wahr.

Nach den ersten Stufen versuchte Emiliana den Kopf so weit seitlich zu drehen, dass sie schon von der Treppe aus in der Lage war, den Raum überblicken zu können.

Verdammt! Was, wenn es hier unten noch einen Raum gibt? Was, wenn er einen Fluchtweg gefunden hat, was ...

Sie traute ihren Augen nicht. *Wenn er einfach nur eingerollt wie ein Baby auf dem Boden liegt und schläft?*

Um dennoch auf einen Angriff gewappnet sein zu können, stellte Emiliana die Tasse auf einer uralten Werkbank ab.

Ihr Herz pochte verdammt hektisch, als sie sich zu Jeremy hinabbeugte und ihn am Oberschenkel zu rütteln begann.

Schnell wurde er wach.

Seine hellblauen Augen blinzelten sie aus Schlitzen an, und seine Stimme klang als hätte er über Nacht einen Hangover erlitten. „Lia, da bist du ja wieder ... ich bin ...“

Er schüttelte energisch den Kopf und biss die Zähne fest aufeinander.

Natürlich! Die Wunde am Bein musste versorgt werden und es war höchste Zeit für das Antibiotika.

Mit dieser Erkenntnis überreichte sie ihm die warme Tasse.

Aus ihrem BH zog sie zwei der besagten Tabletten, die sie vorsorglich im Badezimmer aus dem Medizinschrank an sich genommen hatte, und hielt ihm diese ebenfalls hin.

„Danke“, entfuhr es ihm flüsternd.

Jeremy setzte sich auf und nach einem großen Schluck, der die Tabletten in einem einzigen Zug mit sich spülte, sah er zu Emiliana hin.

Seine Augen funkelten im Neonlicht wie ein Meer, das aus tausenden von glitzernden Diamanten bestand.

Sie fühlte sich wie in einer Art wunderschöner Trance gefangen, doch als sich seine Lippen bewegten, wurde Emiliana augenblicklich in den kühlen Kellerraum zurückgeholt.

Die Frage lautete: „Hast du gut geschlafen? Vielleicht sogar von deinem Daddy oder gar dem bösen Wolf geträumt."

Eine mächtige Wut durchströmte Emilianas Körper, denn nach gestern brachte dieses das Fass zum Überlaufen.

Die unschöne Erinnerung zerrte so stark an ihren Nerven, dass sie Jeremy die Tasse mit einem kräftigen Tritt gegen sein Gelenk aus der Hand kickte.

Das Porzellan zersprang und die Scherben verteilten sich klirrend auf dem harten Steinboden.

„Bist du wahnsinnig", schrie Jeremy aus voller Kehle. Scheinbar hatte ihn einer der umherfliegenden Splitter unterhalb des Auges erwischt.

Es blutete ordentlich, doch Jeremy sprang auf.

Emilianas Atmung verdreifachte sich, als sie bemerkte, dass sie die Fernbedienung für das Halsband anscheinend im Schlafzimmer auf dem Nachtkästchen liegengelassen hatte.

Hilfesuchend sah sie sich nach allen Richtungen um. Jeremy war nur noch wenige Zentimeter von ihr entfernt, was ihre brenzlige Lage nur mehr verschärfte.

Er zwang sie solange zurückzuweichen, bis ihr Rücken unsanft an das harte Metall der Werkbank stieß.

Sein Körper war nun so dicht an dem ihren, dass sie seine warme Brust durch den Stoff des Kleides hindurchfühlen konnte.

Schwerer Atem drang bis tief in ihr Ohr vor, und wenn sie nicht zu hundert Prozent sicher gewesen wäre, dass er unheimlich wütend auf sie war, dann hätte Emiliana sogar angenommen, dass es nach Aufregung klang.

Sortiere gefälligst das Chaos in deinem Gehirn, mahnte sich Jeremy währenddessen.

Vor allem als er bemerkte, dass er, anstatt sich diese Frau ein für alle Mal zu schnappen und wenn nötig auszuschalten, schon wieder einen verdammt harten Ständer bekam.

Das ist so peinlich! Und am Ende denkt Lia noch, dass ich auf solche kranken Psychospiele womöglich stehe.

Emiliana nutzte diese Gelegenheit. „Weiche sofort zurück, oder ...“

„Oder was?“, schoss es aus Jeremy enragiert heraus.

Ihre Hand machte sich selbstständig und noch ehe er irgendetwas dagegen tun konnte, hatte er sich von ihrer zierlichen Hand eine kräftige Ohrfeige eingefangen.

Sein Puls begann zu rasen.

Irritiert und zeitgleich voller Angst versuchte Emiliana seinem bösen Blick standzuhalten.

Mit Erfolg.

Die Faust die Jeremy geballt hatte, löste sich, auch wenn seine Pupillen weiterhin starr auf sie gerichtet blieben.

Nach weiteren Sekunden beschloss irgendetwas in seinem Geiste Emiliana zu küssen.

Kein harmloser Kuss, sondern einer, bei dem man sich ganz einfach holt was man gerade besitzen möchte.

Jeremy schob ihr die Zunge soweit in den Mund, dass Emiliana glaubte, sie könne nicht mehr selbst, sondern nur durch ihn an genügend Sauerstoff gelangen.

Oh Gott, ich wünschte er würde nie damit aufhören, doch ich darf mich in keinem Fall auf diese Weise von ihm manipulieren oder gar dominieren lassen.

Während dieses Denkens spürte sie, dass sie extrem feucht geworden war.

Eigentlich schon so nass, dass ihre pulsierende Mitte seinen harten Stab jetzt eigentlich wie eine gierige Schlingpflanze in sich eingesogen hätte. Doch das durfte sie in keinem Fall zulassen.

Seine Hände waren plötzlich so schnell unter ihrem engen Kleid, dass ihr kaum mehr Zeit zum Nachdenken blieb. Als sie seine Finger am Bund ihres Slips fühlte, konnte ihre Hand neben sich nach einem Werkzeug greifen.

Nicht nur nach irgendeinem, sondern einer Nagelpistole. Dieses pneumatische Gerät beinhaltet bis zu hundert Nägel, die bei sachgemäßem Gebrauch in verschiedene Materialien getrieben, beziehungsweise geschossen werden.

Emiliana umfasste fest den Griff.

Ihre Gedanken schlugen in diesem Moment regelrecht Purzelbäume, da sich ihr Becken ihm mehr und mehr entgegenpresste.

Mein Körper liebt was er da tut. Ich will ihn so sehr, doch ich muss ...

Trotz, dass ihr ein wenig schwindlig wurde, konnte Emiliana ihre Mitte von ihm lösen und ruckartig das Knie nach oben ziehen.

Das Geräusch, welches seinen Lippen nun entwich, war alles andere als mit Leidenschaft getränkt. Es sei denn, man stünde auf Schmerzen, die einem durch Mark und Bein gehen.

Leises Lachen entfuhr Emiliana, welches sogar imstande war, das unbarmherzige Gefühl des Stechens kurzzeitig bei Jeremy zu unterbinden.

Er sah mit weit aufgerissenen Augen zu ihr hin.

Mit beiden Händen umklammerte Emiliana die Nagelpistole als hinge ihr Leben davon ab.

Vielleicht tat es das sogar.

Allerdings konnte Jeremy in ihren Augen ablesen, dass sie sich ihrer Sache erneut sicher war.

Sie kann meine Angst spüren, steht darauf mich gekrümmt vor sich zu sehen. Ist erregt, wenn sie die Oberhand hat und ich stehe tatenlos da und lasse mich von ihr selbst auf offener Straße oder vor anderen Leuten führen wie ein kleines Kind. Diese Frau nimmt mir all meine Sicherheiten, meine Vernunft und vor allem mein Denken. Nun ja, nicht ganz, denn dieses übernimmt unglaublich schnell mein Freund da unten, den ich in meinem ganzen Leben noch nie als so hart empfunden habe, wie in den vergangenen Tagen. Scheinbar gehorcht mein Körper neuerdings auf andere Regeln. Ihre Regeln!

Emiliana zog ihr Gesicht nun zu solch einer Strenge zusammen, dass er tatsächlich wieder Angst vor ihr bekam.

Wird sie das Ding benutzen? Mir einen Nagel mitten ins Hirn jagen, wenn sie es für notwendig hält?

Jeremy nahm die Hände von seinem schmerzenden Schritt und hob sie in die Luft. „Bitte Lia, ich tue dir nichts. Leg die Maschine weg."

„Du machst mir nichts vor, du erbärmlicher Lügner! Ich meine, da ist man gut zu dir, bringt dir Kaffee und Tabletten und was ist der Dank?"

Wild fuchtelnd kam sie immer näher auf ihn zu. „Du gehst auf mich los!" Tz..., unfassbar! Ich meine, was wolltest du? Mich überwältigen? Mir kam es eher so vor als wolltest du mich ficken."

Mit einer Hand fuhr sich Jeremy über das schweißbedeckte Gesicht. „Nein, so ist es nicht. Lia, bitte versteh doch."

Arrogant warf Emiliana den Kopf in den Nacken. „Verständnis? Du erwartest von mir allen Ernstes, dass ich dich verstehe? Wie fühlt es sich an, wenn das eigene Leben in jemand anderen Hand liegt und man selbst nicht mehr in der Lage ist die Fäden zu ziehen?"

Da Jeremy die Klemme in die sich Emiliana, mitsamt ihrer Granny, gedrängt fühlen musste, bewusst war, konterte er lautstark: „Es bringt keinem was, wenn du mich hier folterst! Lass mich nach Hause gehen. Ich verspreche ..."

Emiliana schnaufte empört laut aus. Ihr Finger tippte dabei mehrmals an ihre Stirn, um ihm einen Vogel zu deuten. „Du wirst nirgends wo hin gehen. Schon gar nicht nach Hause. Nicht, wenn ich es nicht zulasse. Vielleicht auch nie mehr. Hast du das verstanden?"

„Lia, wenn du glaubst, dass du damit durchkommst ..."

Jeremy stoppte, denn die Mündung der Nagelpistole lag jetzt fest auf seiner linken Brust auf.

„Ich glaube es nicht nur, ich weiß es!"

Ihre Stimme klang bedrohlich und ihr bitterböser Blick ließ ihn reglos wie eine Statue erstarren.

Sie fuhr fort: „Ich weiß Dinge über dich und dein ach so feines Leben, die bisher noch kein anderer Mensch jemals wahrgenommen hat. Ich meine, aller Welt spielst du den hartarbeitenden braven Ehemann vor, doch du hast auch eine düstere Seite, nicht wahr? Diese hast du weit von dir geschoben, doch ich kann sie mit nur einem Fingerschnips wieder aufleben lassen. Möchtest du, dass ich das tue?"

„Warum sollte ich das wollen? Von was sprichst du da überhaupt? Ich meine, es ist nur ein Job, ansonsten bin ich mit Sara verheiratet und ich möchte, genau wie jeder in Manhattan bestehen können. Weiter nichts."

Emiliana blinzelte ihn belustigt an.

Die Nagelpistole bohrte sich immer tiefer in die Brust hinein.

„Weiter nichts? Wie jeder? Was ist dann mit den Menschen, die unverschuldet ganz plötzlich nicht mehr bestehen, beziehungsweise ihr Leben fortführen können? In ihrem Zuhause?"

Jeremy ließ den Kopf auf seine Brust sinken und schloss die Augen. „Diese Menschen haben es selbst verschuldet, nicht das Leben."

Jetzt waren es nicht mehr Emilianas Gedanken, die Purzelbäume schlugen, sondern ihr Magen.

Selbst verschuldet? Wohl noch lange nicht jeder!

Mit einer Hand umfasste ihre Hand fest sein Kinn und hob damit grob seinen Kopf.

Wie eine Schlange, die jetzt nur noch weit den Kiefer öffnen musste, um ihre Beute zu verschlingen, sah Emiliana Jeremy in die blinzelnden Augen. „Diese Menschen, von denen du sprichst, beinhaltet das auch deinen Onkel?"

Atemlos starrte Jeremy sie an.

Ist er nervös? Habe ich endlich ins Schwarze getroffen?

„Lass es, Lia! Ich warne dich!"

Sein Gesicht war plötzlich düster und voller Zorn.

Emiliana hingegen zog die Augenbraue weit nach oben. Ihre sündhaft roten Lippen öffneten sich langsam. „Wahrscheinlich zählt auch er zu den Menschen, die ihre Lage selbst verschuldet haben. Nicht wahr?"

Jeremys Augenlid begann nervös zu zucken. Zu viele Bilder drangen in sein Gedächtnis vor, die er eigentlich nie wieder sehen wollte.

Er flüsterte: „Nein, mein Onkel war nichts weiter als ein Monster. Er hat es nicht anders verdient."

Kopfschüttelnd lehnte Emiliana diese Aussage ab. „Oh, nein! So einfach ist das nicht. Was hat er getan, dass du ihn nicht nur um sein Hab und Gut, sondern sogar bis ins Gefängnis gebracht hast?"

„Zwing mich bitte nicht dazu, es dir zu sagen."

Die Worte kamen beinahe flehend über Jeremys Lippen.

Emiliana atmete laut aus. „Doch! Genau das tue ich! Und ich werde dich noch zu viel mehr zwingen, wenn es nötig werden sollte. Das schwöre ich dir!"

Jeremy musste schwer schlucken. Unwillkürlich senkte er erneut den Blick in Richtung Boden.

„Sieh mich an!"

Ihre eiskalte Tonlage sorgte dafür, dass sich sein Magen krampfhaft zusammenzog, doch er gehorchte umgehend.

„Zurück!"

Der Druck der Pistole stieg mit jeder Minute.

„Okay, Lia hör mir zu. Ich erzähle es dir", brachte Jeremy hektisch hervor.

Das seine Stimme wie eine offene Kapitulation klang, gefiel Emiliana maßlos. Sie hatte diesen fiesen Kerl in der Hand. Die Kontrolle, die Macht, und die Überlegenheit, die sich in ihrem Bewusstsein immer breiter machte, begann sie langsam, aber sicher zu lieben.

„Ich wiederhole mich nicht gerne. Zurück an die Wand!"

Noch einmal schluckte Jeremy, doch er setzte sich rückwärts in Bewegung.

Als er mit dem Rücken an die hölzerne Verkleidung der Wand stieß, forderte Emiliana: „Arme zur Seite spannen!"

Er tat es.

Für sie sah es nun so aus, als ob Jeremy Jesus Christus nachmachen wollte. Nur eben nicht an einem Holzkreuz, sondern an einer kompletten Wand.

Und genau das wollte sie auch, denn auch dieser gute Mann hatte einst vor sehr langer Zeit höllische Qualen erdulden müssen. Unverschuldet versteht sich, doch Jeremy hatte es in ihren Augen verdient zu leiden!

Im nächsten Augenblick ging alles unheimlich schnell. Noch bevor er auch nur eine Silbe heraus brachte, wurde ihm erst die eine Handfläche mit einem der massiven Eisennägel in der Maschine durchschossen, und kurz darauf sogleich die andere.

Jeremy schrie aus voller Kehle, doch Emiliana wusste, dass ihn hier unten mit hoher Wahrscheinlichkeit niemand hören konnte.

Die meisten Keller werden heutzutage von Haus aus mit ausreichender Schalldämmung ausgestattet, da man darin, nach den Garagen versteht sich, auch die meisten handwerklichen Tätigkeiten verrichtete.

Während Jeremy erste Tränen über die Wangen liefen, betrachtete Emiliana mit verschränkten Armen ihr Werk.

„Erzähle es mir!"

Ein wütendes Zischen drang durch seine Zähne hindurch.

„Fuck off, Lia! Ich wollte es dir erzählen! Auch ohne diese verdammte Scheiße!"

Über diesen plötzlichen Gefühlsausbruch konnte sie nur amüsiert lächeln. „Mr. Loverboy, du glaubst gar nicht, wie sexy du bist, wenn du in Rage gerätst."

Ihre Finger strichen über seinen Schritt.

Eigentlich gefiel ihm das sogar schon mal richtig gut, doch in diesem Moment bereitete ihm die Pistole große Sorgen.

„Nimm deine verfluchten Hände von mir!"

„Tut mir sehr leid, aber das kann ich nicht."

Nachdem Emiliana beschloss die Maschine zunächst neben sich auf dem Boden abzulegen, waren ihre Hände jetzt wieder vollkommen frei.

Frei, um über seinen nackten Oberkörper zu streichen, seine Hose zu öffnen, hineinzugreifen und sein bestes Stück sowie seine Eier mit Nachdruck massieren zu können.

Die Schmerzen in Jeremys Handflächen waren beinahe unerträglich, denn bei jeder noch so kleinen Bewegung begannen die Löcher zu brennen und Millimeter für Millimeter mehr aufzureißen.

Der Rest seines Körpers war schon wieder vollends von ihrer Berührung eingenommen, was bedeutete, dass sie eine leibhaftige Hexe sein musste.

Früher wäre sie dafür bei lebendigem Leibe verbrannt worden, doch wäre ich der Richter in ihrem Prozess gewesen, weiß ich, dass ich mich eher von ihr hätte auf Lebzeit verfluchen lassen, als dass ich etwas gegen sie und ihre Macht hätte unternehmen können. Nein, sie hätte sich, genau wie sie es die letzten Tage getan hatte, einfach von mir genommen, wonach ihr gerade der Sinn gestanden hätte. Apropos gestanden ..., das hätte es mir auch zu dieser Zeit maßlos, und statt nach einer Verurteilung auf dem Scheiterhaufen zu brennen, wäre dieses kleine Miststück auf meinem richterlichen Schoß gesessen und hätte meinen Schwanz vor all den Menschen im Gerichtssaal blutrot gefickt ...

„Verdammt, ist der hart!"

Emilianas gehauchte Worte holten ihn ins Hier und Jetzt zurück.

Jeremy wurde heiß.

Er stieß sich selbst mit dem Kopf nach hinten gegen die Wand.

Unfassbar, dass mich allein eine Metapher in den Zustand höchster Erregung versetzen kann und das, obwohl ich mittlerweile am ganzen Körper von ihr gefoltert und somit fürs Leben gezeichnet bin.

„Ich ziehe dir jetzt deine Hose aus und du wirst ein braver Junge sein und die Beine stillhalten, verstanden?"

Es lag so viel Autorität in ihrer Stimme, dass Jeremy nicht anders konnte als willenlos zu nicken.

Nachdem Emiliana ihre Ankündigung vollzogen hatte, leckte sie sich sinnlich über ihre warmen weichen Lippen. Sie musterte ihn lange, ehe sich ihre Blicke erneut trafen. Jeremy musste nicht erst an ihrem amüsierten Ausdruck ausmachen, dass es ihm mal wieder himmelwärts stand – und das in solch einer Situation.

In dieser ..., und in der davor ..., und in der allerersten. Verfluchte Scheiße, wann steht es mir eigentlich nicht?

Sie hingegen verlor sich zwischenzeitlich gänzlich an seinem nacktem Körper.

Die Lenden zeichneten ein devotes V bis hin zu seiner stählern wirkenden Mitte. Die Eichel war so stark mit Blut gefüllt, dass sie im Schein des Neonlichtes lila wirkte. Das rhythmische Zucken bestätigte ihr, dass die Erregung bereits ein wahnsinnig hohes Level erreicht hatte.

Nie hätte sie auch nur erahnen können, wie erregend Dominanz, selbst unter der Zugabe von Schmerzen wirken konnte.

Emilianas Finger streichelten jetzt sanft über Jeremys Beine. Dabei hielt sie konstanten Blickkontakt.

All seine Muskeln begannen sich auf einmal anzuspannen. Das Wechselbad zwischen Schmerz und purer Aufregung, wie sie ein kleiner Junge zu Weihnachten spürte, empfand Jeremy als äußerst intensives Erlebnis. Er hatte so etwas in dieser Art noch nie zuvor erlebt.

Sein Mund fühlte sich trocken an und das Stechen in seinen Handflächen drang zusätzlich in sein Bewusstsein vor und holte ihn immer wieder in die harte Realität zurück.

Das alles ist so dermaßen verrückt, dass man keiner Menschenseele jemals davon erzählen darf. Und selbst wenn es rauskäme, was würde Sara dazu sagen?

Bevor Jeremy weiter darüber nachdenken konnte, sah er, wie sich Emiliana unter das Kleid griff.

Ihr dunkler Seidenslip rutschte nur Sekunden später an ihren halterlosen Strümpfen hinab, um an ihren Fußknöcheln, beziehungsweise den Pumps, hängen zu bleiben.

Elegant schlüpfte sie aus diesem heraus, formte diesen zu einem Knäuel und stopfte ihn Jeremy in den Mund.

Nicht so fest wie zuvor das Tuch, doch ausreichend genug, um dass er dazu gezwungen wurde schwer durch die Nase zu atmen.

Dabei roch er auch ihre Geilheit.

Die Feuchtigkeit, die bereits in den Stoff des dünnen Höschens eingesogen war, benebelte seine Sinne. Es war ein süßlicher Duft, gepaart mit dieser ganz bestimmten Prise, die man nicht wirklich beschreiben konnte.

Würde man nach einer durchtriebenen Nacht am nächsten Tag das Schlafzimmer betreten, würde man wohl schlichtweg die Aussage wählen, dass Sex in der Luft liegt.

Mit einer weiteren Bewegung packte Emiliana jetzt seinen harten Stab und schob ihn sich zwischen die Beine.

In seinen Augen konnte sie das Gemisch aus glasigen, gewiss salzig schmeckenden Verzweiflungstränen und der Vorfreude auf ein erotisches Abenteuer der anderen Art ablesen.

Ihre Arme und Beine fingen heftig an zu kribbeln, während sie die Reibung deutlich verstärkte.

Dabei fing Jeremys Schwanz so hart das Pochen an, das er zu wimmern begann.

Emiliana verstand auch ohne Worte, dass er diese Prozedur unmöglich länger aushalten konnte, deshalb beschloss sie noch ein klein wenig mehr für sich selbst herauszuholen.

Kurzzeitig ließ sie sein Glied frei, um sich umdrehen zu können.

Er sah nun von hinten auf ihre langen dunklen Haare und den prallen wohlgeformten Hintern.

Alles Blut, dass eigentlich weiterhin neben den Nägeln aus den Handflächen sickern sollte, hatte sich gesammelt und war zusätzlich schnurstracks in seine Mitte gewandert. Seine Spitze war so stark auf Spannung, dass es wehtat und erste Lusttropfen verteilten sich auf Emilianas Innenseiten der Schenkel. Dann beugte sie sich nach vorne. *Himmel, wenn jetzt meine Hände frei wären, um ihre Backen auseinanderziehen zu können, dann ...*

Jeremys Herz begann zu rasen, als er ihre Hand durch ihre Beine hindurch um seinen Schwanz fühlte.

Mehrmals zog sie ihn komplett durch ihre geschwollenen Schamlippen, ehe sie an ihrem nassen Eingang innehielt.

Jeremys Beine versteiften sich, dann war er in ihr.

Es war ein unglaublich irres Gefühl, als sie ihren Hintern selbstständig vor- und zurückbewegte, um sich selbst stoßen zu können.

Zentimeter für Zentimeter schob sie ihre Spalte weiter über ihn, bis sie an seinen warmen Lenden anstieß.

Haut begann an Haut zu klatschen.

Feuchtigkeit rann ungehindert über seinen Schaft und die Innenwände ihrer Muschi massierten ihn dabei von allen Seiten.

Emiliana war dankbar für dieses erlösende Gefühl, denn es gibt nichts schlimmeres als wenn es einen irgendwo unsagbar juckt, man aber nicht in der Lage ist, richtig kratzen zu können. Dabei half ihr jetzt Jeremy.

Allerdings im Gegensatz zum ersten Mal vollkommen ungeschützt.

Nie hätte sie gedacht, dass Geilheit sie einmal dazu bringen würde, sich das gute Stück einfach einzuverleiben - ohne Sinn und Verstand.

Anscheinend ist kein Mensch dieser Erde jemals ganz gegen die Unvernunft, die sich uns manchmal wie unerwünschter Besuch aufdrängt, immun.

Sie wusste, dass sie es nun kaum mehr aufhalten konnte, doch sie sagte: „Wage es nicht zu kommen!"

Jeremy lief warmer Schweiß den Rücken hinunter.

Bitte was? Wie zur Hölle soll ich dafür garantieren, geschweige denn, es bei diesem Fick überhaupt bewerkstelligen, dass mein Saft nicht explosionsartig aus mir herausschießt?

Plötzlich begannen sich Emilianas innere Muskeln heftig zusammenzuziehen. Sie stöhnte ungehemmt bei jedem weiteren Stoß.

Mit aller Kraft biss Jeremy in ihren Slip, um sich selbst an einem Kommen, wie sie es von ihm verlangte, zu hindern.

Das war schwer! Verdammt schwer! Eigentlich unmöglich!

Dafür kam sie.

Laut!

Heftig!

Gnadenlos!

Ihre Erlösung war so groß, dass Jeremy es deutlich spüren konnte.

Alles um seinen Schaft herum, begann zu erstarren und sie hielt ihn eine Ewigkeit unglaublich tief in ihrer pochenden Mitte gefangen.

Er kniff die Augen zu und betete.

Darum, nicht doch im Eifer der Stöße seinen Saft in ihr entleert zu haben. Schließlich tat er sein Bestes, um trotz ihrer enormen Geilheit alles zusammenzukneifen, was er zusammenkneifen konnte.

Offenbar war es ihm gelungen, denn als sie sich von ihm löste war sein bestes Stück noch immer stark am Pumpen, die Färbung hatte sich kaum verändert und die Adern traten deutlich hervor.

Hätte er sich erleichtert, dann würde die Sache deutlich entspannter aussehen.

Lächelnd richtete Emiliana ihr Kleid.

Plötzlich begannen bei Jeremy nicht nur die Muskeln, sondern auch sämtliche Nerven zu zucken.

Er spürte wie seine Atmung sich verlangsamte, die Knie schwammig wurden und nur Sekunden später brach er in sich zusammen.

An diesem Morgen erwachte Emiliana ziemlich irritiert.
Nicht etwa, weil sie wie die vergangenen Tage viel zu wenig
Schlaf finden konnte, sondern wegen der Tatsache wo sie
geschlafen hatte.
Sie richtete ihren Oberkörper auf und sah sich um.
Als ihr verschlafener Blick schließlich auf das mondäne
Sofa fiel, wusste sie wieder, wo sie sich befand.
Im Haus der Fletchers. Genauer gesagt, im Wohnbereich.
Jeremy lag zu ihren Füßen, nun ja, nicht ganz, denn er
saß schlafend in die Ecke des Sofas gekrümmt.
Der Witz dabei lag darin, dass er vollkommen nackt war,
doch Emiliana war keinesfalls zum Lachen zumute.
Jeremy war zusammengebrochen.
An eine hölzerne Wand genagelt, wie Jesus zu seiner Zeit
ans Kreuz.
Genagelt trifft den Nagel auf den Kopf! Psst, nicht jetzt!
In Gedanken ermahnte sich Emiliana umgehend für dieses
fiese Wortspiel, denn noch vor wenigen Stunden dachte sie
sogar, ihre Geisel hätte das zeitliche gesegnet.
Es war schwierig gewesen die Nägel mit einer Zange aus
seinen Handflächen zu ziehen und den Fall seines Körpers
konnte sie auch nur mit Mühe und Not, sowie all ihrer
Kraft, abwenden.
Da lag er nun, in exakt derselben Position wie sie ihn bei
Betreten des Kellers gefunden hatte.
Die Föten-Stellung hilft uns Menschen dabei uns an
unseren Ursprung zu erinnern. Dorthin, wo uns weder
Freude noch Leid oder Gut und Böse ein Begriff waren.
Vorsichtig tastete Emiliana anschließend über seine Stirn,

die sich zwar nicht warm anfühlte, jedoch mit kaltem Schweiß bedeckt war.

Ihr war auch sofort bewusst, dass sie zu wenig auf seine Bedürfnisse geachtet hatte.

Emiliana selbst hatte es, wenn es ihr beizeiten richtig mies ging, durchaus schon mehrere Tage ohne Essen oder gar viel trinken ausgehalten, doch bei Jeremy kam die Anspannung, die Wunden, die Tabletten, sowie die Tatsache hinzu, dass er ein Mann war.

Völlig andere Anatomie.

Wenn nicht sogar vom anderen Stern ..., wieder musste Emiliana grinsen.

Gegen ihre Wortwitze oder Denkweisen, kam selbst sie nur ganz schlecht gegen an. Die meiste Zeit zumindest.

Jetzt schaffte sie es sich wieder auf das Wichtige zu konzentrieren.

Das Halsband zum Beispiel, das mittlerweile deutlich sichtbare rote Striemen an seiner Haut zurückließ. Doch zum Glück musste sie bisher die Fernbedienung nicht ein einziges Mal benutzen.

Wie auch? Emiliana hatte diese schließlich im Schlafzimmer vergessen.

Diese Unachtsamkeit wäre ihr beinahe zum Verhängnis geworden, wäre da nicht das Schicksal eingeschritten und hätte ihr eine Maschine in die Hände gelegt, mit der sie sich retten konnte.

Genagelt wurde auch, sogar bis hin zur Erschöpfung und genau das stellte binnen weniger Minuten wieder ein enormes Problem dar, welches sie eigentlich ganz und gar nicht gebrauchen konnte.

Emiliana erinnerte sich, wie sie nach oben gelaufen war und hektisch das Badezimmer nach Verbandsmaterial durchsucht hatte.

In der Tablettendose waren auch nicht mehr genügend vorhanden, als dass man es noch lange mit Jeremy auf diese Art und Weise durchziehen konnte.

Mit mehreren Rollverbänden, einem Fläschchen hundertprozentigem Alkohol, und einem Glas randvoll mit Wasser, kam sie schleunigst wieder nach unten.

Sie kümmerte sich beinahe liebevoll um Jeremy. Und als er nach einigen Stunden wieder die Augen öffnete, atmete Emiliana erleichtert aus.

Sie verließ ihn lediglich für ein paar Minuten, um ihr allabendliches Telefonat mit Mrs. Fletcher wahrnehmen zu können.

Direkt im Anschluss lief sie die Kellertreppe wieder nach unten und da Jeremy geschwächt jedoch hellwach war, beschloss sie ihn zu stützen und zu versuchen mit ihm gemeinsam nach oben gelangen zu können.

Es funktionierte.

Im Badezimmer half sie ihm sich anständig waschen zu können, denn die Natur hatte in all der Misere selbstverständlich auch ihren Tribut gefordert.

Mit einem Handtuch um die Hüften setzte Emiliana Jeremy im Anschluss im Wohnbereich auf das Sofa.

Sie ging in die Küche, um Cynthia versorgen zu können und ihm ein Sandwich zu gewähren, damit er zumindest keiner Unterzuckerung zum Opfer fallen konnte.

Als sie jedoch mit dem Teller in der Hand zurückkehrte war Jeremy tief und fest eingeschlafen.

Emiliana setzte sich unmittelbar daneben und da ihr Magen beim Anblick des Essens knurrte, beschloss sie das Sandwich nicht verkommen zu lassen.

Irgendwann waren ihr dann selbst die Augen zugefallen.

Jetzt sah sie auch, dass das besagte Handtuch auf dem Boden neben dem Sofa lag.

Jeremy hatte es folglich beim Drehen im Schlaf von sich geworfen.

Emiliana kam nicht drumherum auf seinen erschlafften Penis zu starren, der wieder die ganz normale Farbe angenommen hatte und richtig süß so unschuldig daliegend in seinem Schoß aussah.

Der Gedanke, dass dieser in erregtem Zustand doppelt so groß und außerdem hart wie Stahl sein konnte, bescherte ihr am frühen Morgen einen wohligen Schauder.

Ihre Mitte zuckte mehrmals, ehe sie sich zwang vom Sofa aufzustehen.

Wieder sah Emiliana zu dem schlafenden Jeremy hin.

Er schnarcht. Nun ja, zum Glück sabbert er nicht. Dwayne hatte immer diese ekelhafte Angewohnheit auf die Kissen zu sabbern ..., aber wen interessiert Dwayne? Wer ist das überhaupt?

Jetzt zog sie einen der schweren Vorhänge einen Spalt weit auf. Das Sonnenlicht blendete ihre Augen.

Die Wärme dagegen, die ihren Körper in dem noch immer hautengen Kleid umfing, fühlte sich traumhaft an.

Plötzlich riss der Klingelton eines Smartphones sie sehr unsanft aus ihren Tagträumen.

Nicht nur irgendeines, sondern seines Smartphones.

Eilig lief Emiliana zu ihrer Handtasche.

Sie zog es heraus.

Der Ton wurde lauter und hallte durch das gesamte Haus.

Auf dem Display war zu lesen: *SARA!*

Deine Ehe-Bitch scheint dich endlich mal zu vermissen. Wie rührend! Drei Nachrichten, dass du dich doch bitte bei ihr melden sollst, sind eingetrudelt. Sie möchte gern mit dir reden oder zumindest erfahren, was momentan schief zwischen euch läuft. Tz ..., dass ich nicht lache!

„Lia?"

Einen Moment lang herrschte Stille, und Emiliana horchte auf das schwere Atmen von Jeremy.

Das Smartphone hielt sie weiterhin fest in ihrer Hand, während sie versuchte auszumachen wie viel Kraft wohl nach dieser Schlafpause in ihn zurückgekehrt war.

Nach einer weiteren Sekunde hörte Emiliana Jeremy erneut fragen: „Lia? Was ist passiert?"

Er setzte sich aufrecht, was sofort ihren Herzschlag beschleunigte. „Gut geschlafen, Mr. Loverboy?"

Sie brauchte nicht hinzuzufügen: *Ich habe schon darauf gewartet, dass du endlich aufwachen wirst.*

Mit festem Schritt trat sie näher auf ihn zu, und als er die Hand über die Augen schirmte, konnte Jeremy eine Mündung auf sich gerichtet sehen.

„Willst du mich erschießen?", fragte er leise.

„Kommt ganz auf dich an", gab sie barsch zu verstehen. Jeremy schüttelte den Kopf.

Er setzte nach: „Was zwingt oder bewegt dich zu all dem?"

Klick!

Emiliana hatte die Waffe entsichert. „Als ob du das nicht wüsstest."

„Sag mir doch einfach was genau ich für dich tun kann", bot Jeremy an, und ließ dabei seinen Blick einmal durch den großen Raum schweifen.

„Nein", antwortete sie ihm lächelnd. „Du kannst gar nichts für mich tun. Du hast mir bereits etwas angetan."

Er biss sich leicht auf die Unterlippe. „Und du willst alles und jeden direkt erniedrigen oder womöglich erschießen, der dir im Leben schon mal in die Quere gekommen ist? Eine Psychopathin also. Hätte ich mir denken können."

Das reichte Emiliana.

Sie schlug ihn mit der Waffe ins Gesicht.

Da es seinen Wangenknochen betraf, schwoll diese Stelle auch umgehend an.

Sie seufzte: „Du lernst es einfach nicht. Ich meine, du siehst so aus, als würdest du aus gutem Hause stammen und doch hast du hin und wieder einfach nicht das richtige Gespür, zumindest, was gute Manieren angeht."

Jeremy strengte sich an, seine Wut und seinen Atem nach dieser Aktion wieder in den Griff zu bekommen.

Vor allem aber seine Aufregung, denn es schien als sei er gegen den Anblick einer Waffe alles andere als immun. Dabei hatte er sich beim Schauen eines Filmes immer gedacht, dass er in solch einem Fall nicht lange fackeln, sondern direkt auf seinen Angreifer losgehen würde.

Pustekuchen! Und herzlich Willkommen in der Realität!

Jeremy holte tief Luft. „Ich glaube, dass ich durchaus zu guten Dingen neige, und mein Job noch lange nicht den Menschen in mir ausmacht. Du musst aber mit mir sprechen, Lia. Anders wird es keine Möglichkeit geben, das Haus deiner Granny vor einer Zwangsräumung wahren zu können. Hast du denn keine Sicherheiten, die du der Bank abtreten könntest? Dann könnten wir ..."

Wieder traf ihn die Waffe im Gesicht. Dieses Mal auf der anderen Wange, jedoch nicht am Knochen.

„Wenn ich das hätte, dann wäre all das nicht passiert! Verstehst du? Ich trage viel Schuld an der Lage meiner Granny, doch ich schwöre, dass ich alles nötige dafür tun werde, dass ihr kein Leid mehr in ihrem restlichen Leben wiederfährt!"

Emiliana schrie so laut, dass Cynthia sprunghaft und laut miauend nach draußen in den Flur flüchtete.

Das dämliche Katzenvieh hatte sie aber in all ihrer Rage noch nicht einmal richtig wahrgenommen.

Jeremy legte die Hände in seinen Schoß, um sein bestes Stück bedecken zu können.

Wieder nahm er allen Mut zusammen. „Lia, sei doch bitte vernünftig. So kann es nicht funktionieren. Nicht in diesen Tagen. Nicht in diesem Haus. Und gewiss auch nicht, wenn du mich tötest. Das hast du doch vor, oder nicht?"

Emiliana schwieg grinsend.

Kein Laut kam über ihre Lippen, während Jeremy noch immer intensiv darüber nachdachte, wie er seinen Kopf aus dieser Schlinge, die sich von Minute zu Minute enger zog, befreien konnte.

„Du wirst diese Waffe nicht benutzen, das passt nicht ...", Er wollte sie herausfordern, doch sie schnitt ihm zischend den Satz ab: „Willst du es drauf ankommen lassen, dass du aus diesem Haus, wie du so schön sagst, mit den Füßen zuerst hinausgetragen wirst?"

„Nein!"

„Gut!"

Sie zog die Augenbraue nach oben und fuhr fort: „Verrate mir bitte eins, Mr. Loverboy: Wie kannst du nachts gut schlafen? Bist du skrupellos genug, um den Leuten alles zu nehmen, ihnen in die Augen dabei zu sehen, während sie zitternd unterschreiben? Macht es dich geil?"

Jeremy schluckte hart. „Lia, ich tue nur was nötig ist."

„Dasselbe gilt für mich!"

Wieder schrie sie.

Er schwieg.

Dann straffte er seinen Oberkörper.

Lia wusste ganz genau, dass wenn es darauf ankam, er viel stärker als sie war, doch das spielte jetzt keine Rolle. Ihre Sinne empfanden ihn allerdings als atemraubend schön. *Muskulös, kräftig, seine Haut so warm und geschmeidig ....*

Sie drückte ihren Finger fester an den Abzug, und Jeremy überkam ein Schauder als er etwas Düsteres in ihren dunklen Augen entdeckte, das ihn ziemlich beunruhigte.

Eine Stimme in seinem Kopf schrie: *Sie wird es wahr machen und dich eiskalt abknallen! Geh auf sie los! Mach schon, Mann! Tu es, jetzt!*

„Lass uns frühstücken."

Vollkommen verwirrt atmete Jeremy die Luft aus, die er eingesogen hatte, um sich auf den Angriff vorzubereiten.

Eigentlich wollte er fragen: *Bitte was?* ..., doch cr brachte keinen einzigen Ton heraus.

Emiliana selbst fühlte sich so müde und erschöpft, wie sie es eigentlich von sich überhaupt nicht kannte.

Ihre Hände zitterten.

Sie nahm die Waffe runter.

Dankend nickte Jeremy, denn er verstand diese Geste als eine Einwilligung zur eventuellen Güte oder wenigstens halbwegs vernünftiger Kommunikation, woraus am Ende beide Seiten profitieren konnten.

Eine *Win-Win-Situation*, würde der gute Joel jetzt sagen. Da in diesem Business sonst *Everything for the Cat* ist.

Einzige Sorge lag jetzt noch darin, dass Jeremy deutlich sehen konnte, dass Emilianas Finger noch immer am Abzug wie festgeschweißt klebte.

Allerdings schien sie sich halbwegs wieder unter Kontrolle zu haben.

Die Waffe selbst hatte Emiliana durch Zufall entdeckt, während sie mit Mrs. Fletcher telefonierte.

Unterhalb des im Retro-Stil gehaltenen Apparates, befand sich eine Kommode. In dieser versteckte sich neben feinen Lederhandschuhen, Ansteckbroschen, diversen Schals und Tüchern, die Handfeuerwaffe.

Wäre ihr nicht so langweilig gewesen, dann hätte sie zwischen den unzähligen: *Ja, Mrs. Fletcher ..., mhm ..., genau, Mrs. Fletcher ...,* wohl niemals dieses Schmuckstück entdeckt.

Da ihr Vater Jäger war, konnte sie seit sie in die High-School ging unterscheiden, beziehungsweise prüfen, ob eine Waffe geladen ist.

Diese war es!

Und das obwohl man laut Gesetz die Munition immer getrennt aufbewahren musste.

„Könntest du bitte einfach sitzenbleiben, bis ich zurückkomme?"

„Ja ...", kam es aus Jeremy abgewürgt heraus.

Nicht ihr Ernst, dass sie denkt, ich würde hier tatenlos sitzenbleiben und nicht versuchen an die Haustür oder das Fenster zu kommen?

Doch er folgte ihrer Bitte, da ihm zusätzlich in den Sinn kam, dass die Tür mit hoher Wahrscheinlichkeit abgeschlossen war.

Das Fenster ist eine Option, doch ..., er sah an sich herab, *... ich bin splitternackt!*

Emiliana fuchtelte noch einmal mit der Waffe vor seinem Gesicht herum. „Zwing mich nicht zu irgendwelchen Kurzschlusshandlungen."

Er schüttelte den Kopf.

Kam sich dabei wie ein Hund vor, dem man sagt, er solle gefälligst Platz machen und sich kein Stück mehr von der Stelle rühren.

Was soll's! Schließlich wedele ich auch vor Freude mit dem Schwanz!

Als Emiliana den Raum verließ hätte er gehofft zumindest für einen Moment das Gefühl von Erleichterung zu spüren. Doch dieses stellte sich nicht ein.

Zwischenzeitlich hatte Joel in seinem Büro bei Marshall-Enterprises ungebetenen Besuch erhalten.

Besser gesagt, eine Besucherin.

Sara kämpfte mit ihrer Wut und sie beruhigte sich auch nicht, als er ihr eine heiße Tasse Kaffee direkt vor die Nase stellte.

Sie hatte das dumpfe Gefühl, dass alle Versuche Jeremy erreichen zu können, entweder von ihm selbst, oder von seinem Chef hier, absichtlich boykottiert wurden.

Dass ihr eigenes Leben seit einer guten Woche dabei völlig in seinen regulären Abläufen durcheinandergeraten war, schien niemanden dabei zu interessieren.

„Joel, wo ist Jeremy?"

Sie sah ihm dabei zu wie er eine Grimasse schnitt, mit dem Kopf wackelte und die Hände hoch in die Luft warf. „Sara, es tut mir leid, aber das weiß ich nicht. Alles was ich weiß, ist, dass ich noch immer auf die Online-Arbeiten von ihm warte und das er scheinbar eine Auszeit braucht."

„Auszeit? Von mir? Ich bitte dich ...", hektisch nahm Sara einen Schluck Kaffee zu sich.

Joel schmunzelte, zwang sich aber schnell wieder seine seriöse Haltung einzunehmen. „Nein, nicht von dir Süße. Aber von der allgemeinen Situation. Die Arbeit, der Druck, der Stress. Das alles kann einem Mann schon ziemlich zusetzen."

„Du sprichst aus Erfahrung, was?", wollte Sara wissen.

„Sagen wir es so ...", Joel grinste. „Ich hole mir rechtzeitig meinen Ausgleich, ehe mich das Leben fickt."

Empört sah sie zu ihm hin.

„Entschuldige Sara, das ist nur eine Lebensphilosophie. Nicht rein wortwörtlich oder obszön, wie es klingen mag."

Wieder trank sie einen Schluck von ihrem Kaffee, dann lehnte sie den Kopf zurück und schloss die Augen.

Als Sara wieder aufsah, starrte ihr Joel mitten ins Gesicht.
„Man merkt erst was man hatte, wenn es weg ist, nicht wahr?"
„Was willst du mir damit sagen?"
„Nichts. Nur, dass dir Jeremy ziemlich fehlen muss."
Ihre Worte schossen jetzt wie Pfeile durch den Raum.
„Natürlich fehlt er mir. Aber auch die Rechnungen zahlen sich nicht von allein und ich habe übers Wochenende Handwerker ins Haus bestellt."
Von Joel kam keine Antwort.
Er wusste schon immer, dass Sara sich nur für Jeremy interessierte, weil jener ein sehr gewissenhafter Mann ist, der alles notwendige fein säuberlich und brav erledigt.
Ein Struktur-Mensch wie er im Buche steht.
Wieder holte Sara tief Luft. „Joel, ich möchte, dass du meinem Mann ausrichtest, dass er sich umgehend bei mir melden soll! Sollte ich bis morgen nichts hören, werde ich mich bei den Cops um eine Vermissten-Anzeige kümmern. Das schwöre ich!"
Nach einem ausgedehnten Stöhnen, erhob sich Joel aus seinem Schreibtischstuhl.
Er ging in Richtung Fenster und zog sein Smartphone aus der Tasche seiner pikfeinen Anzugshose hervor.
Mit Blick über Manhattan lauschte er dem monotonen Signal, welches erst verschwinden würde, wenn sich entweder der gewünschte Anrufer oder aber die Mailbox zu Wort meldete.
Erstes schien der Fall zu sein.
„Jeremy, mein bester. Wie geht's dir?"
Plötzlich wurde Joel das Telefon unsanft aus den Fingern gerissen.

Sara war wie eine Furie von ihrem Platz aufgesprungen, da sie keine Sekunde länger warten wollte, mit ihren Mann sprechen zu können.

„Jeremy! Wo steckst du? Was hast du dir dabei gedacht?"
Keine Antwort.

„Ich meine, hast du mal darüber nachgedacht, was du mir damit antust. Ich überlege ernsthaft mich scheiden zu lassen, nach dieser Aktion!"
Wieder nichts.

Sie nahm das Telefon vom Ohr und sah auf das Display.

HOME

„Was zum Teufel?", schoss es aus Sara ungehalten heraus. Kaum waren diese Worte über ihre Lippen gekommen, überlegte sie, ob sie Joel eine kräftige Ohrfeige verpassen sollte.

Dieser grinste nämlich erheitert bis über beide Ohren und es schien ihm noch nicht einmal im Ansatz leid zu tun, dass er soeben versucht hatte, sie mit seinem eigenen Anrufbeantworter überlisten zu wollen.

Er nahm ihr das Smartphone aus den Händen. „Sieh mal, Sara. Ich weiß auch nicht, was in Jeremy gefahren ist. Wir müssen ruhig bleiben und warten, bis er mit uns in Kontakt tritt. Es sieht doch unterm Strich so aus, dass wenn wir ihn drängen, er sich höchstwahrscheinlich noch mehr verschanzt. Ergo, wir wären die Loser in dieser Sache, denn du willst deinen Mann nicht verlieren und ich nicht meinen besten Mitarbeiter. Okay?"

„Fuck you, Joel!"
Sara verließ mit knallender Tür das Büro.
„Es war mir ein Vergnügen", flüsterte Joel ihr hinterher.

Das Frühstück, besser gesagt der Brunch, fiel ausgedehnter und entspannter aus, als Jeremy sich das noch vor wenigen Minuten hätte vorstellen können.

Er saß in Jeans und schwarzem Hemd am Esstisch - ein Bonus, den Emiliana ihm gnädiger Weise für sein anständiges Warten gewährte.

Während er sich in dem kleinen Bad am Ende des Flurs zurechtmachen durfte, kramte Emiliana ein altes Bild ihrer Eltern aus der Handtasche.

Lange Zeit sah sie es an.

Als ihr die Tränen in die Augen stiegen, beschloss sie es schnell wieder wegzupacken.

Scott und Brenda Brooks waren beide viel zu früh aus dem Leben gerissen worden.

Was sie wohl heute zu mir, ihrer Tochter, sagen würden? Generell zu jemanden, der einem anderen Menschen weh tat, nur weil man selbst schwer verletzt worden ist.

Der Gedanke an ihre arme Granny rechtfertigte jedoch ihre Taten umgehend und sie erklärte es sich damit, dass jeder zum Opfer werden konnte. Überall auf dieser Welt.

Und eines blieb:

Jeder hat auch einen gewissen Überlebenswillen oder würde seine Liebsten mit dem eigenen Leben verteidigen. So war es immer – so bleibt es auch!

Jetzt saß sie mit dem Mann an einem Tisch, der seine Unterschrift auf das unheilvolle Stück Papier gekritzelt hatte. Er hatte ein Tor zur Hölle aufgestoßen, auch wenn er selbst nur der Handlanger des Teufels war.

„Ich danke dir, das Essen war ...", begann Jeremy, brachte den Satz aber nicht zu Ende.

Sie nickte. „Es war ziemlich lecker. Das stimmt."

Es klang nach einer normalen Unterhaltung. Einer, wie sie täglich in hunderten von guten Haushalten geführt wurde.

Keiner der beiden sprach aus, was sie wirklich dachten. Nämlich, dass es völlig grotesk war, was sie hier taten. Emiliana nippte gerade an ihrer Kaffeetasse und Jeremy biss von seinem Brot ab, als es sturmklingelte.

Mit weit aufgerissenen Augen sah sie zu ihm hinüber, um abchecken zu können, ob er sich auch weiterhin ruhig verhalten würde.

Als es erneut klingelte, schluckte er hinunter und witzelte: „Ich würde ja gehen, aber ...“

„Spar dir deine blöden Sprüche! Du bleibst sitzen und gibst keinen Mucks von dir“, zischte sie ihm entgegen. Jeremy verzog den Mundwinkel zu einem Grinsen, dann hörte er ihre Schritte in Richtung der Haustür.

Als Emiliana diese aufzog wanderte ihr Blick über den schmächtigen Mann mit Umhängetasche.

Der Postbote!

Sie blieb mitten im Türrahmen stehen.

Dann fragte sie: „Kann ich Ihnen helfen?“

Der Mann sah auf die Kuverts in seiner Hand und überreichte diese wortlos. Anschließend deutete sein Finger auf den Briefkasten.

Längere Zeit starrte Emiliana auf das mittlerweile mehr als nur volle Objekt.

„Das ..., also das tut mir leid. Ich bin nur die Katzen-Nanny und habe die letzten Tage die Post total vergessen. Kommt bestimmt nicht wieder vor. Vielen lieben Dank fürs Bescheid geben.“

Der Mann wandte sich mit einem Schnipsen gegen seine Kappe ab und schlenderte pfeifend zum nächsten Haus. Emiliana schlüpfte in die Schuhe von Mrs. Fletcher und lief nach draußen.

Sie öffnete die Klappe, schnappte sich alle Briefe darin, auch die, die ihr auf den Boden gesegelt waren, und wollte sofort damit zurück ins Haus kehren.

Plötzlich sah sie im Augenwinkel etwas aus der Tür huschen. Nicht irgendetwas – *CYNTHIA!*

Die Katze schlängelte sich geschmeidig um beinahe jedes Hindernis und auch der Zaun, der als Abtrennung zum Nachbarsgarten diente, stellte für sie kein Problem dar.

„Hey! Cynthia! Bleib stehen!"

Emiliana lief der Katze nach, doch diese war auf einmal wie vom Erdboden verschwunden.

Ihre Augen sahen sich überall um und suchten auch den gesamten Garten ab.

Nichts!

Mit einem Anflug von leichter Panik rannte Emiliana zurück ins Haus.

Die Briefe warf sie allesamt im Flur auf das Sideboard, ehe sie keuchend den Wohnbereich betrat.

Jeremy, der sich gerade noch ein Brot geschmiert hatte, da er sich sehr hungrig fühlte, sah sie verständnislos an.

„Was ist los?"

„Die verdammte Katze", fluchte Emiliana.

„Gibt es mit der Probleme?", fragte Jeremy und konnte dabei kaum glauben, dass er das tatsächlich gefragt hatte.

Ich bin nicht ihr Ehemann und es sollte mich einen Dreck interessieren, was so ein blödes Vieh angeht. Doch …

„Los, zieh dir die Jacke im Flur wieder an, wir müssen sie suchen", wies sie ihn an.

„Dafür brauchst du mich?"

„Es kommt sonst niemand anderes momentan in Frage, findest du nicht?"

Ihr Grinsen war sowas von gefakt, dass es ihr selbst schon in den Mundwinkeln wehtat.

„Und was willst du machen?", fragte Jeremy, während er sich über den Mund wischte und sich von seinem Stuhl erhob.

Emiliana zuckte mit den Schultern.

Sie überkam plötzlich das Gefühl, als hätten all die Ereignisse an nur diesem einen Vormittag stattgefunden und jetzt brachte eine eingebildete Katzendame sie für ihre Vergehen zur Strecke.

Klasse! An easy like ..., Friday Morning!

Jeremy wippte nun im Flur vor und zurück, während er darauf wartete, dass sie ihm die Tür nach draußen öffnete.

Sie tat es.

Dann mal auf in den Kampf – Catbusters! Er musste über diesen Gedanken schmunzeln, doch sein Gesicht wurde relativ schnell wieder ernst, als sie ihm die Fernbedienung zeigte.

Der Griff der Waffe lugte ein Stück weit aus ihrem Dekolleté heraus.

Zwei Argumente besser keine Dummheiten zu riskieren.

Das Schmunzeln kehrte zurück und Jeremy wurde heiß.

Zwei Argumente! Rund, füllig, weich und doch waren die Knospen wunderbar hart zugleich. Wer möchte da bitte freiwillig vor davonlaufen?

Im Garten der Fletchers konnte man sich leicht wie auf einer kleinen Insel fühlen. So groß und grün war dieser angelegt und von einer Gärtnerei arrangiert worden.

Die Rufe von Emiliana hallten durch den Nachmittag und es amüsierte Jeremy sie so wuselig und beinahe verzweifelt zu erleben. Sie, die Herrin über alles.

„Ich hoffe, du weißt, was du da tust, schoss es aus ihm heraus, während er mit ansah, wie sie sich bückte, um unter die üppig gewachsenen Büsche sehen zu können.

Ihr enges Kleid rutschte dabei Zentimeter für Zentimeter weiter nach oben.

Dabei gab es den Blick auf ihre nackte Haut oberhalb der halterlosen Strümpfe frei, was Jeremy die Lippen öffnen und ihm den Speichel im Mund zusammenlaufen ließ.

„Eins verstehe ich nicht."

„Was denn?", fragte Jeremy hüstelnd.

„Wenn Cynthia in den anderen Garten gelaufen ist, wo ist sie dann durchgeschlüpft? Der Zaun hier unten ist viel zu eng geknüpft, darauf hatte Mrs. Fletcher sicherlich geachtet. Wäre die Katze obendrüber, hätte ich das sehen müssen."

„Vielleicht. Vielleicht aber auch nicht."

„Stellst du gerade meine Sehkraft in Frage?", wollte Emiliana umgehend wissen.

„Nein, aber Katzen sind flinke Wesen. Wenn du auch nur eine Sekunde geblinzelt hast, könnte es sein, dass ..."

„Papperlapapp geblinzelt! So ein Schwachsinn", konterte sie und schirmte die Hand vor den Mund.

Emiliana rief: „Cynthia! Cynthia! Komm Mietz, Mietz!"
Als sie wieder zu Jeremy hinsah, wollte sie seine Gestik deuten oder es zumindest versuchen.

Er wirkte nachdenklich und dabei wahnsinnig intelligent.

Mit den Fingern strich sich Emiliana vorsichtig mehrere Haarsträhnen aus dem Gesicht.

Plötzlich erhob Jeremy den Arm und da sie vor dieser unerwarteten Aktion erschrak, ging ihr Griff direkt an die Fernbedienung.

Ihre Augen hingegen folgten bereits seinem Fingerzeig.

„Dort oben! Siehst du das, Lia? Ich glaube da sitzt sie."
Emiliana beschloss ihre Finger zu lockern und in die Krone eines Kirschbaumes zu sehen.

Tatsächlich, da saß die liebe Cynthia und bewegte sich keinen Millimeter. Das Vieh hatte scheinbar Todesangst.

Ganz toll! Und wie soll man sie da bitte herunterbekommen?

Zu Emilianas Überraschung krempelte sich Jeremy die Ärmel nach oben und ging auf den Baum zu.

„Was hast du vor?", fragte sie, obwohl sie es sich schon denken konnte.

„Na, ich hole die Katze. Oder möchtest du vielleicht ..."

„Nein, schon in Ordnung. Bitte, tu dir keinen Zwang an."

Einen Moment lang fühlte sich Emiliana so orientierungslos wie Cynthia auf dem Baum.

Sie sah Jeremy dabei zu, wie dieser mit Leichtigkeit den Stamm erklomm und sich behände an den Ästen nach oben zog.

In diesem Moment suchten sie wilde Fantasien von Tarzan heim. Solche, in denen sie nichts lieber als voller Hingabe und Leidenschaft dessen Jane gewesen wäre.

Plötzlich stand er samt der Katze im Arm wieder vor ihr.

Emiliana schüttelte die Bilder in ihrem Kopf ab und alles was sie herausbrachte war ein leises: „Danke."

Im Haus lief Cynthia sofort in den Wohnbereich, um sich erschöpft auf dem Sims des Kamins zu einer Kugel einzurollen.

Nachdem sich Jeremy der Jacke im Flur entledigt hatte und dicht hinter Emiliana trat, drehte diese sich ruckartig herum, um ihm einen langen Kuss zu geben.

Relativ keusch, denn ihre Zunge drang nur sehr langsam und höchstens mit der Spitze durch seine Lippen.

Jeremy entschied sich schnell einen Schritt zurückzutreten, denn er wusste, dass er andernfalls mehr von ihr fordern würde, und wie schon hundertfach erwähnt, passte das alles einfach nicht ins Bild.

Weder dorthin, noch zu ihm, und erst recht nicht in seinen Lebensstil.

Noch immer müde und erschöpft stieg Emiliana die Stufen nach oben.

Er folgte.

Während sie sich im Schlafzimmer neue Unterwäsche, dieses Mal feinste Spitze, zusammensuchte, sollte er vor der Tür auf sie warten.

Er wartete.

Als Emiliana mit nur diesen beiden Teilen auf dem Arm zurückkehrte und damit in dem großen Badezimmer verschwand, blieb Jeremy zunächst wie angewurzelt stehen.

Er lauschte dem Rauschen des Wassers. Dann sah er wie sich die Luft mit erstem warmen, sehr süßlich duftendem Dampf vermischte.

„Komm rein!"

In Jeremy stieg bei diesen Worten das Hitzegefühl.

Schon beim Eintreten bemerkte Emiliana seinen hochroten Kopf.

Im ganzen Haus blieb es weiterhin still, nur das Wasser übernahm den Geräuschpegel einzig und allein für sich in Anspruch.

„Setz dich!" befahl sie ihm und er gehorchte.

Auf der alten Holztruhe, die sicherlich für Wäsche angedacht war, saß er nun und schaute ihr dabei zu, wie sie das enge Kleid von ihrem Körper streifte.

Als nächstes folgte der BH.

Der Anblick ihrer weichen Brüste, die sich nun frei entfalten konnten, ließ seinen Penis zucken.

Wie in Trance beobachtete er weiter, wie sie sich des dünnen Höschens entledigte.

Da stand sie nun, dieses Miststück, welches Schweißausbrüche in ihm auslöste, ihm Angst machte, oder ihn erregte, wie er es bisher noch nie erlebt hatte. Emilianas nackter Körper versank im Schaum des warmen Wassers. Sie stöhnte auf.

Es schien ihr gut zu tun, soviel stand fest.

Wenn ich nicht aufpasse, dann steht es auch bei mir wieder unglaublich fest!

Jeremy räusperte sich. „Lia, können wir bitte reden?"

Sie stoppte den Fluss des Wassers und schloss die Augen. „Klar, worüber möchtest du reden?"

Er schüttelte den Kopf. „Bitte, tu jetzt nicht so unwissend. Ich meine, es wird allerhöchste Zeit, dass wir eine Lösung in diesem Dilemma finden."

„Wird es das?", fragte sie gehaucht, denn sie spürte wie sich ihre Knospen mehr und mehr zusammenzogen.

„Ja, ich meine, vergessen wir einfach was passiert ist und ich schwöre dir, ich werde gleich morgen bei Marshall-Enterprises alles notwendige in die Wege leiten, damit ich deiner Granny helfen und sie das Haus behalten kann. Das verspreche ich."

„Okay, wenn du das sagst", entfuhr es ihren Lippen. Allerdings konnte sie sich selbst nicht erklären, was gerade mit ihr passierte, dass sie sich am Ende so einfach auf sein Angebot einlassen wollte.

Höchstwahrscheinlich vernebelte der Dampf sowie ihr körperliches Empfinden all ihre Sinne.

Emiliana streckte die Beine aus, damit das Wasser vollends die Schenkel und ihren Schoß bedecken konnte.

Jeremy hingegen saß jetzt aufrecht, denn in ihm keimte mehr und mehr die Hoffnung auf, dass er endlich zu ihr durchgedrungen war und sie bemerkte, dass alles andere überhaupt keinen Sinn ergab.

„Lia, das ist fantastisch. Du wirst sehen, auch in dieser Branche findet sich ein Wille und wo der ist, da ist auch ein Weg. Vertrau mir!"

Vielleicht gab es Dinge in seinem Leben, die ihn zu dem Business-Menschen, der er heute ist, gemacht haben, doch bei seinen letzten beiden Worten musste sie unwillkürlich an Dwayne denken.

Vertrau mir, bedeutet demnach so viel wie: Auf Nimmerwiedersehen!

Dennoch fielen ihr die Lider zu und sie lehnte den Kopf an. Emiliana liebte den Duft der Seife, der ihr mit jedem Atemzug in die Nase stieg.

Eine ganze Weile blieb sie mit geschlossenen Augen im heißen Wasser liegen. Sie lauschte, ob er Anstalten machte, um sich zu erheben, doch dem war nicht so.

Als sie blinzelte, sah sie, dass er sein Kinn auf die Hände gestützt hatte.

Er blickte sie einfach nur an. Mehrt tat er nicht.

Gott, diese Augen! Warum nur tut mir das Schicksal jemanden wie ihn an?

Mit aller Macht, versuchte Emiliana sich zu beherrschen, ihrer aufkeimenden Erregung nicht nachzugeben.

Vergeblich!

Sie glitt mit der Hand vom Hals an, über ihre mit Wassertropfen benetzten Brüste. Dann streichelte sie solange sanft darüber, bis die Knospen hart wurden, und diese sogar leicht zu schmerzen begannen.

Die Tatsache, dass Jeremy sich keinen Zentimeter von der Stelle bewegte konnte für Emiliana nur zwei plausible Ursachen haben.

Entweder, er versucht mich mit den gewählten Worten einzulullen, um mein Vertrauen zu gewinnen, oder er war bereits selbst wieder in seiner eigenen Erregung gefangen.

Emilianas Hand glitt jetzt tiefer, über den Bauchnabel hinweg, zwischen ihre Schenkel, wo sie schnell damit begann ihren Venushügel zu massieren.

Das tat verdammt gut.

Immer schneller wurden ihre Bewegungen.

Jeremy musste schwer schlucken, als er erkannte, dass sie ihren Körper nicht einseifte um sich zu waschen, sondern um sich zu befriedigen.

Sein Herz begann schneller in der Brust zu schlagen und die Hitze des Raumes tat ihr Bestes, um ihm noch viel weiter zuzusetzen.

Ich werde doch nicht auch noch zum Voyeur? Oder doch? Was ist eigentlich mit mir los? Was hat diese Frau aus mir gemacht? Ich sollte aufstehen und vor die Tür gehen, oder wenn ich das nicht darf, mich zumindest abwenden. Stattdessen sitze ich hier und ...

Jeremy griff in seinen Schritt und begann sich zu reiben. Rhythmisch fuhr er mit der Handfläche darüber. Dabei lockerte er hin und wieder den Druck, nur um ihn bei der nächsten Reibung deutlich zu verstärken.

Eine leichte Gänsehaut lief Emiliana über den geschmeidigen Rücken, als sie sein schweres Atmen hörte. Ihr Gesicht fühlte sich warm an, was bedeuten musste, dass sie feine rosige Wangen aufwies.

In Kombination mit langen nassen Haaren, kann dieser Anblick für einen Mann unglaublich heiß wirken.

Für Jeremy war dies zumindest der Fall, denn er war hart. Verdammt hart!

Die Jeans von Mr. Fletcher, die etwas fest auf seinen Hüften saß, begann zu drücken, doch Emiliana störte viel mehr der Anblick seines schwarzen Hemdes, denn dieses verdeckte noch immer seinen Oberkörper.

„Zieh es aus", forderte sie stöhnend.

Jeremy zog es sich beinahe so professionell wie einer der Chippendales über den Kopf.

Jetzt saß er wieder in enger Jeans, mit nacktem Oberkörper und einem Halsband auf der alten Truhe. Emiliana liebte diesen Anblick.

Als sie erneut die Lider schloss, kann sie in ihrer Vorstellung seine Hände überall auf ihrem Körper spüren.

Sie weiß aber auch, dass wenn er gehen wird, er nicht nur diese Art der sexuellen Erregung bei ihr hinterlassen wird, sondern auch noch etwas anderes.

Etwas Dunkles, vor dem Emiliana sich fürchtete – Leere! Diese hatte sie nach dem Tod ihrer Eltern zum ersten Mal intensiv in sich gespürt. Dann erneut, als Dwayne sie hatte sitzenlassen, und ein drittes Mal beim Tod ihres geliebten Grandpa.

Noch einmal schaffe ich das nicht!

Mit aller Kraft versuchte sie die trüben Gedanken vorerst abzuschütteln.

Das gelang ihr auch in dem Moment, als das Hellblau seiner Augen ihren Blick traf.

Diese kleinen Gesten von ihm gehen ihr tief unter die Haut und lassen sie Dinge tun, ohne dass sie über deren Konsequenzen vorher hätte richtig nachdenken können.

Scheiße, ich weiß teilweise nicht einmal was sich da tue!

Jeremy beobachtete Emiliana weiterhin mit starrem Blick. Mit offenem Mund und einer Hand, die bereits wieder ihr Ziel gefunden hatte.

Er massierte sich ungeniert weiter, was ihre Gänsehaut jetzt immens verstärkte.

Eigentlich wollte sie die Augen zukneifen, doch sein Blick hatte ihren bereits viel zu tief gefangengenommen.

Emiliana spürte wie ihre Finger die weichen Schamlippen ertasteten und dabei auch die empfindliche Perle streiften.

Die Brüste hoben und senkten sich dabei immer wieder aus dem warmen Wasser.

Schneller und schneller begannen ihre Finger zu reiben und auch das Schlagen ihres Herzens beschleunigte sich, als sie erkennen konnte, dass er am Reißverschluss seiner Jeans zog.

Jeremys Hose war offen!

Binnen weniger Sekunden hielt er seine mehr als nur pralle Erektion auch schon fest in seiner Hand.

Dieser Anblick ließ Emilianas Mitte vor gieriger Lust mehrfach aufzucken. Das Gefühl jagte ihr erbarmungslos durch den Körper und wurde beinahe unerträglich.

Schwer schluckend schürte auch Jeremy seine eigene Lust, indem er sich vehement über den Schaft strich.

Es war das erste Mal, dass er sich bewusst selbst so hart anfasste, doch er konnte gefühlt nicht anders.

Während seine Hand ungestüm auf und ab ging, schob sich Emiliana erst einen, dann zwei ihrer Finger sehr tief in sich hinein.

Mit dem Daumen stimulierte sie ihren angeschwollenen Kitzler so heftig, dass sie in lautes Stöhnen verfiel.

Nicht mehr lange und ich bin mehr als nur bereit ..., dachte sie, als sich ihre heißen Blicke erneut trafen.

Noch einmal zuckte ihr Unterleib um ihre Finger herum, dann begann das starke Pulsieren kaum mehr ein Ende zu finden. Der folgende Orgasmus war episch.

Wie schön sie ist, wenn sie kommt!

Jeremys Denken führte dazu, dass sein steifes Glied ihm jeden Augenblick zu explodieren drohte.

Die Adern waren auf ein Maximum hervorgetreten, die Spitze tropfte, und er begann unaufhaltsam zu pumpen.

Oh Gott, was soll ich nur tun?

Er atmete einmal scharf ein, ehe er aufsprang.

Emiliana fuhr in der Wanne nach oben und griff nach der Fernbedienung, die sie auf dem Rand platziert hatte.

Sie sah, wie Jeremy nicht auf sie zukam, sondern das Bad wie von einer Nadel gepiekt verließ.

Verfluchte Scheiße!

Durchfuhr es sie, ehe sie aufstand und sich schleunigst ein Handtuch schnappte.

Rufen brachte wenig, das war ihr sofort bewusst, denn deshalb würde er jetzt wohl kaum stehenbleiben.

Als Emiliana das Bad verließ konnte sie eine Tür im unteren Bereich des Hauses zufallen hören.

Es handelte sich aber nicht um den Eingang, denn das hätte sie von hier oben aus sehen können.

Mit nassen Haaren und nur dem Handtuch um den Körper lief sie die Treppen nach unten und lauschte.

Nichts!

Dann schweres Atmen.

Keuchen traf es besser, und als sie ausmachen konnte, dass es aus dem kleinen Badezimmer am Ende des Flurs kam, ging sie eilig darauf zu.

Emiliana klopfte.

„Jeremy? Alles in Ordnung da drin?"

Es dauerte einen Moment, dann kam als leise Antwort: „Ja, alles bestens. Bitte gib mir einen kurzen Moment."

Ihr Körper versteifte sich bei diesen Worten, denn sie konnte sich denken, was darin mit ihm geschehen war.

Als Jeremy rennend das untere Bad erreichte, betete er inständig, dass er es auch schaffen würde, ehe sein Freund da unten meinte sich entladen zu müssen.

Die Schmerzen und der Druck waren kaum mehr zu ertragen und die immense Lust, die er verspürte, lies ihn beinahe seinen Verstand verlieren.

Gefühlt blieben ihm nur zwei Möglichkeiten – entweder er hätte sich das kleine Miststück in der Badewanne gepackt und sie bis zur totalen Erschöpfung rangenommen, oder eben Flucht.

Zweites erschien ihm sinnvoller, nachdem er endlich ihr Vertrauen gewonnen hatte. Das dachte er zumindest.

Vor der Toilette griff er dann noch einmal fest um sein Glied und steigerte dabei die Geschwindigkeit bis ins Unermessliche.

Mit weit aufgerissenen Augen starrte er vor sich an die Wand und wünschte sich, er hätte doch Möglichkeit eins in Betracht gezogen.

Mein Schwanz würde jetzt verdammt tief in ihrer engen nassen Spalte stecken. Ich würde sie stoßen bis zum Anschlag und ihr Unterleib würde ihn massierend einnehmen, bis ...

Schweißtropfen bedeckten Jeremys Stirn.

Dann kam er!

Es war unbeschreiblich, eine ungeheure Explosion!

Zuckend ergoss sich kurz darauf auch die restliche dicke, weiße Flüssigkeit über den Rand der Toilette.

Noch einmal sah Jeremy auf seinen Penis, der sich extrem langsam zurückzog.

Er selbst glitt erschöpft an der Wand auf den Boden. Die Fliesen fühlten sich kalt an seinem Hintern an, doch seine Aufmerksamkeit galt jetzt ihrem Klopfen.

Einige Zeit später fühlte er sich endlich in der Lage, alles zu säubern, die Hände zu waschen und das Badezimmer verlassen zu können.

Er sah sich um.

Keine Spur von Emiliana.

Weitere Minuten später stand er wieder im oberen Stockwerk, genauer gesagt in der Tür zum Schlafzimmer.

Sie lag auf dem Bett, in einem schwarzen Negligé, das scheinbar ihr selbst gehörte, denn es passte wie angegossen.

Mit einer eleganten Bewegung wies sie ihn an sich zu ihr zu legen. „Komm her!"

Sein lasziver Blick verriet ihn, doch er folgte ihrer Order und begab sich brav neben sie in das große Doppelbett.

Das wohltuende Bad hatte zwar Emilianas Verspannung ein klein wenig lösen können, doch die Erschöpfung und die schwere Müdigkeit waren noch immer allgegenwärtig.

Sie strich sich eine Haarsträhne aus dem Gesicht, dann flüsterte sie: „Lass mich bitte in deinen Armen schlafen."

Verwundert über diese Bitte zog Jeremy die Brauen zusammen. Doch er bot ihr sogleich den offenen Arm an.

Nun fühlte er, wie sie ihren Kopf behutsam auf seine Brust legte.

Emiliana lauschte dem Schlagen seines Herzens.

Und als Jeremy sich entschied auch noch den zweiten Arm schützend um sie zu legen, verfiel sie in tiefen Schlaf.

Von der Straße aus drang ohrenbetäubender Lärm bis in das Innere des Hauses vor.

Kettensägen, womöglich von Baumarbeiten, schlussfolgerte Jeremy, der damit kämpfte seine Augen vollständig zu öffnen.

Emiliana lag nicht mehr in seinen Armen, dafür aber unmittelbar neben ihm.

„Atemraubend schön", flüsterte er leise.

Wenn auch ziemlich durchgedreht! Eine richtige kleine Psychopathin. Warum fällt mir jetzt dazu auch noch das Lied von Ava Max „Sweet but Psycho" ein? Bloß nicht summen jetzt! Auch wenn es für mich zu den absoluten Favoritensongs beim Autofahren gehört. Ich muss dringend meine Gedanken sortieren, denn schließlich will ich noch heute von hier wegkommen.

Will ich das aber auch von ihr?

Mit der flachen Hand berührte er ihre Schulter und begann sie zu rütteln.

Sie wachte auf und sah ihm direkt in die Augen. „Du bist noch da?"

„Ja."

„Warum?"

Diese Frage schoss mit solch einer Ungläubigkeit aus ihr heraus, dass er beinahe ihre Verständnislosigkeit darüber nachvollziehen konnte. Er verstand sich schließlich selbst nicht.

Seufzend entschied sich Jeremy aus dem Bett zu steigen. Er wusste, dass sich das schwarze Hemd im Badezimmer nebenan befand. Dieses würde er gleich holen.

Doch zunächst musste er die Lage für sich abchecken. „Was denkst du, Lia? Kann ich mich schnell ein wenig zurecht und anschließend auf den Weg machen?"

Sie setzte sich in aufrechte Position.

„Denkst du wirklich, dass du hier so mir nichts, dir nichts rausspazieren kannst?"

In ihren Worten lag eine Bedrohung, die Jeremy für einen kurzen Moment zweifeln ließ, ob dieses heute tatsächlich auch der Fall sein würde.

Er begann zu stottern: „Ich ..., ähm, also ich dachte wir ..."

„Da haben wir es wieder! Wenn Männer denken."

„Wie bitte?", fragte er ungläubig.

Sie kam zu ihm herum und ihr Lächeln schien ehrlich. „Alles in Ordnung. Alles was ich damit sagen will, ist, dass du schlecht mit diesem Ding um den Hals auf die Straße, beziehungsweise nach Hause, gehen solltest."

Erleichtert atmete Jeremy aus. „Ja ..., ja du hast recht."

„Warte bitte einen Moment, bevor du ins Bad gehst."

Mit diesen Worten verschwand Emiliana in dem begehbaren Schrank.

Zurück kam sie mit einem kleinen Schlüssel in ihrer Hand, den sie scheinbar die ganze Zeit über darin versteckt hatte. Während sie sich streckte um das Halsband aufschließen zu können, fragte sie: „Wann beginnst du eigentlich immer mit deiner Arbeit?"

„Zwischen acht und neun", antwortete Jeremy als sei das ganz selbstverständlich.

Die Stille, die sich kurzzeitig einstellte, war unangenehm.

Klick!

Emiliana befreite ihn von dem Halsband. Zeitgleich fragte sie: „Auch am Wochenende?"

Er stutzte: „Für gewöhnlich nicht."

Als ihm jedoch in den Sinn kam, dass heute Samstag sein musste, setzte er nach. „Aber es kommt durchaus vor."

Emiliana lachte heiser auf. „Gut, denn wie sollten wir sonst schnellstmöglich das mit meiner Granny und dem Haus regeln können."

Jeremy dachte kurz darüber nach, dann sagte er: „Lia, das hat äußerste Priorität. Ich fahre direkt zum Büro und veranlasse alles notwendige."

„Wirklich?"

„Ehrenwort!"

Mit dem Kopf deutete sie ihm an, dass er jetzt ruhig ins Badezimmer gehen konnte.

Als die Tür hinter ihm zufiel, lief sie in den kleinen Büroraum, um das Halsband und den Schlüssel wieder an den ursprünglichen Platz zurückzulegen.

Die Glasvitrine schloss sie hörbar, was sie umgehend erstarren ließ.

Alarm? Wo bleibt der zuvor vermutete Alarm?

Es folgte keiner.

Eilig verließ sie den Raum, sperrte die Tür ab, und hing den Schlüssel unterhalb der fackelähnlichen Lampe zurück an seinen Platz.

Jeremy betrachtete sich zwischenzeitlich in dem noch immer leicht beschlagenen Badspiegel.

Das schwarze Hemd, das er sich übergezogen hatte, vermochte nicht im Ansatz den roten Ring, der sich rund um seinen Hals abzeichnete, zu kaschieren.

Wenn er gleich nach Hause fahren würde, dann könnte er vorher tatsächlich im Büro vorbeischauen. Dort hatte er einige neue Hemden und sogar einen kompletten Anzug hängen, für den Fall, dass ihm mal ein Malheur beim Mittagessen oder Kaffeetrinken passieren sollte.

Vielleicht wird Sara auch gar nicht auf meine Verletzungen achten und ich kann mich rausreden, dass ich eine ziemlich harte Woche hatte und mich dabei sogar mit einem fiesen Kerl, der mir sichtlich an den Kragen wollte, geprügelt hatte. STOP! Was rede ich mir da bloß ein?

Ich werde selbstverständlich auf direktem Wege zum nächstgelegenen Revier fahren und dann können die Cops dieses verruchte Miststück abholen kommen. Solange muss ich sie jedoch in dem Glauben lassen, dass, sobald ich hier raus bin, alles für sie und ihre Granny regeln werde.

Momentan schien es, als führe der alte Jeremy mit dem neuen eine Unterhaltung.

Und zumindest konnte sich dabei der alte etwas besser durchsetzen - fragte sich nur wie lange.

Misstrauisch, ob sie nicht doch noch einmal mit der Pistole hinter der Tür auf ihn wartete, verließ Jeremy das Bad. Saugend an seiner Unterlippe lief er die Treppe nach unten, denn oben schien sie sich nicht aufzuhalten.

„Lia?"

Keine Antwort.

„Lia, wo steckst du?"

In Jeremys Magen herrschte plötzlich wildes Durcheinander. Vielleicht hätte er das Essen gestern nicht so gierig hinunterschlingen sollen, oder aber, er brauchte dringend erneut solch eine Portion.

Vor allem hoffte er, dass ihn jetzt zu allem Übel nicht auch noch dieses fiese stressbedingte Sodbrennen heimsuchen würde, doch das war Nebensache.

„Komm bitte noch mal einen kurzen Moment zu mir, ehe du gehst", rief Emiliana ihm aus dem Wohnbereich zu. Jeremy erschrak, doch daraus wurde beim Klang ihrer Stimme relativ schnell ein wohliger Schauder, der ihm über den Rücken lief.

Warum reagiere ich nur so heftig auf ihre Stimme, ihr Aussehen und eigentlich auf ihr gesamtes Wesen?

Er betrat den Raum, indem es noch immer dunkler als in den anderen Zimmern war und sah sich erneut um. Schließlich entdeckte er sie auf dem Sofa sitzend.

„Lia, also ich werde dann mal …"

„Ohne Autoschlüssel und ohne dein Smartphone?", fragte sie breit lächelnd.

„Bekomme ich das denn beides wieder zurück?", stellte Jeremy die Gegenfrage und versuchte ebenfalls zu lächeln.

„Sicher. Und du fährst auch sofort ins Büro?"

Emiliana hielt ihm die Sachen hin.

Er nahm sie an sich.

Nachdem er das Smartphone in der Jeans verstaut hatte, hielt er nur noch den Schlüssel seines Wagens fest in seinen Händen. „Ja, natürlich. Ich fahre sofort ins Büro und versuche alles nötige in die Wege zu leiten."

Sie nickte.

Dann hakte sie nach: „Du hast auch sicher keine anderen Pläne?"

Jeremy musste grinsen. „Nein, was sollte ich denn für andere Pläne haben?"

Außer, dich noch mal zu ficken vielleicht.

Ihm wurde verdammt heiß und er war froh, dass sie nicht imstande war, seine Gedanken lesen zu können.

Emiliana kaute nervös auf ihrer Unterlippe herum. „Okay, wenn du das sagst."

Himmel, warum steht sie eigentlich immer noch in diesem schwarzen Hauch von Nichts vor mir? Konnte sie sich nicht, während ich im Badezimmer war, etwas stinknormales raussuchen? Ein Shirt und Jeans, wobei …

Er dachte an die Usedlook-Jeans, die sie getragen hatte. *Die ist geil!*

Wahrscheinlich ist es scheißegal was sie trägt, denn diese Göre sieht in allem zum Ficken schön aus.

Okay, es reicht!

Das schlechte Gewissen einen Menschen auf rein sexuelle Schiene zu beurteilen, meldete sich umgehend zu Wort.

Nein, Lia ist wirklich eine verdammt schöne, aufregende, sinnliche, begehrenswerte und absolut durchgeknallte junge Frau.

„Trinkst du mit mir noch einen Wein zum Abschied?"

Jeremy nickte.

Er wusste auch sofort, was sie damit meinte.

Die Weinflasche, für die er sich bei Mrs. Fletchers Anwesenheit nicht entschieden hatte, stand noch immer unangetastet auf der Kücheninsel.

Diese holte er, während die Worte der älteren Lady ihm wieder ins Gedächtnis kamen: „Wie hätten Sie es denn gerne? Rund und geschmeidig oder komplex und kräftig?"

Da er sich für erstes entschieden hatte, blieb jetzt noch *komplex und kräftig.*

Da diese Woche ohnehin über allem stand, was Jeremy bis jetzt erleben durfte, machte der Wein seinem Geschmack durchaus alle Ehre.

Gekonnt griff er in die Vitrine, dann füllte er den roten Rebensaft, der ganz wunderbar nach Johannisbeeren duftete, in zwei Gläser um, wovon er eines direkt an Emiliana weiterreichte.

„Cheers!"

Nachdem beide einen Schluck davon gekostet hatten, stellten sie fast zeitgleich die Gläser zurück auf den Kristalltisch.

„Ja, dann ...", wollte Emiliana abschließen.

„Dann ...", bestätigte Jeremy mit Nachdruck, doch die endgültige Verabschiedung wollte ihm einfach noch nicht über die Lippen kommen.

Zu sehr waren seine Augen von ihrem sinnlichen roten Mund gefesselt, der durch die Süße des Weines leicht schimmerte.

Plötzlich ging alles rasend schnell.

Jeremy trat näher, griff mit der Hand um ihren Nacken, zog sie fest an sich heran, und begann sie hart zu küssen.

Emilianas Finger zitterten als sie unter sein Hcmd griff um seine warme nackte Brust spüren zu können.

Als er sie fest um ihre Hüfte packte, schlang sie wie ein Äffchen die Beine um ihn herum. Dabei konnte sie bereits deutlich seine Härte fühlen.

Jeremy fackelte jetzt auch nicht lange, sondern er legte Emiliana mit dem Rücken auf das Sofa.

Seine Muskeln wirkten zum Zerreißen gespannt, als er ihr die Beine spreizte und das Höschen vom Unterleib riss.

Als seine Augen erfassten, dass ihre Mitte dabei wild zuckte, öffnete er ruckartig den Reißverschluss seiner Jeans, um seinem steifen Glied die Freiheit zu gewähren, die es jetzt dringend benötigte.

Es folgte das Geräusch einer aufreißenden Kondompackung.

Verflucht! Wo hat er das her? Scheißegal, er hat es eben! Dass es sich gut versteckt in einem kleinen viereckigen Anhänger seines Autoschlüssels verborgen hatte, das konnte Emiliana nicht ahnen.

Das wusste nur Jeremy. Schließlich hatte er dieses Spezialgeschenk vor zwei Monaten von Joel erhalten, war sich aber ziemlich sicher, dass er dieses Kondom darin nie benutzen würde.

Wozu? Er war verheiratet.

Doch jetzt war er nur noch wenige Augenblicke davon entfernt tief in diese kleine verruchte Lady vor sich einzudringen.

Nicht nur tief, nein, dieses Mal verdammt tief. So tief, dass ihr bei seinem allerersten Stoß bereits die Tränen in die Augen schossen.

Ihr darauffolgendes Stöhnen, vermittelte ihm zumindest das Gefühl, dass sie es genau so sehr genoss, wie er es tat.

Sein Keuchen wurde schnell ungehemmter, die Stöße härter und die Anschläge ihrer Zungen vermochte keiner der beiden mehr zu zählen.

Sein Becken schlug ihrer Feuchtigkeit erbarmungslos entgegen und es fühlte sich alles so verdammt richtig an.

Dieser Mann fickte sie gerade bis zur Besinnungslosigkeit.

Und am liebsten hätte Emiliana um noch mehr gebettelt.

Wie krank ist das bitte schön? Ich muss doch irgendwie die Kontrolle zurückerlangen ...

Keine Chance!

Seine Hände griffen in ihr Haar, wollten alles von ihr nur noch besitzen. Nichts und niemand konnte ihn in diesem Moment aufhalten sie für sich in Anspruch zu nehmen.

Nichts schien in der Lage zu sein seine Härte abzumildern. Beim nächsten Stoß musste er fest die Zähne zusammenbeißen, um noch nicht zu kommen.

Sein Körper verkrampfte kurzzeitig, als er mit aller Kraft dagegen ankämpfte. Jeremy zwang sich regelrecht dazu, denn er wollte noch nicht, dass es vorbei war.

Die plötzliche Zurückhaltung verschaffte Emiliana zwar einen Moment zum Durchatmen, doch gleichzeitig macht es sie schier wahnsinnig, da sie beinahe gekommen wäre.

Ein Gefühl von Fieberschüben durchfuhr ihren Körper und ihre Wangen glühten. Ihr wurde schwindelig.

Doch nur für einen kurzen Moment, denn da waren auch schon wieder seine Hände auf ihren Oberschenkeln. Gefangen in ihrer Lust, ließ sie sich die Beine weit spreizen. Ihr nasser Eingang lag nun völlig frei für ihn.

Noch nie zuvor fühlte Emiliana sich so offen beim Sex an. Jeremy beugte sich jetzt über sie, legte seine Hände fest um ihre Handgelenke, bevor er nach dieser kurzen Pause erneut in sie eindrang.

Er selbst hatte nicht die leiseste Ahnung, dass sein Penis in der Lage war, auf diese enorme Größe anzuschwellen. Doch er tat es!

Emiliana gehörte jetzt voll und ganz ihm. Er füllte sie aus! Die Stöße dienten jetzt einzig und allein dazu, ihm die Spannung und den immensen Druck von den Lenden zu nehmen.

Die Gedanken schwirren in Jeremys Kopf und es herrschte nur noch ein riesengroßes Durcheinander vor. Seine Ohren lauschten Emilianas Stöhnen und jetzt hört er sie sogar seinen Namen rufen.

Nicht nur einmal, sondern mehrfach hintereinander.

Dabei konnte er deutlich spüren, wie sich ihr Unterleib im Inneren zusammenzog.

Die Muskulatur umschlang seinen harten Schwanz und es war als würde jede einzelne juckende Stelle damit eingehüllt und kräftig durchmassiert.

Aus seinem Mund drang eine Art Schluchzen, gefolgt von immer lauter werdendem Keuchen.

Er pumpte!

Dieses Mal half Emiliana von unten mit ihrem Becken nach und ihre eigene Forderung nach Erlösung wurde plötzlich so heftig, dass ihm kurzzeitig sogar der Atem stockte.

Er verdrehte die Augen und genoss dabei, wie ihre Vagina im Begriff war, sich alles von ihm zu holen.

Ihn solange zu melken, bis auch noch der letzte Tropfen aus seinen harten Eiern herausgeschossen kommt.

Sie löste ihre Handgelenke und führte seine Hände an ihre Oberschenkel. Er sollte zudrücken.

Er tat es!

Seine Finger gruben sich tief in das warme Fleisch, sein Mund zog die harten Knospen ihrer weichen Brüste abwechselnd in sich hinein, und dann konnte er nicht anders, als zuzulassen, dass sein Schwanz sich selbst, sowie ihre klitschnasse Muschi, rotfickte.

Dabei biss er ihr sogar mehrmals in den Hals, was er eigentlich nie tun würde, und auch jetzt nicht verstand, warum er es getan hatte. Scheinbar brauchte er es.

Jeremys Atem war jetzt verdammt nah an Emilianas Ohr. Sie schlang die Beine um ihn herum und ließ ihn keine weitere Sekunde mehr auskommen.

Ein Keuchen!

Ein lautes Stöhnen!

Ein extrem geiler Höhepunkt!

Einer, den sie beide niemals mehr vergessen würden.

Plötzlich ein Aufschrei!

„Hilfe! Bitte, so hilft mir doch jemand!"

Emilianas Beine zitterten, doch Jeremy kombinierte, dass das nach der Anstrengung eigentlich ganz normal sein sollte.

Außerdem entzog sie ihm so derart ruckartig ihren engen Unterleib, dass dabei das Kondom gerissen war.

Mit offenem Mund begutachtete er die Sauerei auf dem Sofa.

„Lia! Was ist los mit dir? Was tust du da?" Seine Stimme klang fest und irritiert zugleich.

„Großer Gott! Bitte! Warum hilft mir denn keiner?", schrie Emiliana erneut aus voller Kehle.

Dabei riss sie sich einen Fetzen des Negligés vom Leib, zerschmetterte die Gläser, warf die Kissen des Sofas wild durch die Gegend, und sogar vor diversen Vasen im Raum machte sie nicht Halt.

Jeremy bekam Schweißausbrüche.

Liebe Zeit, was bin ich doch für ein Idiot! Der größte, den diese Erde jemals hervorbringen konnte. Ich muss sie aufhalten!

Er schlüpfte in die Jeans, dann versuchte er sie sich zu schnappen.

Da sie weiterhin schrie was das Zeug hielt und elegant um die Möbel herum auswich, stellte sich dieses Unterfangen für Jeremy alles andere als leicht dar.

Sein Atem wurde unregelmäßig, da in ihm die Wut anstieg. Seine Handflächen begannen durch den frischen Verband zu bluten und mit einem galantem Sprung über das Sofa, hatte er sie endlich erwischt.

Jeremy umklammerte sie und presste sie stark gegen seine Brust.

Seine Stimme klang um so vieles härter als jemals zuvor.

„Lia! Verdammt noch mal! Es reicht jetzt mit deinen Spielchen! Muss ich wirklich erst ..."

Ein lauter Knall!

Zwei Stimmen die lautstark durcheinanderriefen:

„LOSLASSEN!"

„Lassen Sie sofort die Frau los!"

Voller Entsetzten starrte Jeremy in das Licht von zwei grell aufblitzenden Taschenlampen.

„Hände an die Wand!"

Jeremy schirmte sich zunächst die Hand über die Augen, doch dann gehorchte er.

Handschellen klickten, dann wurde er unsanft umgedreht.

Er konnte jetzt direkt ins Nigels Gesicht sehen, der alles andere als amüsiert aussah.

„Ich wusste von Anfang an, dass mit dir etwas nicht stimmt, Freundchen! Aber das hier, schockiert mich über alle Maßen."

Er sah zu Emiliana hin, die von Ron gerade eine Decke um die entblößten Schultern gelegt bekam.

Dann machte Nigel eine Faust und schlug Jeremy damit hart ins Gesicht.

Zuletzt spuckte er auf dessen Kopf.

Dies war seine Art, die Abneigung über das was hier schreckliches dieser Frau wiederfahren sein musste, zum Ausdruck zu bringen.

Jeremy schwieg und sackte auf den Boden.

Von Weitem waren bereits die Blaulichter zu hören.

New York Police Department – 120th Bezirk

„Mr. Jeremy Adams, richtig?"

„Ja."

Es lag Unruhe in dieser Antwort und sein Blick wirkte nervös.

„Mein Name ist Detective Samuel. George R. Samuel. Wollen Sie mir nicht der Einfachheit halber erzählen, was sich in den letzten Tagen in 29 Annfield Ct, im Hause des Ehepaares Fletcher, zugetragen hat?"

Der Detective schob das Mikrofon in die Mitte des Tisches. Jeremy schwieg.

„Na schön, wie Sie wollen. Nehmen wir einen Moment lang an, ich wäre ihr bester Freund, dem Sie seit Kindertagen alles anvertrauen. Was würden Sie mir auf die simple Frage der Schuld antworten, beziehungsweise wie stehen sie selbst zu ihrer Tat?"

Samuel wartete.

Kaum verständlich nuschelte Jeremy einige Worte in Richtung des Bodens, was Samuel sichtlich nervte.

„Hallo? Sie müssen mich ansehen und deutlich sprechen."

Jeremy erhob langsam den Kopf.

Er sah aus müden Augen, die glasig wie bei Fieber wirkten.

„Nicht schuldig."

Stille.

Detective Samuel klopfte nach einer Weile lachend auf die Tischplatte. „Hört, hört! Dann wird es höchste Zeit, dass ich Ihnen in den nächsten Stunden auf die Sprünge helfe."

Das erste Verhör dauerte ungefähr vier Stunden, doch Jeremy kam es schier endlos vor.

Detective Samuel war sich seiner Sache ziemlich sicher und er machte auch kein Hehl daraus, dass er Jeremy insgeheim für solch grauenvolle Taten verabscheute. Allerdings blieb er die meiste Zeit über freundlich, wenn auch immer mit einem gewissen Maß an Sarkasmus.

„Jeremy, ist Ihr Verhalten vielleicht obsessiver Natur? Zwanghaft? Ich meine, wer sind Sie, dass sie einer jungen Frau so etwas grausames antun mussten?"

Jeremy holte tief Luft, dann sah er dem Detective zum ersten Mal richtig in die Augen. „Ich habe nichts getan!"

Wieder wartete Samuel einen Moment ab.

Er weigerte sich, auf diese banale Aussage einzugehen, denn die Beweise waren schon jetzt eindeutig.

„Sie sind doch verheiratet, Jeremy."

„Ja, und?"

„Ich meine, was ist dann Miss Brooks für Sie? Eine Geliebte, eine zufällige auserwählte Frau, die für ihre kranken Neigungen als genau die richtige schien, oder einfach nur ein armes Opfer, das zur falschen Zeit am falschen Ort gewesen ist?"

All diese Anschuldigungen wurden Jeremy langsam zu viel und er begann mit Wut zu reagieren. „Ich sage es gerne noch hunderte, von mir aus auch tausende Male, doch die Wahrheit ist nun mal, dass ich dieser Frau nichts getan habe. Es war alles genau umgekehrt."

Samuel nippte an seinem Kaffeebecher. „Na schön, es war also alles genau umgekehrt, ja?"

„Ja."

„Warum sollte Miss Brooks das tun?", lautete Samuels nächste Frage.

„Weil sie sich an mir rächen möchte", erklärte Jeremy.

Detective Samuel holte tief Luft. „Weil Sie ihrer Granny das Haus pfändeten?"

„So sieht es aus", bestätigte Jeremy mit einem Anflug von Hoffnung in seinen hellen Augen.

„Lassen Sie mir kurz Zeit, um die Dinge in meinem Kopf zusammenzufassen", forderte Samuel, dann grinste er süffisant.

Er sagte: „Hoffentlich ist Ihnen bewusst, dass Sie all diese Dinge auch vor dem Richter glaubhaft wiederholen müssen. Ich weiß also nicht, ob es sinnvoll ist, mich hier weiter zum Narren zu halten. Aber warten wir doch einfach ab, was Miss Brooks zu all dem zu sagen hat. Wie ich hörte, hat sie ihre Aussage bereits aufgegeben. Jeremy ich rate ihnen an dieser Stelle besser nichts mehr zu erwidern. Sobald Ihr Anwalt bei uns eintrifft, werden wir uns gemeinsam Miss Brooks Statement ansehen."

„Ansehen?", hakte Jeremy voller Entsetzen nach, denn was mochte darin wohl alles enthalten sein.

Samuel erhob sich von seinem Platz. „Ansehen. Das haben Sie richtig verstanden. Ich meine, damit sollte so ein abgeklärter, skrupelloser und beinahe in seinem Job immer richtig liegender Mann wie Sie es sind, doch keine Probleme haben. Sie sind schließlich der Überzeugung, dass sie absolut nichts, rein gar nichts für all das können."

Jeremy nickte.

Detective Samuel schnalzte mit der Zunge. „Sehen Sie, genau das ist Ihr widerliches Problem. Diese Selbstliebe! Ich bin hier und heute dafür da, um Ermittlungen zu überwachen. Im besten Fall auch schleunigst voran, und anschließend zu einem guten Ergebnis zu bringen. Damit Schweine, wie Sie eines sind, nie wieder die Chance bekommen, solche Dinge einem anderen anzutun."

Vor lauter Verzweiflung zischte Jeremy durch seine Zähne:
„Verstehen Sie doch endlich, ich bin nicht der, für den Sie
mich halten. Ich bin ein anständiger Mensch, Mann,
Freund, was auch immer. All die Jahre habe ich mir nie
was zu Schulden kommen lassen. Ich bin ein ehrlicher
amerikanischer Staatsbürger, war ich schon immer!"
Im Türrahmen sah sich Samuel noch einmal zu ihm um.
„Und Sie haben dabei eines vergessen ..."
Die Tür fiel ins Schloss.
Den Detective konnte man allerdings noch über den
gesamten Flur rufen hören.
„Sie, Mr. Adams, sind absolut falsch!"

Nach zwei weiteren langen Stunden, einem Arztbesuch,
unzähligen Fotos, und Proben von jeder nur denkbarer
Art, wurde Jeremy, nach richterlicher Anordnung, von
einem Officer die elektronische Fußfessel angelegt.
Diese ist mit einem Sender ausgestattet, der in ständigem
Funkkontakt mit einer Basisstation steht. Empfängt die
Station kein Signal, weil der Sender sich außerhalb ihrer
Reichweite befindet oder zerstört wurde, meldet sie über
das Telefonnetz ein Alarm an die überwachende Behörde.
„Können mein Mandant und ich jetzt fahren?"
„Ja, aber sicher doch. Nur noch diese Formulare
unterschreiben. Sie kennen das Prozedere", bestätigte
Detective Samuel dem anwesenden Anwalt.
Dieser wurde Jeremy nach einem kurzen Telefonat von
Marshall-Enterprises gestellt, genauer gesagt: Von Joel!
Auf seinen eigentlichen Rechtsbeistand verzichtete Jeremy
aus dem einfachen Grund, da dieser schon sehr viele
Jahre dicke mit Saras Eltern war.
Am wenigsten konnte er in seiner momentanen Situation
gebrauchen, dass jener prekäre Details dieses Falls, wie

Scheiße an seinen Schuhen, mit nach Außen trug. Während der behandelnde Arzt ihm vorhin das Bein, die Brust und anschließend die kleinen Löcher in seinen Handflächen versorgte, musste er vor Schmerzen mehrmals kräftig die Zähne zusammenbeißen.

Diese Tortur war jedoch das reinste Kinderspiel gegen das gewesen, was er noch bis vor wenigen Minuten schweigend über einen Flachbildmonitor sehen und hören musste.

Das Videoband startete flimmernd, doch nur Sekunden später war das Bild gestochen scharf.

Emiliana wurde für alle Anwesenden sichtbar.

Sie saß auf einem Stuhl in einem kleinen Raum, der Jeremys gleichkam.

Vor ihr stand eine Kaffeetasse und sogar Kekse hatte man mittig auf den Tisch gestellt.

Zwar hatte sie nicht mehr die Decke um die Schultern, doch sie trug einen dunklen Blazer über dem schwarzen Negligé, der ihr viel zu groß zu sein schien und Folge dessen von ihrer rechten Schulter immer ein Stück weit hinabrutschte.

Unwillkürlich musste Jeremy beim Anblick ihrer seidenen Haut schwer schlucken.

Ihre sinnlichen Lippen, nahmen ihn beim Zoom der Kamera vollkommen ein.

Doch da war auch noch etwas neues, das in ihm diffuse Gefühle auslöste - ihre Tränen.

Emiliana weinte bitterlich.

Einen Moment lang lehnte sich Jeremy in seinem Stuhl zurück und schloss die Augen.

Wie kann das sein? Sie tut selbst mir unsagbar leid, und dabei bin ich doch derjenige der ihr absolut nichts getan hat.

„Sieh gefälligst hin", schnauzte Samuel ihn barsch an.

Der Anwalt wollte einschreiten, doch da bedeutete Jeremy diesem auch schon, dass er tun würde, was der Detective von ihm verlangte. Er sah auf den Monitor.

Ton setzte ein.

Eine Frau.

Und dann …

EMILIANA!

„Ja, ich möchte es zu Protokoll bringen."

„Das ist sehr hilfreich für uns, Miss Brooks. Selbstverständlich können wir jederzeit abbrechen oder eine Pause machen."

Da man von der Frau nur auf den Rücken sehen konnte, war es unmöglich deren Mimik ausmachen zu können. Diese war auch nicht sonderlich wichtig, denn einzig und allein Emilianas Reaktionen waren von Belang.

Die herangezogene Psychologin füllte mehrere Bogen Papier aus.

Als eine Art Untertitel war nun auf dem Monitor zu lesen:

NYPD – 120th Bezirk – 5-19-2019 – 7.36 p.m. –
Detective: Dipl.-Psych.: M. Tereza / Victim: E. Brooks

Tereza: „Um Anklage gegen den Verdächtigen Jeremy Adams erheben zu können, müssen Sie mir jetzt bitte so konkret wie möglich schildern, wie sich der Sachverhalt zugetragen hat. Schaffen Sie das?"

Emiliana: „Mhm …, ich denke schon."

Tereza: Sehr gut. Fangen wir mit dem elften Mai an. An diesem Tag sind Sie mit der 8.05 p.m. Fähre auf Staten Island, genauer gesagt, bei den Fletchers eingetroffen, um wie mit Mrs. Fletcher vereinbart für eine Woche auf die Katze des Hauses Acht zu geben. Bitte erzählen Sie, was, und vor allem wie sich ab diesem Zeitpunkt alles aus ihrer Sicht zugetragen hat."

Emiliana: „Mr. Adams, klingelte an der Tür."

Tereza: Wussten Sie, dass er kommen würde? Wenn ja, von woher kannte er Sie?"

Emiliana: Er war an diesem Tag bei meiner Grandma. Als er ging steckte er mir eine Visitenkarte zu und meinte, dass ich ihn unter dieser Nummer jederzeit erreichen könnte."

Tereza: „Und Sie haben ihn kontaktiert."

Emiliana: „Ja."

Tereza: „Was wollten Sie von Mr. Adams."

Emiliana: „Ich bot ihm an, mein komplettes Gehalt aus dem Blumenladen zu verwenden um die Bank davon abzuhalten das Haus zu pfänden."

Tereza: „Wie reagierte er darauf?"

Emiliana: „Er lachte. Dann meinte er, dass das nicht so einfach wäre, er aber gerne vorbeikommt, um mit mir die Finanzen durchzusprechen."

Tereza. „Und Sie hatten ihm geglaubt, dass das noch an diesem Abend sein müsse? Noch dazu nicht in Manhattan, sondern Staten Island. Ein ganz normaler neuer Termin bei ihrer Granny oder vielleicht in den Räumlichkeiten von Marshall-Enterprises hätte es doch auch getan."

Emiliana: „Ich war verzweifelt und es war mir nur recht, wenn es so schnell wie möglich geklärt werden konnte. Meiner Granny sollte kein weiteres Leid widerfahren. Sie hat schon so vieles in der letzten Zeit durchmachen müssen, das ich keinem Menschen dieser Welt wünsche."

Wieder weinte Emiliana bittere Tränen.

Tereza: „Verstehe."

Jeremy sprang von seinem Stuhl auf. „Was für eine Lüge! Sie rief mich an wegen meiner Frau Sara und dass die beiden unterwegs wären. Ich sollte sie von hier abholen kommen. Das tat ich und dann ..."

Samuel drückte Jeremy unsanft zurück auf seinen Stuhl. „Hör mal, Sportfreund! Noch so ein Ausfall und ich verhänge ein Ordnungsgeld über dich, das sich gewaschen hat. Verstanden?"

Dann sah er zu dem Anwalt hin. „Fürs Protokoll: Der Angeklagte bestätigte soeben die Aussage des Opfers, dass er an diesem Abend mit ihr telefonierte und sich anschließend auf den Weg nach 29. Annfield Ct. gemacht hatte."

Wieder wollte Jeremy hochschießen, doch die Augen des Anwaltes, sowie dessen verneinendes Handzeichen, ließen ihn sitzenbleiben.

Das Band lief weiter.

Tereza: Wann ungefähr fand der erste Übergriff statt, beziehungsweise, ab wann bemerkten Sie, dass Mr. Adams nicht vorhatte mit ihnen über Finanzen zu sprechen?"

Emiliana: Nach zwei Gläsern Alkohol ..., wobei das erste nur ein Highball war, und das zweite Whiskey pur."

Tereza: Ich weiß, dass das jetzt nicht einfach wird, aber bitte Miss Brooks, erzählen Sie mir, was Mr. Adams ihnen angetan hat."

Emiliana: „Er ..., also ..., das ging alles so schnell."

Tereza: „Alles in Ordnung. Denken Sie nach, lassen Sie sich die nötige Zeit."

Emiliana: „Er ..., packte mich und setzte mich auf einen Stuhl. Dort sollte ich sitzenbleiben und mich nicht bewegen. Er griff in seine Jeans und holte Kabelbinder daraus hervor. Mit diesen sollte ich ..."

Tereza: Sie zittern. Das ist okay. Lassen Sie all diese Gefühle zu. Was sollten Sie mit den Kabelbindern tun? Sich an den Stuhl fesseln?"

Emiliana: „Nein."

Tereza: „Was dann?"

Emiliana: „Ich sollte seine Hand- und Fußgelenke damit einschnüren. Er sagte ..., dass er das Gefühl von Enge als sehr anreizend empfindet."

Tereza: „Mr. Adams hat sich die Kabelbinder von Ihnen um Hände und Füße wie Armbänder umlegen lassen? Verstehe ich das richtig?"

Emiliana: „Ja."

Der Anwalt und Detective Samuel sahen beinahe zeitgleich auf die Handgelenke von Jeremy herab.

Dieser schüttelte vehement mit dem Kopf, doch was half es ihm sich in diesem Augenblick zu beschweren?

Nichts.

Tereza: „Und was tat er dann?"

Emiliana: „Er wies mich an mit ihm den Platz zu tauschen."

Tereza: „Er wollte sitzen und sie sollten stehen?"

Emiliana: „Ja ..., ähm ..., nein. Also ich meine, ich sollte mich auf seinen Schoß setzen."

Tereza: „Was trugen Sie an diesem Abend?"

Emiliana: „Ein Cocktail-Kleid."

Tereza: „Hatte das einen bestimmten Grund?"

Emiliana: „Nein, aber ich wusste, dass Mrs. Fletcher eine Frau aus vornehmer Gesellschaft ist und da wollte ich mich wohl irgendwie anpassen. Keine Ahnung."

Tereza: „In Ordnung. Bitte atmen Sie einmal tief durch. Sie machen das wunderbar."

Was jetzt folgte waren die ersten intimeren Details. Opferschützend wird man diese dann auch in einer Verhandlung via audiovisuellen Übertragung einspielen. Sollte es zu einer persönlichen Vernehmung des Opfers, also von Emiliana kommen, dann wird der Angeklagte, in diesem Fall Jeremy, mit ziemlicher Sicherheit für die Dauer der Vernehmung den Sitzungssaal verlassen müssen.

Jeremy konnte es kaum fassen, was da gerade alles um ihn herum geschah. Vor allem aber, was ihm vorgeworfen wurde. Nein, besser: *Was diese kranke Frau alles erzählte! Eine Lüge nach der anderen!*

Und mit jeder weiteren geriet sein Leben mehr und mehr aus den Fugen. Keiner würde ihm jemals mehr Glauben schenken. Er hatte einen Stempel aufgesetzt bekommen. *Game over!*

Tereza: Mr. Adams hat sie folglich zu all diesen beschriebenen Handlungen genötigt.“

Emiliana: „Ja.“

Tereza: „Gut. Kommen wir zu den Verletzungen an seinen Handflächen. Diese wurden Mr. Adams laut den ersten Spurensicherungen, von einer Nagelpistole zugeführt. Auf dieser fand man bislang nur ihre Fingerabdrücke. Können Sie das erklären?“

Emiliana: „Er wollte, dass ich ihm das antue.“

Tereza: „Genau wie die Sache mit den Kabelbindern?“

Emiliana: „Ja.“

Tereza: „Halten Sie Mr. Adams für einen Sadist?“

Emiliana: „Er quält ... und empfindet gerne Qualen.“

Tereza: „Verstehe.“

Kurze Pause – da man Emiliana ein Glas Wasser brachte.

Tereza: „Wir hatten vorhin kurz mit Mr. Kennedy sprechen können. Ist Ihnen der Name ein Begriff?

Emiliana: „Ja."

Tereza: „Und wer ist das?"

Emiliana: „Nigel ist der Security."

Tereza: „Korrekt. Und dieser sagte uns, dass er Sie und Mr. Adams gemeinsam beim Einkaufen angetroffen habe, Sie aber kurz darauf behauptet hatten, er sei mit Mrs. Fletcher, die zu Hause vorbeikam, wieder gefahren. Warum haben Sie diese Chance nicht genutzt, um auf sich und ihre Lage aufmerksam zu machen?"

Emiliana: „Weil …"

Tereza: „Ganz ruhig, Miss Brooks. Sie müssen keine Angst haben. Es kann Ihnen jetzt überhaupt nichts mehr geschehen. Das verspreche ich."

Emiliana: „Er drohte mir mehrfach, dass er meiner Granny etwas antun würde. Und wenn nicht er, dann jemand, den er dafür beauftragt hätte, sollte ihm etwas zustoßen."

Tereza: „Miss Brooks, so beruhigen Sie sich doch bitte. Wir werden …

Machen Sie bitte für einen Moment die Kamera aus, ja!"

Samuel packte Jeremy am Kragen des Hemdes. „Hast du tatsächlich noch jemanden da draußen, der einer alten Lady etwas antun würde, falls deine kranke Scheiße den Bach runtergehen sollte? Wenn ja, dann spuckst du jetzt sofort den Namen aus oder ich kenne mich nicht mehr!" Der Anwalt zog den Detective mit aller Kraft zurück. „Langsam aber sicher reichen mir Ihre Verhörmethoden. Ich verbiete mir und meinem Mandanten diesen brachialen Umgang ein für alle Mal!"

Nachdem Samuel nach einem tiefen Atemzug die Fassung langsam, aber sicher zurückerlangte, lief das Band weiter.

Tereza: „Bekamen Sie in der letzten Woche zu essen und zu trinken?"
Emiliana: „Manchmal."
Tereza: „Mussten Sie etwas dafür tun?"
Emiliana: „Gehorchen, was er von mir wollte."
Tereza: „Als Mrs. Fletcher kurzeitig im Haus anwesend war, wer glaubte sie, dass Mr. Adams ist? Ihr Freund?"
Emiliana: „Nein. Sie glaubte, er wäre Ron."
Tereza: „Verzeihung, Miss Brooks. Aber wer ist Ron?"
Emiliana: „Ron ist der Kollege von Nigel."
Tereza: „Danke, das schreibe ich auf … mhm …, ah, nicht nötig, denn hier steht es ja. Ron Greenwall. Er war zugegen, als man sie vorhin aus dem Haus geholt hatte."
Emiliana: „Ja, das war er."
Tereza: „Na schön, gleich haben wir es fürs Erste geschafft. Hier habe ich ein Foto von ihrer Handtasche, Mrs. Brooks. Darin fand man die besagten Kabelbinder. Eine Schere, und in einem Seitenfach sogar einen Teaser. Wieso trugen Sie diese Dinge bei sich?"
Emiliana: „Der Teaser dient mir zum Schutz."
Tereza: „Vor klassischen Übergriffen? Männern vor allem?"
Emiliana: „Nein, vor Hunden."
Tereza: „Oh, das ist natürlich was anderes. Schon mal schlechte Erfahrungen gemacht."
Emiliana: „Grausame."
Tereza: „Das tut mir leid, erklärt jedoch den Teaser. Danke, Miss Brooks. Und die Kabelbinder, die zudem die gleichen sind, die auch benutzt wurden?"
Emiliana: „Die hat er mir in die Tasche gelegt."
Tereza: „Mr. Adams?"

„WAAASSS?" Jeremy sprang erneut von seinem Stuhl auf. „Die hat sie mir bereits in der ersten Nacht um meine Hände und Füße gelegt! Jetzt soll ich sie ihr in die Handtasche getan haben? Ich bitte Sie ..."

„Hinsetzen!", ermahnte Samuel streng.

„Das sieht doch ein blinder mit Krückstock, dass hier was nicht stimmen kann. Bitte helfen Sie mir", flehte Jeremy in Richtung seines Anwaltes.

Dieser nickte, dann sagte er: „Mein Mandant hat recht, man könnte diese Aussage durchaus in Frage stellen."

„Ja, das können Sie gerne tun", bestätigte Samuel genervt. „Vor Gericht. Aber nicht hier und auch nicht mehr heute."

Tereza: „Hat er Sie jeden Tag mehrmals zum Sex gezwungen?"

Emiliana: „Nein. Meist nur einmal."

Tereza: „Was meinen Sie mit meist? Was tat er noch?"

Emiliana: „Er ..., er fasste sich an."

Tereza: „Sollten Sie das auch tun?"

Emiliana: „Ja."

Tereza: „Hat er Sie geschlagen?"

Emiliana: „Nein."

Tereza: „Hat er Sie brutal ..., vergessen Sie bitte meine Frage, denn natürlich hat er das. Entschuldigung."

Zeitgleich, als Emiliana sich in ihrem Stuhl vor Erschöpfung immer weiter nach unten sinken ließ, sah man auch in Jeremys Augen erste Tränen aufblitzen.

Während sie es auf Band vorgab, fühlte er sich tatsächlich unglaublich klein.

Er blickte zu seinem Anwalt. „Bitte ..., ich habe ihr das alles nicht angetan."

232

Man sah dem Juristen deutlich an, dass dieser selbst nicht genau wusste, was er von der ganzen Situation eigentlich halten sollte.

Tereza: Miss Brooks, fürs Erste war es das. Eine Ärztin wird Sie gleich abholen kommen, dann sehen wir weiter.
Emiliana: „Mhm."
Tereza: „Fürs Protokoll: Nach Erstbefragung des Opfers, empfehle ich einen richterlichen Beschluss zu erlassen, der besagt, dass der Täter in Untersuchungshaft bleibt, bis der Prozess gegen ihn startet oder dessen Unschuld bewiesen ist. Danke."

Man konnte sehen, wie sich die Psychologin aus ihrem Stuhl erhob und somit die Sicht auf Emiliana verdeckte. Samuel trat hinaus in den Flur.
Während Emiliana von einer Frau in einem weißen Kittel mitgenommen wurde, half er Detective Tereza in ihren Blazer. „Warum sagten Sie: *Oder bis dessen Unschuld bewiesen ist?* Zweifeln Sie etwa an den Aussagen von Miss Brooks?"
Die Psychologin lächelte. „Sehen Sie Detective Samuel, ich zweifle nicht an den Aussagen von Miss Brooks, sondern ich zweifle an einer Aussage von ihr. Leider genügt das oft schon, dass man in meiner Branche durchaus alles in Frage stellen könnte. Allerdings möchte ich das erst in einer zweiten Befragung genauer analysieren. Der Fall ist noch viel zu frisch, da kann die Wahrnehmung der Opfer oft sehr getrübt ausfallen. Warten wir es also ab. Schließlich muss sie ihre Aussagen noch mehrere Male wiederholen, ehe es zu einer Verurteilung kommen kann."

„Er ist nichts weiter als ein brutaler Vergewaltiger, warum sich also unnötig den Kopf darüber zerbrechen." Samuel wirkte ungehalten.

Dann fuhr er fort: „Verstehen Sie mich nicht falsch, aber wegen genau solcher Gutachten, die Sie oder ihre Kollegen tagtäglich ausstellen, habe ich schon miterleben müssen, wie solche Kerle pfeifend das Haus verlassen, nur um sich sofort an ihren nächsten Opfern vergreifen zu können."

„Detective Samuel, ich kann nicht für meine Kollegen sprechen, doch ich kann mit bestem Gewissen sagen, dass ich ganz genau auf die Details achte. Meine Quote, ob jemand die Wahrheit sagt oder nicht, liegt bei gut 97,8 Prozent, und darauf bin ich verdammt stolz!"

Samuel lachte auf. „Falls die restlichen 2,2 Prozent zum Tragen kommen, wie erklären Sie dann ihr Verfehlen zum Beispiel den Eltern eines Kindes, oder dem Ehemann einer Frau, oder ..."

„Es reicht jetzt, Mr. Samuel! Ich vertrete die Interessen der Opfer. Jedoch merke ich auch, wenn sich Aussagen einfach nicht mit Situationen decken wollen."

Tereza kam näher auf Samuel zu. „Passen Sie auf, ich will versuchen es ihnen ein wenig zu erklären, wenn ich darf."

„Dann mal los", forderte Samuel und verschränkte abwartend die Arme.

Die Psychologin überlegte kurz, dann fragte sie: „Mit was öffnen Sie üblicherweise eine Packung Kabelbinder?"

Samuel stutzte. „Ähm ..., mit den Händen."

Tereza nickte. „Okay, und wenn das nicht funktioniert?"

Samuel schürzte die Lippen nach vorne. „Dann tue ich das, was meine Frau nur äußerst ungern mitansieht."

Tereza: „Und das ist?"

Samuel: „Ich benutze meine Schneidezähne."

Tereza: „Animalisch!"

Samuel lachte laut los. „Sagen Sie das bitte Mrs. Samuel. Ich wäre Ihnen dafür sehr verbunden."

Tereza lachte mit, wenn auch nur kurz.

Ernst fügte sie hinzu. „Sehen Sie, was ich meine. Sie, Detective, sind von Urzeiten her, das perfekte Beispiel für einen Mann. Sie benutzen körperliche Kraft um sich helfen zu können. Frauen hingegen, werden immer dazu neigen, dass ihnen geholfen wird. Ob nun von anderen Menschen, nicht zwingend Männern, auch das eigene Geschlecht ist da durchaus gefragt, oder aber durch Gegenstände. In diesem Fall fand man bei Miss Brooks die Kabelbinder in ihrer eigenen Handtasche. Plus einer Schere."

Samuel kombinierte. „Sie glauben, sie hat ihn gefesselt?"

„Ich glaube grundsätzlich nicht, sondern ich muss auf mehr Beweise warten. Aber irgendetwas sagt mir, dass hier etwas nicht stimmen kann. Mr. Adams passt klar und deutlich in das übliche Schema. Daran gibt es keinen Zweifel. Es ist meist der Geschäftsmann, der Kellner, oder auch der Student, der im eigentlichen Leben nicht allzu viel zu melden hat und der seine Aggressionen und Neigungen irgendwie anderweitig ausleben muss. Doch Emiliana Brooks, und das sage ich jetzt nur zu ihnen, Detective Samuel, ... diese Frau hat einen seltenen Glanz in den Augen, wenn sie von den Vorkommnissen spricht, die ich kaum ..., okay, bringen wir die Sache auf den Punkt ..., die ich noch nie zuvor bei einem Opfer dieser Taten jemals zu Gesicht bekommen habe."

Es trat Stille ein.

Lange Zeit sah Detective Samuel seine Kollegin einfach nur an. Er sagte nichts.

Rein gar nichts.

Und sie antwortete nicht auf sein Schweigen.

Einige Monate später ...

New York City / Manhattan

BREAKING NEWS:
In dem Fall des vor vier Monaten auf Staten Island
verhafteten, Jeremy Adams, kam es vor wenigen Minuten
unerwartet zu einer Wendung.
Dem Geschäftsmann wurde unter anderem
Freiheitsberaubung, Körperverletzung und schwere
sexuelle Nötigung an einer Floristin aus Manhattan
vorgeworfen. Mehrere Tage soll der Mann die Frau in
einer Villa, wo diese eigentlich die Katze des Hauses
betreuen sollte, festgehalten, gedemütigt und vergewaltigt
haben.
Laut Staatsanwaltschaft drohe ihm bei einer
rechtskräftigen Verurteilung eine Freiheitsstrafe von bis
zu zwanzig Jahren, die nicht zur Bewährung ausgesetzt
werden könne.
Umso erstaunter war man heute vor dem zuständigen
Gericht, dass nach nur einer Stunde, der Angeklagte im
Beisein seines Anwaltes, seines Chefs, und der Frau, der
das Haus auf Staten Island gehört, das Gebäude als
freier Mann verlassen durfte.
Das Urteil lautete Freispruch in allen Punkten!
Wie es dazu kam, erfahren wir hoffentlich alle bereits in
den Abendnachrichten, denn bis dahin, soll es auch eine
offizielle Mitteilung an die Presse gegeben haben.

Nun aber zu Scott Thompson und dem Wetter ...

Es ergibt keinen Sinn! Es ist absolut nicht plausibel! Für mich nicht nachvollziehbar!

Ein Tränengemisch, bestehend aus purer Verzweiflung und reinster Fassungslosigkeit stieg ihr unaufhaltsam in die Augen.

„Was siehst du dir da an?", fragte Emilianas Großmutter, die neben sie an den Fernseher getreten war.

So schnell sie nur konnte, betätigte sie den Ausschaltknopf. „Ach, nichts weiter. Granny, du solltest doch längst deinen Tee trinken."

Emiliana war heilfroh, dass ihre Granny sich nicht allzu sehr für den neuesten Klatsch und Tratsch interessierte. Detective Samuel konnte sie davon überzeugen, dass man doch bitte davon Abstand nehmen sollte, der alten Mrs. Brooks den Rest ihres Lebens noch schwerer zu gestalten, indem man ihr sagte, dass ihre Enkelin einer Gewalttat zum Opfer gefallen war.

Man hielt sich daran.

Auch, dass das Haus wie durch ein Wunder behalten werden konnte, da Joel Tales, Bezirksleiter von Marshall-Enterprises urplötzlich behauptete, dass die Bank eine Zahlung ihres Großvaters übersehen hatte, kam Emiliana zwar seltsam vor, doch es war die Rettung in der Not gewesen.

Ihre Granny glaubte ab diesem Zeitpunkt wieder fest daran, dass sie sich schon immer auf ihren Mann im Leben verlassen konnte. Wie ein Fels in der Brandung ist er gewesen - selbst nach dem Tod, wie sich herausstellte.

Ende gut, alles gut.

Von wegen! Schreckliche Taten, die mit schrecklichen Taten gerächt wurden, werden immer wieder zu ihrem Nährboden zurückfinden, nur um anschließend wie Unkraut noch einmal emporschießen zu können. So auch Jeremy Adams.

Während dieses Gedankens, führte Emiliana ihre Granny liebevoll zurück an den Esstisch.

Sie schob ihr die warme Teetasse hin. „Granny, hör zu. Ich muss für eine Weile verreisen. Bitte sei mir nicht böse, doch es gibt da etwas, dass ich in meinem Leben wieder geradebiegen muss."

Die Großmutter sah ihre Enkelin mit großen Augen an. „Dein Grandpa, Gott hab ihn selig, würde nicht wollen, dass du bei Schwierigkeiten davonläufst. Man findet eine Lösung oder es tun sich Wege auf. So war es auch früher schon. Am Ende bekommt man immer was man verdient."

Wenn dem so ist, dann Gnade mir Gott ..., dachte sich Emiliana ehe sie in ihre dünne Jacke schlüpfte.

Ihr war bewusst, dass was auch immer heute Vormittag in dem Gericht passiert war, man schon sehr bald nach ihr fahndet. Sie würde für ihre belastenden Falschaussagen ins Gefängnis wandern und das konnte und wollte sie in gar keinem Fall riskieren.

Die Atmosphäre an diesem frühen Septemberabend glich der eines Spätsommerwetters. Die Luft war rein und klar, doch warm genug um nicht zu frösteln.

Der Kuss, den Emiliana ihrer Granny noch auf die faltige Stirn gab, brannte auf ihren eigenen Lippen. Diese Verabschiedung war schmerzhaft, denn sie führte zunächst ins Ungewisse.

Das einzige was ihr ein gewisses Maß an Trost spendete, war die Tatsache, dass sich die liebe Nachbarin auch weiterhin gut um ihre Granny sorgen wird. Komme, was da wolle.

Schon beim Öffnen der Autotür wurde Emiliana übel. Ungefähr so musste sich Jeremy gefühlt haben, als er keine Ahnung mehr hatte, wie mit ihm geschah.

In ihren langen Wimpern verfingen sich erste Tränen, dann startete sie den Motor.

Selbst nach mehreren Meilen war noch immer von einem Streifenwagen nichts zu erkennen, und das, obwohl sie mit dem Wagen unterwegs war, der vor zwei Monaten auf sie zugelassen war.

Emiliana war beim Kauf so verdammt stolz gewesen.

Es fühlte sich großartig an, dass sie endlich genug eigenes Geld aus der Floristeria zusammengespart hatte, um sich zumindest ein solides Auto leisten zu können.

Von jetzt auf gleich, stand ihr Leben wieder Kopf und da war obendrein ein Mensch, der jetzt mit hoher Wahrscheinlichkeit versuchen wird, ihr Leben zu zerstören. So wie sie es mit seinem getan hatte.

Auge um Auge …

Alles was Emiliana wusste, war, dass Jeremy Hausarrest in Form einer Fußfessel erdulden musste. Sara war voller Empörung, und wie Detective Samuel hinzufügte zu ihrem eigenen Schutz, zu ihren Eltern gezogen.

Er hatte also das gesamte Haus für sich allein. 4 Monate!

Der Richter entschied so, da Detective Tereza in ihrem Gutachten, diverse Zweifel angegeben hatte und bis zu einer endgültigen Verurteilung sollte dieser Fall dem braven Steuerzahler nicht auf der Tasche liegen.

Ein Gefängnisaufenthalt kostet pro Tag ungefähr siebenunddreißig Dollar, und eine elektronische Fußfessel hingegen nur läppische sieben Cent.

Jetzt stolziert dieser Kerl mir nichts, dir nichts, auf seinen zwei Beinen aus dem Gericht, als wäre er der King of the World! Was ist da nur geschehen? Und was hatte das alles mit Mrs. Fletcher zu tun?

Emiliana konnte sich absolut keinen Reim auf das alles machen.

Noch bis gestern war auch ihre Anwältin zuversichtlich, dass nach den vorliegenden Erkenntnissen in dem Fall eine Mindeststrafe von zehn Jahren verhängt würde. Hinzu kam, dass Mrs. Fletcher all die Monate über die Aussage verweigerte, beziehungsweise nur aussagte, dass sie Emiliana flüchtig aus dem Blumenladen kannte und sie ihr die Katze für eine Woche anvertraut habe.

Jetzt stand sie in jeder nur denkbaren Lokalpresse, sowie in den News des Tages, Seite an Seite mit Mr. Adams.

Verrückte Welt!

Emiliana musste hart in die Eisen steigen, um dem Wagen vor sich nicht auf die Stoßstange aufzufahren.

Der Mann hupte ungeniert und voller Empörung, während sie als Entschuldigung die Hand hob.

Konzentriere dich! In Panik zu verfallen, verschlimmert die Sache nur, ermahnte sie sich streng.

Emiliana atmete tief ein, dann lange wieder aus. Wahrscheinlich zu lange, denn sie versuchte umgehend aufkommenden Hustenreiz zu unterdrücken.

Dann griffen ihre Hände fest um das Lenkrad und sie begann daran zu reißen.

Tränen der Verzweiflung stiegen ihr unaufhaltsam in die Augen und kurz vor Erreichen des Lincoln Tunnels ließ sie einen solch lauten Schrei los, dass dieser auf den Wagen hinter ihr mit ziemlicher Sicherheit verstörend gewirkt haben musste.

Für Emiliana selbst bedeutete dieser allerdings zumindest ein klein wenig Befreiung in dieser extrem angespannten Situation.

Sie nahm sich außerdem vor, sich von nun an keine Angst mehr einjagen zu lassen, denn wenn ihr weiterer Plan aufging hatte sie binnen zwei Tagen Mexiko-Stadt erreicht.

Von dort aus, könnte sie versuchen eine neue Identität anzunehmen.

In den meisten Filmen klappte dies zumindest immer sehr gut und ihr blieb auch gar keine andere Wahl, als die Probe aufs Exempel zu wagen.

Die Dämmerung musste mehr und mehr der Dunkelheit weichen, als Emiliana den Blinker setzte, um von der Houston Street auf die 59th Straße abbiegen zu können. *Houston wir haben ein Problem,* schoss es ihr unpassender Weise durch den Kopf, als sie vor sich eine Straßensperrung entdeckte.

Gewiss ein Unfall, doch wenn es sich um eine allgemeine Kontrolle handelte, dann würde ihr das momentan ziemlich ungelegen kommen.

Die Lichter der stehenden Streifenwagen kamen jetzt immer näher. Sie blinkten flackernd mit einigen Leuchtreklamen um die Wette, als Emiliana in letzter Sekunde das Lenkrad herumreißen und in eine kleine Nebenstraße, die eher einer Gasse glich, abbiegen konnte. Dort fuhr sie umgehend in den Schattenbereich der wenigen Laternen, dann stellte sie den Motor ab.

Zweifellos ein kleiner Rückschlag, denn jetzt musste sie abwarten, bis sie die Sperrung auflösen würden, doch das konnte schließlich nicht ewig dauern.

Emiliana schlang die Arme um ihren Oberkörper, denn sie begann unwillkürlich zu frieren. Ein Tribut, das ihre Nerven forderten.

In ihrem Magen hingegen, verspürte sie plötzlich den Anflug eines großen Hungers. Sie wusste allerdings, dass wenn sie sich jetzt in dem schwach beleuchteten kleinen Imbiss am Ende der Straße auch nur eine Portion Pommes holen würde, sie es unterm Strich bereuen würde.

Folge dessen blieb sie sitzen und starrte in die Dunkelheit.

Hör damit auf die Gegend nach ihm abzusuchen ..., während Emiliana das dachte, nahmen ihre Sinne ein Augenpaar im Rückspiegel wahr.

Es wirkte hell im Schein des schwachen Lichtes und passte überhaupt nicht zu der restlichen Gestalt, deren Form sich komplett auf der dunklen Rückbank verstecken konnte.

Jetzt wurde der Kragen einer Jacke nach oben geschlagen. Emilianas Herz schlug einen Marathon, ihre Atmung verdreifachte sich, doch ihren Blick konnte sie nicht vom Spiegel abwenden.

Das lag gewiss am Schock, das hatte sie im Ärztestudium schon tausende Male gehört, dass Menschen in solchen Momenten in diesen Zustand verfallen konnten, doch warum musst es gerade ihr passieren?

Hier?

Jetzt?

Warum?

Augenblicklich fühlte sie sich so gelähmt, wie zu der Zeit, als sie realisierte, dass Dwayne nur eine Lüge in ihrem Leben gewesen war.

Auf der Straße fuhr ein weiteres Auto an ihrem Wagen vorbei, dann war es wieder still.

Der Blick in den Spiegel offenbarte ihr jetzt ein Lächeln. Furchteinflößend, selbstbewusst, und siegessicher.

In ihrer Hilflosigkeit nahm Emiliana allen Mut zusammen und sprach aus, was sie bis gerade eben noch für undenkbar gehalten hatte – seinen Namen.

Blitzschnell umfasste er von hinten ihren Oberkörper. Dabei hielt er ihr den Mund zu.

Als er in ihrem ängstlichen Blick Gefügigkeit ausmachen konnte, ließ er sie ein klein wenig mehr zu Atem gelangen.

„Bitte ...", flehte Emiliana. „Bitte Jeremy, lass mich gehen."

„Warum sollte ich das tun? Jetzt, wo ich dich nach so langer Zeit endlich wiedersehe."

„Bitte. Ich weiß, das Leben ist nicht immer ...", wollte sie sich erklären, doch da waren seine Lippen auch schon ganz nah an ihrem Ohr.

Warmer Atem streifte ihre Wangen. „Das Leben, nein, besser gesagt, du meine geliebte Lia, hast mich gefickt!" Sein Puls beschleunigte sich während er den Duft ihrer Haut in sich aufnahm.

Jeremys Glied zuckte heftig als er mit rauer Stimme klarstellte:

„Und jetzt fick ich dich!"

Tanja Wagner

AUTORIN
/SCHRIFTSTELLERIN

Autoren-Profil

Persönlich:
Tanja Wagner, geboren 1983 in
Dachau, ist verheiratet und stolze
Mama von zwei wundervollen Kindern.
Ihre Familie und ihre Freunde sind für
sie das Wichtigste.

Beruflich:
Nach Abschluss der Mittleren Reife
hat sie die Ausbildung zur
Versicherungskauffrau erfolgreich
abgeschlossen. Neben dem Beruf hat
sie als Ausgleich mit dem Schreiben
angefangen - es erfüllt ihr Leben.

Weitere Bücher der Autorin:

LOVE / ACTION / THRILL:

FRANKY O. – Donner im Herzen / Band I

FRANKY O. – Feuer im Herzen / Band II

FRANKY O. – Spuren im Herzen / Band III

URBAN-FANTASY:

ZWISCHENERDE – Wächter der Balance

LOVE-THRILL-ROMAN

BODYGUARD – Liebe zwischen Büchern